Paradis

Décembre 2021

Parce que tes regards se portent désormais ailleurs.
Certains vers l'Afrique et aussi sa littérature.
D'autres vers la richesse des Amours.
Et puis parce que nous n'irons plus ensemble
ouvrir les portes magiques qui te fascinaient
là-bas ... Ah, Zanzibar !

Christophe

DU MÊME AUTEUR
AUX ÉDITIONS DENOËL

Près de la mer, 2021

Abdulrazak Gurnah

Paradis

roman

Traduit de l'anglais
par Anne-Cécile Padoux

DENOËL
& D'AILLEURS

Titre original :
Paradise

À Salma Abdalla Basalama

Le jardin clos

1

D'abord, le garçon. Il s'appelait Yusuf ; il avait quitté brusquement sa famille dans sa douzième année. Il se rappelait que c'était pendant la saison sèche, lorsque chaque jour ressemble au précédent. Des fleurs inattendues s'épanouissaient et se fanaient. D'étranges insectes surgissaient de dessous les rochers, se tordaient et mouraient dans la lumière brûlante. Le soleil faisait vaciller les arbres dans le lointain, trembler et haleter les maisons. Chaque pas soulevait des nuages de poussière ; un calme intense enveloppait toutes les heures de la journée. Des souvenirs précis de cette saison lui revenaient ainsi.

C'était à cette époque qu'il avait aperçu deux Européens sur le quai de la gare – les premiers qu'il eût jamais vus. Il n'en avait pas eu peur tout d'abord. Il venait souvent là regarder les trains entrer bruyamment et majestueusement en gare, et il attendait le moment où ils s'ébranlaient au signal du maussade chef de gare indien, muni de son fanion et de son sifflet. Yusuf guettait souvent des heures l'arrivée d'un train. Les deux Européens attendaient aussi, debout sous un auvent de toile, avec leurs impressionnants bagages soigneusement empilés non loin d'eux. L'homme était massif et si grand qu'il devait garder la tête baissée pour éviter qu'elle ne touche la toile qui l'abritait du soleil. La femme se tenait en retrait, à l'ombre, son visage luisant en partie dissimulé par deux chapeaux. Son corsage blanc à ruchés était boutonné jusqu'au cou et aux poignets, et sa longue jupe frôlait ses souliers. Elle aussi était grande et massive, mais différemment. Son corps était malléable et mou comme s'il pouvait prendre une autre forme, alors que l'homme semblait taillé dans un seul morceau de bois. Chacun regardait dans une direction différente, comme s'ils ne se connaissaient pas. Yusuf voyait la femme se tamponner les lèvres avec son mouchoir, et enlever machinalement quelques parcelles de peau sèche. Le visage de l'homme était marqué de taches rouges, et, pendant que son regard errait lentement sur la gare, avec ses entrepôts cadenassés et l'énorme drapeau jaune portant l'emblème d'un éclatant oiseau noir, Yusuf eut tout le temps de l'observer longuement. Enfin, l'homme se retourna et croisa le regard de Yusuf. Il détourna le sien, puis fixa à son tour, pendant un long moment, le jeune garçon, qui le regardait toujours. Soudain, l'homme eut un grognement, un rictus, et crispa mystérieusement les doigts. Yusuf comprit l'avertissement et déguerpit, en marmottant les mots qu'on lui avait appris pour les occasions où l'aide de Dieu lui serait soudain nécessaire.

L'année où il quitta sa famille fut aussi celle où les termites envahirent les piliers de la véranda de l'arrière-cour.

Chaque fois que son père passait devant, il les cognait rageusement pour signifier aux parasites qu'il savait à quoi s'en tenir sur leur activité. Les termites laissaient des traînées sur les poutres ressemblant aux sillons de terre retournée qui marquaient les tunnels creusés par les animaux dans le lit desséché de la rivière. Lorsque Yusuf frappait les piliers, ils rendaient un son sourd et creux, et il en sortait des miettes granuleuses de bois pourri. Quand il criait famine, sa mère lui disait de manger des termites.

« J'ai faim », se lamentait-il auprès d'elle, et, au fil des ans, il répétait cette simple litanie avec de plus en plus d'insistance.

« Mange les termites », suggérait sa mère, qui riait devant son expression de dégoût et d'angoisse. « Vas-y, va t'empiffrer ton content, je ne t'en empêche pas. »

Il soupirait d'un air douloureux pour lui montrer combien cette plaisanterie était cruelle. Parfois, ils mangeaient des os que sa mère avait mis à bouillir pour faire une soupe claire, à la surface luisante de graisse, et qui recelaient des morceaux de moelle noire et spongieuse. Dans les pires moments, il n'y avait que de la soupe de gombo, et, malgré sa faim, Yusuf n'arrivait pas à avaler ce liquide gluant.

C'est aussi à cette saison qu'Oncle Aziz venait les voir. Ses visites étaient brèves et espacées. Il était habituellement accompagné d'une suite nombreuse de porteurs et de musiciens. Il s'arrêtait chez eux lors des longues expéditions qu'il entreprenait depuis l'océan jusqu'aux montagnes, vers les lacs et les forêts, franchissant, à l'intérieur du pays, les plaines arides et les collines rocheuses et nues. Il emmenait souvent avec lui des joueurs de tambour, de *tamburi*, de cor et de *siwa* ; quand le cortège entrait dans la ville, les animaux affolés s'enfuyaient et les enfants se précipitaient à sa rencontre. Il émanait d'Oncle Aziz une odeur étrange de cuir, de parfum, de gomme et d'épices, et une autre, indéfinissable, évoquant pour Yusuf une vie de dangers. Il était vêtu d'un *kanzu* flottant de mince cotonnade et coiffé d'un petit calot au crochet qu'il portait en arrière sur la tête. Son apparence raffinée et son impassible courtoisie le faisaient ressembler davantage à un homme accomplissant sa promenade du soir ou à un dévot en route vers la maison de prières qu'à un marchand qui venait de se frayer un chemin au milieu de buissons épineux et de nids de vipères venimeuses. Même dans l'agitation de l'arrivée, dans le chaos et le désordre des ballots déchargés sens dessus dessous, Oncle Aziz, entouré de porteurs épuisés et bruyants, de marchands rusés et avides, réussissait à paraître calme et dispos. Mais, cette fois, il était venu seul.

Yusuf se réjouissait toujours de ces visites. Son père disait qu'elles leur faisaient honneur, car il était un négociant riche et réputé – *tajiri mkubwa* –, mais c'était aussi parce que Oncle Aziz ne manquait jamais de lui faire cadeau d'une pièce de dix annas chaque fois qu'il s'arrêtait chez ses parents. Il suffisait que Yusuf se présente au moment opportun ; Oncle Aziz lui souriait et lui donnait la pièce de monnaie. Yusuf avait, lui aussi, envie de sourire, mais il se retenait, car il sentait que ce ne serait pas convenable. Il admirait la peau lumineuse d'Oncle Aziz et son odeur mystérieuse, qui flottait pendant plusieurs jours après qu'il était parti.

Le troisième jour de sa visite, il devint évident que le départ d'Oncle Aziz était imminent. Il régnait dans la cuisine une activité inhabituelle, et les divers effluves qui en sortaient annonçaient un festin. Odeurs de fritures épicées et sucrées, d'une sauce mijotée à la noix de coco, de petits pains au levain et de pains azymes, de biscuits cuits au four, de viande bouillie. Toute la matinée, Yusuf s'arrangea pour ne pas trop s'éloigner de la maison, pour le cas où sa mère aurait besoin de son aide pour préparer les plats, ou pour y goûter. Il savait que son avis comptait, car elle avait pu oublier de remuer une sauce, ou manquer le moment où l'huile chaude frémit juste assez pour qu'on y jette les légumes. Il était dans une situation délicate, car, tout en voulant épier ce qui se passait dans la cuisine, il n'avait pas envie que sa mère le surprenne à faire le guet. Il pouvait être sûr qu'elle l'enverrait faire des courses interminables, ce qui était déjà assez dur, mais risquait aussi de lui faire rater le départ d'Oncle Aziz. C'était à ce moment que celui-ci lui donnait sa main à baiser, et, pendant que Yusuf se penchait, il lui caressait la nuque et, d'un geste expert, lui glissait la pièce dans la paume.

Son père restait d'ordinaire à son travail jusqu'au début de l'après-midi. Yusuf savait qu'il ramènerait Oncle Aziz avec lui, il avait donc tout son temps. Son père tenait un hôtel : c'était la dernière de ses entreprises où il tentait de s'enrichir et de se faire une position. Quand il était d'humeur à parler, il décrivait les projets dont il avait espéré qu'ils prospéreraient, mais d'une façon qui les rendait ridicules et absurdes. D'autres fois, Yusuf l'entendait se plaindre que la chance lui avait été contraire, que tout ce qu'il avait tenté avait échoué. L'hôtel, qui se composait d'un restaurant et d'une pièce au premier étage, meublée de quatre lits propres, se trouvait dans la petite ville de Kawa, où ils vivaient depuis quatre ans. Auparavant, ils habitaient au sud du pays, dans une autre bourgade, située dans une région agricole, où son père avait tenu un magasin. Yusuf se rappelait une colline verdoyante et, au loin, l'ombre des montagnes ; et aussi un vieil homme, assis sur un tabouret devant la boutique, qui brodait des calots avec du fil de soie. Ils étaient venus à Kawa parce que la petite ville avait connu une soudaine prospérité lorsque les Allemands y avaient installé un dépôt de matériel pour la ligne de chemin de fer qu'ils construisaient en direction des hautes terres, à l'intérieur du pays. Mais cette prospérité avait été de courte durée, et les trains ne s'arrêtaient plus que pour se ravitailler en bois et en eau. Lors de son dernier voyage, Oncle Aziz avait pris le train jusqu'à Kawa, puis le cortège était parti à pied vers l'ouest. Pour sa prochaine expédition, avait-il dit, on irait aussi loin que possible avec le train, pour continuer ensuite vers le nord-est ou le nord-ouest. D'après lui, les chances de faire du commerce étaient encore bonnes dans ces deux régions. Yusuf entendait parfois son père déclarer que leur ville allait tout droit en enfer.

Le train en direction de la côte partait en fin d'après-midi, et Yusuf pensait que c'était celui-là que prendrait Oncle Aziz. À quelque chose dans son comportement, il avait deviné que le marchand rentrait chez lui. Mais on ne peut jamais savoir avec les gens, et il se pouvait fort bien qu'il prenne le train en direction des montagnes, lequel partait au milieu de l'après-midi. Yusuf était prêt pour ces deux éventualités.

Son père l'attendait chaque jour à son hôtel, après les prières de midi, pour le mettre au courant du métier, disait-il, et lui apprendre à se débrouiller tout seul, mais en réalité pour soulager les deux jeunes gens qui l'aidaient, nettoyaient la cuisine et servaient les repas aux clients. Le cuisinier buvait, jurait, et insultait tout le monde sauf Yusuf. Dès qu'il l'apercevait, il s'interrompait brusquement au milieu d'un discours ordurier pour lui sourire, mais Yusuf le craignait et tremblait en sa présence. Ce jour-là, il n'alla pas retrouver son père, et ne fit pas ses prières de midi ; il se dit qu'avec la chaleur terrible qui régnait à cette heure, on ne partirait pas à sa recherche. Il se cacha à l'ombre, derrière le poulailler, dans l'arrière-cour, d'où il fut bientôt chassé par les odeurs suffocantes et la poussière. Il alla se blottir dans l'obscurité violacée du hangar à bois au toit arrondi, couvert de chaume. Il écouta les glissements furtifs des lézards, tout en guettant le moment où il recevrait la pièce de dix annas.

Étant habitué à jouer tout seul, il n'était pas effrayé par le silence lugubre du hangar. Son père n'aimait pas qu'il s'éloigne de la maison. « Nous sommes entourés de sauvages, disait-il ; ces Washenzis, ils ne croient pas en Dieu, mais à des esprits et à des démons qui vivent dans les arbres et les rochers. Ils ne cherchent qu'à enlever les petits enfants pour en faire ce qu'ils veulent. Ne va pas non plus avec ces fainéants et fils de fainéants qui n'ont rien dans la tête, ils ne s'occuperaient pas de toi et te laisseraient dévorer par les chiens sauvages. Reste près de la maison, tu y es en sûreté, et on peut veiller sur toi. » Le père de Yusuf préférait qu'il joue avec les enfants du commerçant indien qui habitait près de chez eux, mais ceux-ci lui jetaient du sable à la figure et l'insultaient quand il s'approchait d'eux. « *Golo, golo* », lui serinaient-ils en crachant dans sa direction. Il s'asseyait quelquefois auprès de garçons plus âgés qui flânaient à l'ombre des arbres ou des auvents des maisons. Il aimait leur compagnie, car ils plaisantaient et riaient tout le temps. Leurs parents étaient employés comme *vibarua* par les Allemands dans le chantier de construction de la voie de chemin de fer, ou comme porteurs par les voyageurs ou les marchands. Ils étaient rétribués à la tâche, et parfois restaient sans travail. Yusuf avait entendu dire que les Allemands pendaient ceux qui ne travaillaient pas assez dur. Aux plus jeunes ils se contentaient de couper le nez. Les Allemands n'avaient peur de rien ; ils agissaient comme bon leur semblait et personne ne pouvait les en empêcher. L'un des garçons racontait que son père avait vu un Allemand plonger sa main dans un brasier sans être brûlé, comme s'il était un fantôme.

Les *vibarua* venaient d'un peu partout : des hautes terres d'Usambara au nord de Kawa, des lacs légendaires à l'ouest des montagnes, de la savane du Sud, déchirée par la guerre, et un grand nombre d'entre eux étaient originaires de la côte. Les garnements riaient d'eux et se moquaient de leurs chants de labeur ; ils comparaient entre eux les odeurs aigres et répugnantes que leurs aînés rapportaient le soir. Ils inventaient des noms grotesques et déplaisants pour leurs lieux d'origine, dont ils se servaient pour s'injurier ou se ridiculiser mutuellement. Ils se battaient parfois sauvagement, se roulant par terre et échangeant des coups de pied. Les plus âgés, lorsqu'ils le pouvaient, travaillaient comme domestiques ou comme commissionnaires, mais le plus souvent ils traînaient et fouillaient dans les ordures, en attendant d'être assez vigoureux pour un travail d'homme. Yusuf restait avec eux quand ils voulaient bien de lui, il écoutait leurs conversations et leur rendait de menus services.

Pour passer le temps, ils se racontaient des histoires, ou jouaient aux cartes. C'est avec eux que Yusuf entendit dire pour la première fois que les bébés vivaient dans les pénis. Quand un homme souhaitait avoir un enfant, il mettait le bébé dans le ventre d'une femme, où il avait plus de place pour grossir. Yusuf n'était pas le seul à trouver cette histoire incroyable, et, la discussion s'échauffant, on sortait les pénis pour les mesurer. Bientôt les bébés furent oubliés, et les pénis devinrent intéressants en eux-mêmes. Les plus âgés étaient fiers d'exposer le leur et, pour s'amuser, forçaient les plus jeunes à montrer leurs petits abdallas. Parfois, ils jouaient au *kipande*. Yusuf fut toujours trop petit pour être réellement admis dans la partie, car c'étaient l'âge et la force qui décidaient de cet honneur, mais, quand on le lui permettait, il se joignait aux équipiers qui couraient avec frénésie dans la poussière après un cylindre de bois. Un jour, son père le surprit au milieu d'une bande d'enfants surexcités. Il lui jeta un regard glacial et désapprobateur, et le renvoya à la maison après lui avoir administré une paire de claques.

Yusuf se fabriqua un *kipande* et en adapta les règles de façon à pouvoir y jouer tout seul : il était en même temps tous les joueurs à la fois, avec l'avantage qu'il pouvait faire durer la partie aussi longtemps que cela lui plaisait. Il courait devant la maison, dans un sens, puis dans un autre, essayant d'attraper le *kipande*, qu'il jetait en l'air aussi haut qu'il pouvait pour se donner le temps de passer dessous.

2

Le jour du départ d'Oncle Aziz, Yusuf avait donc tranquillement passé quelques heures à faire le guet. Son père et le marchand rentrèrent à une heure de l'après-midi. Il vit leurs silhouettes miroiter dans la lumière liquide du soleil, tandis qu'ils avançaient à pas lents sur le chemin pierreux menant à la maison. Ils marchaient sans parler, tête baissée et épaules rentrées pour offrir moins de prise à la chaleur. Le déjeuner était déjà disposé pour eux sur le plus beau tapis, dans la chambre des hôtes. Yusuf avait participé aux derniers préparatifs et rectifié la position de certains plats, ce qui lui avait valu un grand sourire reconnaissant de sa mère épuisée. Il en avait profité pour inventorier le festin : deux sortes de curry, au poulet et au hachis de mouton ; le meilleur riz de Peshawar, luisant de *ghee* et parsemé de raisins secs et d'amandes ; des petits pains rebondis aux aromates, *maandazi* et *mahamri*, débordant de la corbeille recouverte d'une serviette ; des épinards dans une sauce à la noix de coco ; un plat de haricots d'eau ; des filets de poisson séché, grillés sur les braises mourantes où avaient cuit les autres plats. Yusuf avait presque pleuré de convoitise devant cette abondance, qui contrastait avec les maigres repas qui étaient leur ordinaire à cette époque. Sa mère lui lança un regard sévère, mais il arborait une mine si pathétique qu'elle se mit à rire.

Quand les hommes furent assis, Yusuf entra avec une cruche de cuivre, une bassine et une serviette propre étalée sur son bras gauche. Il versa l'eau lentement pendant qu'Oncle Aziz, puis son père se rinçaient les doigts. Décidément, il aimait bien les invités comme Oncle Aziz, se disait-il. Il resta accroupi derrière la porte de la chambre des hôtes pour le cas où l'on aurait besoin de lui. Il aurait été bien content de rester dans la pièce, mais son père lui avait lancé un regard irrité et l'avait renvoyé. Il se passait toujours quelque chose quand Oncle Aziz était là. Il prenait tous ses repas chez eux et couchait à l'hôtel. Il y avait souvent des petits restes savoureux quand les hommes avaient fini le repas – à moins que sa mère n'ait précédé Yusuf, et ces bonnes choses aboutissaient alors chez les voisins ou dans l'estomac d'un des mendiants dépenaillés qui se présentaient parfois à la porte, en marmonnant les louanges de Dieu d'une voix pleurnicharde. Sa mère disait qu'il était plus noble de donner à manger aux voisins ou aux nécessiteux que de satisfaire sa gloutonnerie. Yusuf n'en était pas convaincu, mais elle lui assurait qu'on trouvait sa récompense dans la pratique de la vertu. Au ton de sa voix, il comprenait que s'il discutait elle lui infligerait un nouveau sermon, et ceux du maître de l'école coranique lui suffisaient amplement.

Il y avait un mendiant, nommé Mohammed, avec qui Yusuf ne demandait pas mieux que de partager les restes. C'était un petit homme rabougri, à la voix nasillarde, dont l'haleine puait la viande gâtée. Yusuf l'avait vu, un après-midi, assis à côté de la maison, en train de manger des poignées de terre rouge qu'il grattait dans une fente du mur extérieur. Sa chemise était sale et tachée, et son short un des plus loqueteux que Yusuf eût jamais vus. Le bord de son calot était noir de crasse et de transpiration. Après l'avoir observé quelques instants, Yusuf alla lui chercher un bol de *cassava*. Au bout de quelques bouchées, entrecoupées de petits sanglots de gratitude, Mohammed lui confia que le drame de sa vie était dû à l'herbe. Autrefois, raconta-t-il, il était à son aise, il possédait de la terre bien arrosée et quelques animaux ; le soir, il restait auprès de sa mère pendant qu'elle chantait les louanges de Dieu et lui racontait de fabuleuses histoires du vaste monde.

Mais le mal était entré en lui, et avec une telle force qu'il avait abandonné sa mère et ses champs pour partir à la recherche de l'herbe. À présent, il errait sur les routes, recevant des coups et mangeant de la terre. Jamais, au cours de ses pérégrinations, il n'avait goûté de nourriture aussi succulente que celle préparée par sa mère, sauf peut-être, maintenant, ce morceau de *cassava*… Ils restèrent assis tous les deux contre le mur de la maison, et Mohammed raconta ses voyages à Yusuf ; sa voix aiguë s'animait, son visage jeune mais déjà ridé s'épanouissait en sourires édentés. « Que mon terrible exemple te serve de leçon, mon petit ami. Je t'en supplie, ne touche jamais à l'herbe… » Ses visites ne duraient pas longtemps ; Yusuf était toujours content de le voir et d'écouter le récit de ses dernières aventures. Ce qu'il préférait, c'était lorsque Mohammed lui décrivait sa terre bien arrosée, au sud de Witu, et la vie qu'il menait pendant ses années heureuses. Il aimait aussi que Mohammed lui répète l'histoire de son premier séjour dans la maison des fous à Mombasa. « *Wallahi !* je ne te raconte pas de mensonges, mon petit. Ils croyaient que j'étais fou ! Tu comprends ça, toi ? » Et, là, on lui avait rempli la bouche de sel, en le frappant au visage s'il tentait de le recracher. Ils ne le laissaient tranquille que s'il restait assis sans bouger pendant que les blocs de sel fondaient dans sa bouche, lui irritant les gencives. Mohammed racontait ces tortures avec des frissons, mais aussi quelque amusement. Il y avait d'autres histoires qui ne plaisaient pas à Yusuf : celle du chien aveugle que Mohammed avait vu lapider à mort, ou celles d'enfants livrés à de cruels traitements. Il faisait aussi allusion à une jeune femme qu'il connaissait à Witu ; sa mère aurait souhaité qu'il l'épouse, avoua-t-il avec un sourire niais.

Yusuf avait d'abord essayé de le cacher de peur que sa mère ne le renvoie, mais quand elle était apparue, Mohammed avait fait tant de courbettes et geint avec une telle reconnaissance qu'il était devenu un de ses mendiants favoris. « Je t'en prie, pleurnichait-il quand elle était à portée de voix, honore ta mère. Que mon terrible exemple te serve de leçon ! » La mère disait à Yusuf : « Il arrive que des sages, des prophètes ou des sultans se déguisent en mendiants et se mêlent aux gens ordinaires et aux malheureux. Il vaut toujours mieux traiter les mendiants avec respect. » Quand paraissait le père de Yusuf, Mohammed se levait et s'en allait avec force protestations de déférence.

Un jour, Yusuf, sans bien savoir pourquoi, avait volé une pièce de monnaie dans une poche de son père. Celui-ci venait de rentrer de son travail, et était en train de se laver. Yusuf avait plongé la main dans la poche de la veste malodorante, suspendue à un clou dans la chambre de ses parents, et en avait retiré une pièce. Il s'aperçut que c'était une roupie d'argent, et fut alors trop effrayé pour la dépenser. Surpris que son vol n'ait pas été découvert, il fut tenté de remettre la roupie dans la poche. Il avait souvent pensé la donner à Mohammed, mais il craignait que le mendiant ne vende la mèche, ou ne l'accuse. C'était la plus grosse somme que Yusuf ait jamais eue en sa possession. Il la dissimula dans une fente en bas d'un mur, et allait parfois lui donner de petits coups avec un bâton.

3

Pendant une partie de l'après-midi, Oncle Aziz fit la sieste dans la chambre des hôtes – pour Yusuf, c'était un délai exaspérant. Son père s'était, lui aussi, retiré dans sa chambre, comme il le faisait chaque jour après le repas. Yusuf avait de la peine à comprendre pourquoi les gens éprouvent le besoin de dormir l'après-midi, comme si c'était une loi qu'ils devaient respecter. Ils appelaient cela « se reposer », et même sa mère disparaissait parfois dans la chambre en tirant le rideau. Il avait essayé une fois ou deux d'en faire autant, mais, étendu éveillé sur son lit, sans pouvoir bouger, il s'était ennuyé et avait eu l'impression d'être mort – ou puni.

Pendant qu'Oncle Aziz dormait, Yusuf avait été chargé de ranger la cuisine. Il y avait tout intérêt s'il voulait avoir son mot à dire sur la répartition des reliefs du repas. Chose surprenante, sa mère le laissa seul pour aller parler avec son père. D'habitude, elle exerçait une stricte surveillance, séparant des petits restes de ce qui pouvait servir pour un autre repas. Yusuf fit de son mieux pour faire disparaître le plus de nourriture possible, mit de côté ce qui restait, lava et récura les casseroles, balaya la cour, puis alla monter la garde, assis à l'ombre près de la porte de derrière, se trouvant très à plaindre à cause de toutes les tâches qui lui étaient confiées.

Quand sa mère réapparut et lui demanda ce qu'il faisait, il répondit d'un air de reproche qu'il se reposait, et sa mère ne put s'empêcher de sourire. Soudain, elle l'attira contre elle, le souleva dans ses bras pour l'embrasser ; mais il se débattit frénétiquement pour lui faire lâcher prise. Elle savait bien qu'il détestait qu'on le traite comme un bébé… Tout en gigotant avec une fureur rentrée, il cherchait à poser ses pieds par terre pour retrouver sa dignité. Sa mère faisait toujours cela parce qu'il était petit pour son âge – elle le prenait dans ses bras, lui pinçait les joues, le couvrait de baisers, riait aux éclats comme s'il était un petit enfant. Or il avait douze ans. Mais, cette fois, à son grand étonnement, elle ne le lâcha pas. D'habitude, elle le libérait lorsqu'il se débattait trop furieusement, et lui donnait une tape sur le derrière. À présent, elle le retint, le pressant contre elle, sans parler, sans sourire. Le dos de son corsage était humide de sueur, et il émanait d'elle une odeur de fumée et de grande lassitude. Il ne se débattit plus, et laissa sa mère le serrer contre elle.

C'est alors qu'il eut son premier pressentiment. Quand il vit les larmes dans les yeux de sa mère, la frayeur lui serra le cœur. Il ne l'avait jamais vue pleurer. Il l'avait vue se lamenter lors de la mort d'un voisin, il l'avait entendue implorer pour les vivants la miséricorde du Tout-Puissant, le visage tendu dans la prière, mais il n'avait jamais vu ces larmes muettes. Il pensa qu'il était arrivé quelque chose à son père, ou que celui-ci avait parlé durement à sa mère – le repas n'avait peut-être pas été assez bon pour Oncle Aziz.

« Ma ! » fit-il d'une voix suppliante – mais elle lui imposa silence.

Son père lui avait peut-être encore vanté son autre famille ; c'est ce qu'il faisait quand il était en colère. Yusuf l'avait entendu un jour reprocher à sa mère de venir d'une famille tribale de la montagne, vivant dans une hutte enfumée et s'habillant de peaux de bique, qui estimait que deux chèvres et cinq sacs de haricots étaient un bon prix pour une femme. « S'il t'arrive quelque chose, ils m'en trouveront une autre comme toi dans leur bergerie ! » Ce n'est pas parce qu'elle avait grandi sur la côte parmi des gens civilisés qu'elle pouvait prendre de grands airs… Yusuf était terrifié lorsque ses parents se disputaient, il sentait que leurs paroles entraient en lui comme des lames acérées, et il se souvenait des récits de violence et d'abandon racontés par ses camarades.

C'était sa mère qui lui avait parlé de la première épouse de son père, en souriant et avec la voix qu'elle prenait quand elle racontait des histoires. Cette première épouse était arabe et venait d'une vieille famille de Kilwa. Sans être une princesse, elle était d'une origine fort honorable. Le père de

Yusuf l'avait épousée contre le gré de ses parents ; ceux-ci étaient fiers et jugeaient qu'il n'était pas assez bien né, car, bien que son nom fût respecté, n'importe qui pouvait voir que sa mère était sans doute une femme de la brousse, et que lui-même n'avait pas fait fortune. Certes, un nom ne pouvait être souillé par le sang de la mère, mais le monde où ils vivaient ne leur en imposait pas moins quelques obligations. Ils avaient de plus hautes aspirations pour leur fille que de la laisser devenir la mère de pauvres enfants au visage de sauvage. « Nous rendons grâce à Dieu, monsieur, pour votre aimable attention, mais notre fille est trop jeune pour penser au mariage. Il ne manque pas, dans notre ville, d'autres jeunes filles plus dignes de vous. »

Mais le père de Yusuf avait aperçu leur fille, et il ne pouvait l'oublier. Il était tombé amoureux d'elle ! Ses sentiments le rendirent intrépide et téméraire, et il chercha le moyen d'entrer en contact avec elle. À Kilwa, il n'était qu'un étranger, venu pour accompagner une livraison de jarres en argile pour le compte de son employeur ; il s'était néanmoins lié d'amitié avec le propriétaire d'un *dhow*, un *nahoda*. Celui-ci l'encouragea avec jubilation dans sa passion pour la jeune fille, prêt à l'aider. D'autant plus, dit-il, que cela chagrinerait cette famille imbue d'elle-même… Le père de Yusuf avait rencontré plusieurs fois la jeune fille en secret, et, finalement, l'avait enlevée. Le *nahoda*, qui connaissait tous les mouillages le long de la côte, depuis Faza à l'extrême nord jusqu'à Mtwara au sud, les transporta secrètement à Bagamoyo, où le père de Yusuf trouva du travail dans un commerce d'ivoire appartenant à un Indien, d'abord comme gardien, puis comme employé et, à l'occasion, comme représentant. Au bout de huit ans, la femme qu'il avait épousée avait décidé de retourner à Kilwa et avait fait écrire une lettre à ses parents où elle leur demandait pardon. Elle emmena ses deux jeunes garçons pour les attendrir. Le *dhow* sur lequel ils s'embarquèrent portait le nom de *Jicho*, l'Œil. On ne le revit jamais après qu'il eut quitté Bagamoyo. Le père de Yusuf ne parlait de sa première famille que lorsqu'il était en colère, ou avait éprouvé une déception. Yusuf savait que ces souvenirs étaient douloureux et provoquaient chez lui de violents accès de fureur.

Lors d'une de ces terribles scènes, où ses parents semblaient oublier que, pendant qu'ils se déchiraient mutuellement, il était assis devant la porte ouverte, Yusuf avait entendu son père gémir : « Mon amour pour elle n'a pas été heureux. Si tu savais comme cela fait souffrir !

— Qui ne le sait pas ? avait répondu sa mère. Qui ne sait comme cela fait souffrir ? Crois-tu que je ne connais pas la souffrance d'un amour malheureux ? Crois-tu que je suis insensible ?

— Non, non, ne m'accuse pas, pas toi ! Tu es la lumière sur mon visage », avait-il crié. Puis, d'une voix brisée, il avait supplié : « Ne m'accuse pas. Ne reparle pas encore de tout ça !

— Non, je ne le ferai pas », avait-elle dit dans un murmure.

À présent, Yusuf se demandait s'ils s'étaient de nouveau querellés. Il attendait que sa mère lui parle, il voulait qu'on lui dise ce qui se passait. Il était irrité de ne pouvoir savoir ce qui la faisait pleurer.

« Ton père te le dira lui-même », lui dit-elle enfin. Elle le relâcha et rentra dans la maison. En un instant, elle avait disparu dans la pénombre du vestibule.

4

Son père vint le chercher. Il venait de s'éveiller de sa sieste, et avait encore les yeux rouges de sommeil. Sa joue gauche était en feu, il avait sans doute dormi dessus. D'une main, il souleva son maillot de corps pour se gratter le ventre, et de l'autre il caressa son menton mal rasé. Sa barbe poussait vite, et d'habitude il se rasait après sa sieste. Il adressa un large sourire à Yusuf, qui était toujours assis sur le seuil de la porte de derrière, à l'endroit où sa mère l'avait laissé. Son père vint s'accroupir à côté de lui. Yusuf voyait qu'il s'efforçait de paraître insouciant, et cela l'inquiéta.

« Aimerais-tu faire un voyage, mon petit poulpe ? » lui demanda son père, qui l'attira contre lui, ruisselant de sueur masculine. Yusuf sentait le poids de son épaule sur sa propre épaule ; il résista à l'envie d'enfouir sa tête contre la poitrine de son père ; il était trop vieux pour cela. Il l'interrogea du regard, tentant de déchiffrer le sens de ses paroles. Son père eut un petit rire et le serra un instant contre lui. « Ça n'a pas l'air de te plaire, dit-il.

— Quand ? » demanda Yusuf, en se tortillant doucement pour se dégager.

« Aujourd'hui », dit son père en haussant gaiement la voix et avec une apparente nonchalance. Il étouffa un bâillement. « Tout de suite », dit-il.

Yusuf se dressa sur la pointe des pieds, puis fléchit les genoux ; il ressentait un besoin urgent d'aller aux cabinets, et jeta un regard anxieux à son père, attendant des explications. « Où est-ce que je vais aller ? Et que fait Oncle Aziz ? » La frayeur soudaine et moite qui l'avait saisi s'apaisa à la pensée des dix annas. Il n'irait nulle part sans cette pièce dans sa poche.

« C'est justement avec Oncle Aziz que tu vas partir », reprit le père, qui le regarda avec un petit sourire amer. Celui qu'il avait quand Yusuf lui disait une sottise. L'enfant attendit, mais le père resta silencieux. Au bout d'un moment, il se mit à rire et voulut attraper Yusuf, qui s'écarta prestement, riant lui aussi. « Tu vas prendre le train et aller jusqu'à la côte. Tu aimes bien les trains, n'est-ce pas ? Et tu seras content de voir la mer. » Yusuf espérait que son père lui en dirait davantage ; la perspective de ce voyage l'inquiétait sans qu'il sût pourquoi. Enfin, son père lui donna une tape sur la cuisse et lui ordonna d'aller demander à sa mère de lui empaqueter quelques affaires.

Quand le moment du départ arriva, tout parut irréel à Yusuf. Il dit adieu à sa mère sur le seuil de la maison, et suivit son père et Oncle Aziz jusqu'à la gare. Sa mère ne l'avait pas embrassé, n'avait versé aucune larme comme il l'avait redouté. Il ne put se souvenir plus tard de ce qu'elle avait fait ou dit, il se rappelait seulement qu'appuyée contre le chambranle de la porte elle avait l'air malade, épuisée, hébétée. Quand il pensait à ce départ, l'image qui lui venait à l'esprit, c'était la route éblouissante et les deux hommes marchant devant lui. Un porteur les précédait, chancelant sous le poids des bagages d'Oncle Aziz. Lui portait son petit ballot, contenant deux shorts, un *kanzu* encore tout neuf, étrenné à la dernière fête de l'*Id*, une chemise, un Coran et le vieux chapelet de sa mère. Celle-ci avait emballé le tout, sauf le chapelet, dans un vieux châle dont elle avait joint les bouts en un gros nœud, et, avec un sourire, elle avait passé un bâton à travers ce nœud pour que Yusuf puisse porter son baluchon à la manière des porteurs. Au dernier moment, elle lui avait furtivement remis le chapelet de grès.

Il ne lui était jamais venu à l'esprit, ne fût-ce qu'un instant, qu'il serait peut-être séparé de ses parents pour longtemps, ou même qu'il ne les reverrait jamais. Il n'avait pas pensé à leur demander quand il reviendrait, pourquoi il accompagnait Oncle Aziz, ni pourquoi tout avait été décidé si soudainement. À la gare, Yusuf vit qu'en plus du drapeau jaune orné du redoutable oiseau noir, il y en avait un autre où figurait une croix noire bordée d'argent. On le hissait lorsque des officiers supérieurs voyageaient dans le train. Son père se pencha et lui serra la main. Il lui parla assez longuement, et peu à peu ses yeux s'humectèrent. Par la suite, Yusuf se rappelait seulement que, dans ses recommandations, il était question de Dieu.

Le train roulait depuis un certain temps lorsque la nouveauté de l'expérience s'émoussa, et alors la pensée qu'il avait quitté ses parents ne quitta plus Yusuf. En songeant au rire paisible de sa mère, il ne put s'empêcher de pleurer. Oncle Aziz était assis à côté de lui ; Yusuf lui jeta un regard confus, mais le marchand s'était endormi, adossé à ses bagages. Bientôt, Yusuf sentit que ses larmes se tarissaient, mais il ne chercha pas à chasser sa tristesse. Il s'essuya les yeux et se mit à observer son oncle. Il devait avoir de nombreuses occasions de le faire, mais c'était la première fois qu'il pouvait le dévisager. Oncle Aziz avait ôté son calot en montant dans le compartiment, et Yusuf fut surpris de lui trouver l'air très dur. Son visage semblait plus large, moins bien proportionné. Ainsi endormi, ses manières courtoises si caractéristiques n'étaient plus visibles, mais il sentait encore très bon, et c'est ce qui avait toujours plu à Yusuf, de même que ses fins *kanzus* flottants et ses calots brodés de soie. Lorsqu'il entrait quelque part, son apparence annonçait la prospérité, l'audace. Maintenant qu'il était renversé en arrière sur ses bagages, Yusuf remarqua qu'Oncle Aziz avait du ventre ; il le voyait se soulever et s'abaisser avec sa respiration, traversé parfois par un frémissement.

Ses bourses de cuir étaient comme d'habitude attachées à une ceinture faisant le tour de son bas-ventre ; elles pendaient sur ses hanches, reliées par une boucle en cuir à la jointure des cuisses, lui faisant comme une sorte d'armure. Yusuf ne l'avait jamais vu se séparer de cette ceinture, même pendant la sieste de l'après-midi. Il se rappela soudain la roupie d'argent qu'il avait cachée dans le mur, et trembla à l'idée qu'on la découvrirait et que sa culpabilité éclaterait au grand jour.

Le train était bruyant ; la poussière et la fumée entraient par la fenêtre ouverte, et apportaient avec elles une odeur de feu et de viande brûlée. On roulait à travers une plaine, où la nuit tombante projetait des ombres démesurées. Sur la gauche, on apercevait les silhouettes bosselées des montagnes, dont les sommets flamboyaient sous les derniers rayons du soleil. Le train grondant et cahotant avançait cahin-caha sans se presser ; parfois il ralentissait comme pour s'arrêter, puis repartait brusquement dans un élan subit qui faisait grincer les roues. Yusuf sut plus tard qu'il s'était arrêté plusieurs fois en chemin, mais il n'en avait pas eu conscience. Il eut sa part des provisions que sa mère avait préparées pour Oncle Aziz : des *maandazi*, de la viande bouillie et des haricots. Son oncle les avait déballées avec soin, en murmurant un *bismillah*, et, ouvrant à demi la main dans un geste d'invitation, il convia Yusuf à partager son repas. Il le regarda manger avec bienveillance, et lui sourit.

Yusuf eut du mal à s'endormir, les planches de la banquette s'enfonçaient dans ses côtes. Il resta entre veille et sommeil, tourmenté par le besoin de se soulager. Quand, au milieu de la nuit, il ouvrit les yeux, il faillit pousser un cri de se voir dans ce compartiment à moitié plein, faiblement éclairé. À l'extérieur, l'obscurité donnait une impression de vide sans limites, et il craignit que le train n'y restât plongé sans pouvoir en sortir. Il essaya de fixer son attention sur le bruit des roues, mais leur rythme irrégulier le gênait et le gardait éveillé. Il rêva que sa mère était le chien borgne qu'il avait vu un jour écrasé sous les roues d'un train.

Ils arrivèrent le lendemain matin ; Oncle Aziz guida Yusuf calmement et fermement jusqu'à la sortie de la gare à travers une foule vociférante de camelots, sans dire un mot. Ils marchèrent dans les rues, jonchées des débris d'une fête récente. Il y avait encore des palmes, disposées en arceaux, attachées aux montants des portes. Des guirlandes d'œillets d'Inde et de jasmin écrasées et des pelures de fruits encombraient la chaussée. Devant eux, un porteur, chargé de leurs bagages, transpirait et maugréait dans la chaleur du matin. Yusuf dut lui abandonner son petit baluchon. « Donne-le au porteur », avait ordonné Oncle Aziz en lui montrant l'homme grimaçant, debout, déhanché, devant le tas de bagages, qui se mit en route en sautillant pour alléger le poids sur sa hanche malade. La surface de la route était brûlante, et Yusuf, qui marchait pieds nus, aurait voulu sauter lui aussi, mais il devinait qu'Oncle Aziz ne serait pas content. À la manière dont celui-ci était salué sur son passage, Yusuf comprit que c'était un notable. Le porteur criait pour qu'on leur fasse place : « Laissez passer le seyyid, *waugwana* ! » et, malgré son aspect maladif et dépenaillé, personne ne protestait. Il regardait parfois autour de lui en grimaçant un sourire, et Yusuf se dit qu'il connaissait sans doute un dangereux secret.

La demeure d'Oncle Aziz était un long bâtiment bas, aux confins de la ville. Elle se dressait à l'écart de la route, dont elle était séparée par un grand terrain entouré d'arbres : de petits margousiers, des cocotiers, un *soufi* et un énorme manguier. Il y en avait d'autres que Yusuf ne connaissait pas.

Malgré l'heure matinale, un petit groupe d'hommes s'était rassemblé à l'ombre du manguier. Ils se levèrent à leur approche en agitant les bras et en clamant des salutations.

Un jeune homme sortit précipitamment de la boutique qui se trouvait sur le devant de la maison, et vint à leur rencontre avec des protestations volubiles de bienvenue. Il baisa avec respect la main d'Oncle Aziz, et aurait continué indéfiniment si ce dernier ne l'avait retirée en prononçant quelques mots d'un ton irrité : « Assez, Khalil ! » Khalil resta immobile, serrant ses mains l'une contre l'autre comme pour se retenir de saisir encore celle de son maître. Ils échangèrent des nouvelles en arabe. Khalil était un garçon de seize ou dix-sept ans, mince et nerveux, avec un soupçon de moustache. Yusuf comprit qu'on parlait de lui, car Khalil le regardait et secouait la tête avec animation. Oncle Aziz se dirigea enfin vers un long mur blanchi à la chaux où s'ouvrait une porte. Pendant un bref instant, Yusuf eut la vision d'un jardin, d'arbres fruitiers, de buissons en fleur, de reflets dans un bassin. Il s'apprêtait à suivre son oncle, mais celui-ci, sans se retourner, fit un geste de la main, dans son dos, et il comprit qu'il n'était pas autorisé à l'accompagner. Il se tourna vers Khalil, qui le regardait avec un sourire approbateur et retourna à la boutique en lui faisant signe de venir avec lui. Yusuf se saisit de son baluchon que le porteur avait laissé dehors lorsqu'il était entré dans la maison avec les bagages d'Oncle Aziz. Il avait déjà perdu le chapelet de sa mère – oublié dans le train. Trois vieillards assis sur un banc le suivirent du regard quand il entra dans la boutique.

5

Khalil annonça aux clients : « Voici mon petit frère, il est venu travailler pour nous. Il paraît tout petit et faible parce qu'il arrive des terres sauvages, là-bas, derrière les montagnes. Là-haut, ils n'ont à manger que du *cassava* et des mauvaises herbes. C'est pour ça qu'il a l'air d'un mort vivant. Regardez le pauvre garçon ! Voyez comme il a triste mine ! Mais nous allons le gaver de poisson, de sucreries, de miel, et en un rien de temps il sera assez dodu pour une de vos filles. Salue les clients, petit, fais-leur un beau sourire… »

Dès le début, tout le monde fit bonne figure à Yusuf. Il ne voyait Oncle Aziz qu'une ou deux fois par jour. On se précipitait sur le passage du marchand pour lui baiser la main s'il le permettait, ou pour s'incliner respectueusement à une petite distance s'il paraissait inaccessible. Devant les salutations et les sollicitations obséquieuses, son visage demeurait impassible, et, quand il avait écouté assez longtemps pour ne pas sembler discourtois, il poursuivait son chemin, après avoir glissé quelques piécettes dans la main du plus pitoyable de ses courtisans.

Yusuf passait tout son temps avec Khalil, qui l'initiait à sa nouvelle existence, et le questionnait sur son passé. Khalil s'occupait du magasin, y logeait et ne s'intéressait apparemment à rien d'autre ; il y consacrait toute son énergie, se hâtant d'une tâche à une autre, l'air anxieux, évoquant avec volubilité les catastrophes qui se produiraient s'il s'arrêtait seulement pour respirer. Les clients lui disaient : « Tu vas vomir à force de parler ! Ne te dépêche donc pas tant, jeune homme, sinon tu te dessécheras avant l'heure. » Mais Khalil souriait et continuait à discourir. Il parlait couramment le kiswahili, mais avec un fort accent arabe, et s'arrangeait pour que les libertés qu'il prenait avec la syntaxe semblent aussi délibérées qu'elles étaient excentriques. Lorsqu'il était énervé ou inquiet, il débitait un flot de paroles en arabe, ce qui réduisait les clients au silence. La première fois que cette scène eut lieu devant lui, Yusuf éclata de rire devant la véhémence de Khalil, mais celui-ci vint lui donner une bonne gifle. Les vieillards, installés sur la terrasse, se mirent à glousser, en se balançant et en échangeant des regards entendus comme s'ils avaient toujours prévu que cette correction était inévitable. Ils venaient chaque jour s'asseoir sur le banc et passaient le temps en causant et en s'amusant des bouffonneries du jeune homme. Quand il n'y avait pas de clients, Khalil leur accordait alors toute son attention, transformant ces vieillards en un chœur donnant la réplique à tous ses propos extravagants. Il interrompait leurs commentaires sur les nouvelles du jour et les rumeurs de guerre par des questions et des réflexions judicieuses.

Le nouveau professeur de Yusuf ne perdit pas de temps pour lui confier un grand nombre de tâches. La journée de travail commençait à l'aube, et ne se terminait que lorsque Khalil en décidait ainsi. Les cauchemars et les pleurs de Yusuf pendant la nuit étaient stupides, disait-il, il fallait qu'ils cessent. Quelqu'un pourrait croire qu'on lui avait jeté un sort et l'envoyer chez le masseur pour qu'il lui pose des fers rouges sur le dos. Et somnoler dans la réserve, contre les sacs de sucre, c'était la pire des fautes : il pourrait s'oublier et souiller le sucre. « Quand un client plaisante, il faut rire pour de bon, même si ça te donne des vents, ris, et surtout n'aie pas l'air de t'ennuyer. » Il lui dit aussi : « Quant à Oncle Aziz, d'abord, il n'est pas ton oncle, il faut que tu le saches ; crois-moi, il n'est pas ton oncle, *kifa urongo*. » C'est ainsi que Khalil appelait Yusuf : *kifa urongo*, mort vivant. Vendeurs le jour, veilleurs la nuit, tous deux dormaient sur la terrasse de terre battue, devant le magasin, couverts d'un drap en coton grossier, leurs têtes rapprochées et leurs corps écartés, de façon à pouvoir se parler tout bas sans être trop près l'un de l'autre. Quand Yusuf roulait près de lui en dormant, Khalil le repoussait brutalement avec des coups de pied. Les moustiques tournoyaient au-dessus d'eux, réclamant leur part de sang avec des sifflements aigus ; si les draps glissaient, ces bestioles se précipitaient pour festoyer. Dans ses rêves, Yusuf voyait leurs sabres dentés déchiqueter ses chairs.

Khalil lui disait aussi : « Tu es ici parce que ton Ba doit de l'argent au seyyid. Moi aussi, je suis là parce que mon Ba lui devait de l'argent, seulement il est mort maintenant. Que Dieu ait son âme.

— Que Dieu ait son âme, répétait Yusuf.

— Ton Ba doit être un mauvais homme d'affaires...

— Non ! » s'écria Yusuf, qui n'avait pas d'idées précises sur la question, mais n'admettait pas de telles insinuations.

« Il ne doit pas être aussi nul que mon père, que Dieu ait son âme, continua Khalil, sans s'émouvoir de la protestation de Yusuf. Personne ne pourrait l'être.

— Combien lui devait ton père ? demanda Yusuf.

— Ce n'est pas honorable de poser cette question », dit Khalil en lui flanquant une gifle pour le punir de sa stupidité. « Et ne dis pas *lui*, mais seyyid. »

Yusuf ne comprenait pas tout, mais il était prêt à travailler pour payer la dette de son père. Quand celle-ci serait remboursée, il pourrait rentrer à la maison – seulement on aurait peut-être pu le mettre au courant à l'avance… Il ne se souvenait pas avoir entendu parler de dette ; à côté des voisins, ses parents semblaient assez à leur aise. Il fit part de ses réflexions à Khalil, qui resta silencieux un long moment.

« Je vais te dire une chose, dit-il enfin à voix basse, tu es un imbécile, et tu ne comprends rien. Tu pleures la nuit, et tu cries quand tu rêves. Où avais-tu les yeux et les oreilles quand l'affaire a été conclue ? Ton père doit beaucoup d'argent au seyyid, sinon tu ne serais pas ici. Si ton Ba l'avait remboursé, tu serais resté chez toi, à manger chaque matin du *malai* et du *mofa*, hein ? Et à faire des courses pour ta mère, et tout ça. Il n'a même pas besoin de toi, le seyyid. Il n'y a pas assez à faire ici… »

Un peu plus tard, il reprit, en baissant encore la voix comme si Yusuf n'était pas censé entendre, ni comprendre. « Tu n'as sans doute pas de sœur, sinon, il l'aurait emmenée aussi… »

Yusuf se tut le temps qu'il fallait pour montrer qu'il ne manifestait aucune curiosité déplacée après cette réflexion de Khalil – et pourtant… Mais sa mère le grondait souvent lorsqu'il se montrait curieux, qu'il posait des questions sur les voisins. Il se demanda soudain ce qu'elle était en train de faire. « Combien de temps tu devras travailler pour Oncle Aziz ? demanda-t-il.

— Il n'est pas ton oncle », répliqua vivement Khalil. Yusuf fit la grimace, car il s'attendait à une nouvelle correction. Khalil eut un petit rire, et sortit la main de dessous son drap pour allonger une taloche sur l'oreille de Yusuf. « Tu ferais bien de te dépêcher d'apprendre ça, c'est important pour toi. Il n'aime pas que des petits va-nu-pieds l'appellent

Oncle par-ci, Oncle par-là. Il veut que tu lui baises la main, et que tu l'appelles seyyid. Au cas où tu ne saurais pas ce que ça veut dire, ça signifie "maître". Tu m'entends, *kipumbu we*, petite couille. Tu dois l'appeler seyyid.

— Oui », se hâta de répondre Yusuf, dont l'oreille résonnait encore du coup qu'elle avait reçu. « Mais combien de temps faut-il que tu travailles pour lui avant de pouvoir t'en aller ? Et moi, combien de temps dois-je rester ?

— Le temps que ton Ba ait payé sa dette, ou qu'il meure, peut-être, dit gaiement Khalil. Mais qu'est-ce qui ne va pas ? Tu ne te plais pas ici ? C'est un brave homme, le seyyid. Il ne te bat pas. Si tu lui montres du respect, il veillera sur toi, et il s'assurera que tout se passe bien pour toi. Pendant toute ta vie. Mais si tu pleurniches la nuit, si tu continues à faire ces cauchemars… Il faut que tu apprennes l'arabe, ça te ferait bien voir de lui. »

6

La nuit, parfois, ils étaient harcelés par des chiens, qui erraient en meutes dans les rues obscures, et se battaient dans les fourrés. Yusuf était réveillé par le bruit de leurs courses effrénées, et apercevait leurs inquiétantes silhouettes filant rapidement sur la route. Une fois, il se réveilla d'un profond sommeil pour trouver quatre chiens arrêtés, immobiles, à quelques mètres de la terrasse. Terrifié, il se dressa sur son séant. C'étaient leurs yeux qui l'effrayaient le plus et l'empêchaient de dormir. Leur éclat glacial, dans la lumière pâle du croissant de lune, n'exprimait qu'une seule chose : Yusuf y lisait une patience endurcie et calculatrice, dont le seul objectif était de le vider de sa vie. Au mouvement brusque qu'il fit en s'asseyant, les chiens glapirent et s'enfuirent. Mais ils revinrent la nuit suivante, un moment immobiles et silencieux, puis ils repartirent, comme s'ils suivaient un plan. Ils revinrent nuit après nuit, leur impatience grandissant à mesure que la lune croissait. Ils s'approchaient peu à peu, encerclant la clairière et hurlant à l'abri des buissons. Yusuf faisait cauchemar sur cauchemar. Sa frayeur était mêlée de honte, car il sentait bien que Khalil ne prêtait aucune attention aux chiens. Quand il les voyait rôder, il leur lançait une pierre et ils prenaient la fuite. Quand ils étaient assez près, il leur jetait des poignées de poussière dans les yeux. On aurait dit que ces bêtes n'en avaient qu'à Yusuf. Il rêvait qu'elles montaient sur lui, la gueule à demi ouverte et ruisselante de bave, et que leurs yeux cruels le toisaient impitoyablement.

Une nuit, comme il s'y attendait, ils arrivèrent en bondissant, restant à distance les uns des autres. Il faisait aussi clair qu'en plein jour. Le plus gros s'approcha et vint se poster en face du magasin. De son corps rigide sortit un grondement sourd et prolongé auquel répondirent les autres chiens, qui s'avancèrent en demi-cercle devant la maison. Yusuf les entendait haleter, les voyait montrer les dents. Tout d'un coup, sans avertissement, ses intestins se vidèrent. Saisi, il poussa un cri, qui fit sursauter le chef de la meute et qui réveilla Khalil ; celui-ci se dressa affolé, et vit que les chiens étaient dangereusement proches ; ils grondaient férocement, se préparant à attaquer. Il se précipita vers eux en vociférant et en agitant les bras. Il leur jeta des pierres, des poignées de sable, tout ce qu'il put trouver. Les chiens s'enfuirent en courant, jappant et se mordant mutuellement. Pendant un long moment, Khalil resta, sur la terrasse éclairée par la lune, à crier des malédictions en arabe en direction des bêtes en fuite, et à les menacer du poing. Puis il revint en courant auprès de Yusuf, qui vit que ses mains tremblaient. Debout devant lui, il brandit ses poings avec fureur et proféra un flot de paroles en arabe, que ses gestes furieux rendaient encore plus explicites. Enfin, il se retourna et pointa un doigt accusateur en direction des chiens.

« Tu veux donc qu'ils te mordent ? Tu crois qu'ils étaient venus pour jouer avec toi ? Tu es pire qu'un *kifa urongo*, tu n'es qu'un gosse débile, poltron. Qu'est-ce que tu attendais ? Parle donc, espèce de *maluun.* »

Khalil se calma enfin ; il aida Yusuf, en reniflant avec dégoût, à se traîner vers le robinet qui se trouvait contre le mur extérieur du jardin défendu. Il y avait là aussi un appentis qui servait de cabinet, mais Yusuf refusa d'y entrer, car il y faisait noir, et il avait peur de glisser et de tomber dans l'horrible et profonde fosse d'aisances. Il ne pouvait s'arrêter de sangloter. Khalil essaya de le faire taire en lui mettant son doigt sur les lèvres ; il lui tapota la tête, lui caressa les cheveux et essuya les larmes qui coulaient sur son visage. Il l'aida à se déshabiller et resta auprès de lui pendant qu'il se nettoyait de son mieux au robinet.

Les chiens revinrent plusieurs nuits de suite ; ils s'arrêtaient à quelque distance de la terrasse, hurlant et jappant dans l'ombre. Même pendant les nuits obscures, les deux garçons les sentaient rôder autour de la maison et les entendaient dans les buissons. Khalil racontait à Yusuf des histoires de loups et de chacals qui volaient les enfants des hommes et les élevaient comme des animaux, les allaitant et leur donnant à manger de la viande régurgitée. Ils leur apprenaient à parler leur langue et à chasser. Quand ils étaient grands, ils s'accouplaient avec eux, et c'était ainsi que naissaient les hommes-loups qui vivaient au fond des forêts, et ne se nourrissaient que de viande décomposée. Les goules aussi mangeaient des charognes, de préférence humaines, mais uniquement d'hommes sur lesquels aucune prière n'a été prononcée après leur mort. C'étaient des djinns, créés à partir du feu, qu'il ne fallait pas confondre avec les hommes-loups qui étaient faits de terre comme tous les animaux. « Les anges, si ça t'intéresse de le savoir, ont été créés à partir de la lumière, c'est pour ça qu'ils sont invisibles. Les hommes-loups, eux, se mêlent parfois aux personnes réelles.

— Tu en as déjà vu un ? » demanda Yusuf.

Khalil eut l'air pensif. « Je n'en suis pas sûr, dit-il, mais je crois que c'est arrivé une fois. Ils viennent sous une autre forme, ça tu le sais. J'ai vu, une nuit, un homme très grand, penché contre l'arbre soufi là-bas, aussi grand qu'une maison et tout blanc. Il étincelait comme la lumière… non, comme le feu, pas comme la lumière.

— C'était peut-être un ange ? suggéra Yusuf, avec espoir.

— Que Dieu te pardonne ! On ne peut pas voir les anges. Celui-là riait, il se penchait contre l'arbre et riait d'un air affamé.

— Affamé ? s'étonna Yusuf.

— J'ai fermé les yeux et j'ai vite dit une prière. Il ne faut pas regarder en face un homme-loup, sinon au revoir, miam-miam ! Quand j'ai rouvert les yeux, il avait disparu. Une autre fois, j'ai été suivi pendant une heure par une corbeille vide. Si je m'arrêtais, elle s'arrêtait, si je tournais à un coin, elle me suivait toujours. J'ai continué et j'ai entendu hurler un chien. Quand j'ai regardé autour de moi, j'ai vu la corbeille vide qui me suivait.

— Pourquoi n'as-tu pas couru ? chuchota Yusuf, très impressionné.

— Ça n'aurait servi à rien. Les hommes-loups courent plus vite que les zèbres, plus vite que la pensée. La seule chose qui court plus vite, c'est une prière. Si tu cours, ils te transforment en animal, ou en esclave. Après le *kiyama*, le jour de la fin du monde où Dieu appelle tous les hommes à lui... Après le *kiyama*, les hommes-loups – ils seront des milliers et des milliers – habiteront dans la première couche de l'enfer, et ils mangeront les pécheurs qui n'ont pas obéi à Allah.

— Il y aura des goules là aussi ?

— Peut-être, dit Khalil après mûre réflexion.

— Et qui d'autre ?

— Je ne sais pas, mais c'est sûrement un endroit à éviter. D'ailleurs, les autres couches sont encore pires. Il vaut mieux ne pas s'en approcher. Dors maintenant, sinon, demain, tu somnoleras au lieu de travailler. »

Khalil initia Yusuf au fonctionnement du magasin. Il lui montra comment soulever les sacs sans se faire mal, comment verser le grain dans les bidons sans en répandre, comment connaître la valeur des pièces, compter rapidement l'argent, rendre la monnaie. Il lui tenait la main pour l'empêcher de trembler lorsqu'il versait de l'huile avec une louche, et lui montrait comment découper des morceaux dans le pain de savon avec un fil de fer. Il l'approuvait en souriant quand il s'en tirait bien, mais le frappait durement quand il se trompait, parfois même en public.

Tout ce que faisait Khalil provoquait l'hilarité des clients, mais il ne paraissait pas s'en soucier. On le taquinait sans cesse sur son accent, en l'imitant avec de grands éclats de rire. Khalil répliquait que son petit frère lui apprendrait à mieux parler ; et, quand il parlerait tout à fait bien, il s'offrirait une épouse mswahili dodue, et mènerait une vie vertueuse. Les vieux, assis sur la terrasse, étaient ravis d'évoquer de jeunes épouses bien en chair, et Khalil était content de leur faire plaisir. Les clients lui faisaient répéter des mots et des phrases dont ils étaient sûrs qu'il les prononcerait de travers ; Khalil les répétait en se trompant exprès, et riait, les yeux brillants de gaieté.

Les clients étaient des voisins, ou des gens de la campagne venus en ville, qui s'arrêtaient sur le chemin du retour. Ils se plaignaient de leur pauvreté, de la cherté de la vie, et, comme tout le monde, gardaient le silence sur leurs mensonges et leur méchanceté. Lorsque les vieillards étaient assis sur leur banc, les clients allaient bavarder avec eux, ou appelaient le vendeur de café pour qu'il leur en apporte une tasse. Les femmes avaient pris Yusuf en amitié ; elles le cajolaient à la moindre occasion ; ses petites attentions et sa beauté les enchantaient. L'une d'elles, à la peau luisante et noire, s'en était entichée. Ma Ajuza était une matrone grande et vigoureuse, à la voix sonore ;

il y avait parfois sur son visage une expression mélancolique. Elle paraissait très vieille à Yusuf, qui la trouvait trop volumineuse et encombrante. Lorsqu'elle apercevait le jeune garçon, son corps frémissait et se raidissait, et elle laissait échapper un petit cri. Si Yusuf ne l'avait pas vue, elle s'approchait tout doucement de lui et l'écrasait dans ses bras. Il se débattait, tandis qu'elle poussait des exclamations de triomphe et de joie. Lorsqu'elle ne pouvait le surprendre, elle l'abordait avec des cris d'extase, l'appelant « mon époux, mon maître »… Elle l'accablait de compliments, et lui promettait des sucreries et des plaisirs inimaginables s'il l'accompagnait chez elle. « Aie pitié de moi, mon époux », s'écriait-elle. Des hommes qui se trouvaient là s'offraient à la place de Yusuf, mais elle les repoussait avec dédain. Dès qu'il l'apercevait, Yusuf s'enfuyait et allait se cacher au fond de la boutique, pendant qu'elle le réclamait en gémissant. Khalil faisait de son mieux pour aider cette femme, et soulevait parfois exprès le comptoir pour la laisser entrer dans la boutique et poursuivre Yusuf parmi les sacs et les boîtes de conserve. Ou bien il envoyait Yusuf chercher quelque chose dans la réserve, le long de la maison, où l'attendait Ma Ajuza. Quand elle l'avait piégé, elle fonçait sur lui avec des cris sauvages, le corps tout secoué de tremblements. Elle sentait le tabac qu'elle mâchonnait continuellement, et ses étreintes et ses cris embarrassaient fort Yusuf. Tous s'amusaient beaucoup de cette situation – sauf le jeune garçon qui n'y voyait rien de drôle – et on ne manquait jamais de signaler à Ma Ajuza où il se cachait.

« Elle est si vieille, se plaignit Yusuf à Khalil.

— Vieille ? s'écria celui-ci. L'amour n'a rien à faire avec l'âge. Cette femme est amoureuse de toi, et tu n'as jamais pitié d'elle. Tu ne vois donc pas que tu lui brises le cœur ? Tu n'as pas d'yeux ? Tu es insensible ? Stupide *kifa urongo*, minable petit poltron ! Regarde ce corps, ces hanches... Elle est parfaite pour toi.

— Elle a des cheveux gris...

— Une pincée de henné, et plus de cheveux gris ! Pourquoi t'occuper de ses cheveux ? La beauté est à l'intérieur de la personne, dans l'âme, dit Khalil, pas à la surface du corps.

— Elle a des dents rouges de tabac, comme tous ces vieux hommes...

— Achète-lui une brosse à dents, suggéra Khalil.

— Elle a un si gros ventre », continua Yusuf d'un ton plaintif. Il en avait assez de cette plaisanterie.

« Ouah, ouah, ricana Khalil. Peut-être qu'un de ces jours une princesse mince et ravissante viendra de Perse jusque dans la boutique pour t'inviter dans son palais. Cette belle grosse femme est amoureuse de toi, petit frère.

— Elle est riche ? » demanda Yusuf.

Khalil éclata de rire et serra contre lui le petit garçon. « Pas assez riche pour te faire sortir de ce trou », dit-il.

7

Ils voyaient Oncle Aziz au moins une fois par jour, quand il venait le soir chercher la recette. Il jetait d'abord un coup d'œil dans le sac de toile contenant l'argent, que lui remettait Khalil, et parcourait le livre où son commis inscrivait les comptes, puis les emportait tous les deux pour les examiner de plus près. Il était très occupé. Il passait le matin, l'air pensif, en route pour la ville, d'où il revenait toujours aussi pensif, paraissant avoir d'importantes affaires en tête. Les vieux, installés paisiblement sur la terrasse, le regardaient aller et venir. À présent, Yusuf connaissait leurs noms : Ba Tembo, Mzee Tamim, Ali Mafuta, mais, pour lui, ils étaient une seule et même personne. Il se disait que s'il fermait les yeux, et les écoutait seulement, il serait bien en peine de les distinguer les uns des autres.

Il ne pouvait se résoudre à appeler Oncle Aziz « seyyid », même si Khalil le frappait chaque fois qu'il l'appelait « Oncle ». « Il n'est pas ton oncle, stupide petit Mswahili. Tôt ou tard il faudra que tu apprennes à lui baiser le cul. Seyyid, seyyid, pas oncle. Allons, répète, *seyyid.* » Mais Yusuf s'y refusait, et quand il parlait du marchand, il disait « lui ».

Plusieurs mois après son arrivée – il avait appris à ne plus tenir compte du temps et compris que les jours peuvent être aussi longs que les semaines si on ne les attend pas avec impatience –, on commença à faire des préparatifs en vue d'un voyage à l'intérieur des terres. Oncle Aziz avait, le soir, de longs entretiens avec Khalil ; ils s'asseyaient tous les deux sur le banc occupé par les vieillards durant la journée ; une lampe éclairait leur visage d'une lumière crue. Yusuf savait un peu d'arabe, mais ne cherchait pas à les comprendre. Les deux hommes examinaient le petit livre où Khalil inscrivait les recettes de chaque jour. Ils en tournaient les pages dans un sens, puis dans l'autre, et faisaient des additions. Yusuf était accroupi à côté d'eux ; leur voix lui paraissait anxieuse comme s'ils redoutaient quelque danger. Khalil se montrait nerveux pendant ces conversations ; il s'exprimait avec une agitation qu'il ne contrôlait pas, et ses yeux brillaient d'un éclat fiévreux. Parfois, Oncle Aziz éclatait d'un rire soudain, qui disait sursauter Khalil et le consternait. Mais, le plus souvent, le marchand écoutait avec son flegme habituel, l'air impassible et vaguement préoccupé. Quand il parlait, c'était d'une voix calme, qui pouvait se durcir à l'occasion.

Peu à peu, les préparatifs se firent plus intenses, et causèrent un certain désordre. On livrait à des heures inattendues des colis que l'on rangeait dans les réserves longeant un côté de la maison. Des sacs et des paquets enveloppés de toile grossière étaient empilés dans le magasin. Des ballots de différentes formes et dégageant des odeurs diverses, qu'on avait recouverts de toile pour les protéger de la poussière, commencèrent à apparaître sur la terrasse. Des gardiens peu loquaces, armés de bâtons et de fouets, arrivèrent alors pour les surveiller ; ils renvoyèrent les vieillards de leur banc et chassèrent enfants et clients, fascinés par ces marchandises mystérieuses. Ils n'étaient pas vraiment silencieux, mais parlaient entre eux une langue qu'ils étaient seuls à comprendre. Ils paraissaient féroces et méchants, c'étaient des hommes préparés à la guerre. Il n'osait les regarder en face, et eux ne semblaient pas le voir. Le guide de l'expédition, le *mnyapara wa safari*, les attendait sans doute quelque part en route, lui dit Khalil. Le seyyid était un marchand trop important pour organiser et diriger lui-même l'expédition. D'habitude, le mnyapara était présent au début du voyage, c'était lui qui recrutait les porteurs et rassemblait les provisions de route, mais il avait quelque affaire à terminer, ajouta Khalil en roulant les yeux, sinon il aurait été déjà là. Et cette affaire était probablement peu recommandable : de la contrebande, ou un vieux compte à régler – quelque chose de louche en tout cas. Il y a toujours des trafics malhonnêtes autour de ce bonhomme. Il se nomme Mohammed Abdalla, dit-il, et il frissonna visiblement en prononçant ce nom. « Un démon, ajouta-t-il. Un trafiquant d'âmes, au cœur dur, dépourvu de sagesse et de compassion. Mais le seyyid a une haute opinion de lui, malgré tous ses vices.

— Où vont-ils aller ? demanda Yusuf.

— Faire du commerce avec les sauvages, répondit Khalil. C'est ça, la vie du seyyid. C'est ce qu'il fait ici. Il va chez les sauvages et leur vend toutes ces marchandises, et il leur achète… toutes sortes de choses, sauf des esclaves – même avant que le gouvernement l'interdise. Le commerce des esclaves est dangereux, et pas honorable.

— Ils partent pour combien de temps ?

— Pour des mois, quelquefois des années, dit Khalil, avec un sourire teinté de fierté et d'admiration. C'est ça le commerce. On ne sait pas combien de temps durera le voyage. Ils vont un peu partout dans les montagnes et ne reviennent que lorsqu'ils ont fait de bonnes affaires. Le seyyid est un champion, il réussit toujours bien et revient rapidement. Je ne crois pas que ce voyage sera long, c'est seulement histoire de gagner un peu d'argent. »

Des hommes venaient dans la journée pour se faire engager, et ils discutaient des conditions avec Oncle Aziz. Certains apportaient des certificats reçus lors d'emplois précédents ; les hommes âgés que l'on renvoyait plaidaient leur cause, le regard fixe et désespéré.

Puis, un beau matin, alors que le chaos autour d'eux était devenu presque insupportable, ils se mirent en route. Un tambour, un cor et un *tamburi* entraînèrent les hommes, avec une gaieté et un entrain irrésistibles. Derrière les musiciens, les porteurs en file indienne, chargés de ballots et de sacs, lançaient des quolibets à leurs compagnons et aux badauds accourus les regarder. À côté marchaient les gardiens brandissant leur bâton et leur cravache d'un air menaçant pour écarter les curieux. Oncle Aziz assista au départ, un sourire amusé et amer aux lèvres. Quand la procession fut presque hors de vue, il tourna légèrement la tête vers la porte qui donnait sur le jardin, comme s'il avait entendu un appel. Puis il donna sa main à baiser à Yusuf, qui, en se penchant, reçut une bouffée de parfum et d'encens ; de son autre main il caressa la nuque du jeune garçon. Yusuf se rappela alors la pièce de dix annas, et l'odeur du poulailler et du hangar à bois lui revint en force. Au dernier moment, Oncle Aziz daigna répondre aux adieux enroués de Khalil, il lui donna aussi sa main à baiser et, enfin, rejoignit le cortège.

Ils regardèrent s'éloigner leur maître jusqu'à ce qu'il fût hors de vue. Khalil se tourna alors vers Yusuf et lui dit en souriant : « Il nous ramènera peut-être un autre petit garçon. Ou une petite fille… »

En l'absence d'Oncle Aziz, l'activité frénétique de Khalil se relâcha visiblement. Les vieillards reprirent leur place sur la terrasse et se remirent à échanger à mi-voix des paroles sentencieuses ; ils se moquaient de Khalil en lui voyant jouer de nouveau le rôle du patron. Il s'occupait maintenant de la maison du maître et y entrait chaque matin, mais, lorsque Yusuf l'interrogeait sur ce qui s'y passait, il restait muet. C'est lui qui payait le vieux marchand de légumes qui venait chaque jour et passait par la porte du jardin, les épaules courbées sous le poids de ses corbeilles. Le matin, il donnait de l'argent à un gamin du voisinage, nommé Kisimamajongoo, et l'envoyait au marché avec ses instructions. Ce garçon, vêtu de haillons, sifflotait sans arrêt en faisant les commissions des uns et des autres. Il avait un air fanfaron que démentait son apparence chétive, et qui faisait rire tout le monde. Il était souvent battu par des garnements dans la rue. Comme il n'avait aucune famille, personne ne savait où il dormait. Khalil l'appelait lui aussi *kifa urongo*. « C'est un original, celui-là », disait-il.

Le vieux jardinier, Hamdani, venait tous les matins s'occuper des arbres et des buissons du jardin secret, et nettoyer le bassin et les canaux d'irrigation. Il ne parlait jamais à personne et travaillait sans un sourire, en fredonnant. À midi, il faisait ses ablutions, disait ses prières dans le jardin, et s'en allait sans bruit peu après. Les clients en parlaient comme d'un saint, qui connaissait les secrets de la médecine.

À l'heure des repas, Khalil pénétrait à l'intérieur de la maison et en ressortait avec une assiette de nourriture pour chacun d'eux ; il y rapportait un peu plus tard les assiettes vides. Le soir, il y déposait le sac de toile contenant les recettes du jour et le livre de comptes. Parfois, tard dans la nuit, Yusuf entendait de vives discussions. Il savait qu'il y avait des femmes recluses dans la maison. Il n'était jamais allé au-delà du robinet, contre le mur du jardin, d'où il avait pu voir du linge sécher, des tuniques aux couleurs vives et des draps, et il s'était demandé à quel moment on venait le suspendre. Des femmes venaient en visite, enveloppées de la tête aux pieds d'un *buibui* noir. Elles saluaient Khalil au passage en arabe, et l'interrogeaient sur Yusuf. Khalil leur répondait sans jamais les regarder en face. Parfois, une main ornée de dessins au henné sortait de dessous les plis noirs pour caresser la joue du jeune garçon. Un parfum capiteux émanait de ces femmes, rappelant à Yusuf le coffre à vêtements de sa mère ; celle-ci appelait ce parfum *udi*, et lui avait expliqué que c'était de l'encens fait d'aloès, d'ambre et de musc, et ces noms avaient étrangement fait battre le cœur de Yusuf.

Yusuf interrogea enfin Khalil : « Qui habite à l'intérieur de la maison ? » Il n'avait pas posé cette question lorsque Oncle Aziz était là. Il n'avait pas alors d'autres curiosités que celles suscitées par sa nouvelle existence, qui lui paraissait provisoire et susceptible de changer d'un jour à l'autre. C'était Oncle Aziz qui était le centre et le sens de cette vie, tout tournait autour de lui, et ce n'est qu'à présent, en son absence, qu'il s'interrogeait sur les autres habitants de la maison.

« Qui habite à l'intérieur ? » demanda-t-il. Ils avaient tout verrouillé pour la nuit, mais se trouvaient encore dans la boutique, occupés à mesurer du sucre et à l'empaqueter dans des cornets de papier. Yusuf versait le sucre sur la balance, Khalil roulait les cornets et les remplissait. Un instant, il parut n'avoir pas entendu, puis il s'arrêta et jeta à Yusuf un regard légèrement soupçonneux. Celui-ci comprit qu'il n'aurait pas dû poser cette question, et il se raidit dans l'attente du coup qui arrivait toujours lorsqu'il disait ou faisait une bêtise, mais Khalil sourit et détourna les yeux du visage appréhensif de Yusuf. « La Maîtresse… », fit-il, en mettant son doigt sur ses lèvres pour avertir Yusuf de ne plus l'interroger, et en fixant le mur du fond de la boutique. Ils se remirent alors à confectionner en silence leurs cornets de sucre.

Ils étaient assis, un peu plus tard, au bout de la clairière, sous l'arbre soufi ; leur lanterne leur faisait une auréole de lumière. Les insectes se heurtaient contre le verre, comme fous de ne pouvoir se jeter dans les flammes. « La Maîtresse est cinglée », dit soudain Khalil, qui éclata de rire au petit cri que poussa Yusuf. « Ta tante… Pourquoi ne l'appelles-tu pas comme ça ? C'est une dame très riche, mais vieille et malade. Si tu la salues gentiment, elle te laissera peut-être tout son argent. Le seyyid l'a épousée, il y a très longtemps, et du coup il est devenu riche. Mais elle est très laide. Elle a une maladie. Pendant des années, des docteurs sont venus, des hakims savants avec de longues barbes grises qui ont récité des prières pour elle, et des *mganga* d'au-delà des montagnes lui ont apporté des médecines, mais ça n'a servi à rien. Même des docteurs pour vaches, des docteurs pour chameaux sont venus. Sa maladie est comme une blessure dans le cœur. Pas une blessure faite par une main humaine. Tu comprends ? Quelque chose de mauvais l'a atteinte. Elle ne veut pas que les gens la voient. »

Khalil s'arrêta là et refusa d'en dire davantage. Yusuf sentit qu'en parlant le ton moqueur de Khalil s'était fait triste ; il chercha ce qu'il pouvait dire pour l'égayer. La présence dans la maison d'une vieille femme démente ne le surprenait pas du tout. C'était exactement comme dans les histoires que lui racontait sa mère, où on devenait fou quand on avait des peines de cœur, ou lorsqu'on vous jetait un sort pour vous dépouiller d'un héritage, ou aussi pour se venger. Il n'y avait rien à faire pour guérir cette folie tant que la situation ne s'était pas améliorée, ou que la malédiction n'avait pas été levée. C'est ce qu'il voulait dire à Khalil : ne te fais pas tant de souci, tout s'arrangera avant la fin de l'histoire. Il avait déjà décidé que, si jamais il rencontrait la Maîtresse, il détournerait son regard et dirait une prière. Il essayait de chasser le souvenir de sa mère et des histoires qu'elle lui racontait, mais la tristesse de Khalil le rendit malheureux, et il dit la première chose qui lui passa par la tête, juste pour le faire parler de nouveau. « Est-ce que ta mère te racontait des histoires ? demanda-t-il.

— Ma mère ? » dit Khalil, surpris.

Au bout d'un moment, comme Khalil restait muet, Yusuf répéta : « Elle t'en racontait ?

— Ne me parle pas de ma mère. Elle est partie. Comme tous les autres. Ils sont tous partis. » Puis Khalil parla rapidement en arabe, et sembla sur le point de frapper Yusuf. « Partis ! Espèce d'idiot, *kifa urongo*. Ils sont tous partis en Arabie, et ils m'ont laissé ici. Mes frères, ma mère… tous. »

Les yeux de Yusuf se remplirent de larmes. Il pensa à sa famille et se sentit abandonné, mais il lutta pour ne pas pleurer. Au bout d'un moment, Khalil soupira, et flanqua une taloche à Yusuf en disant : « Sauf mon petit frère… » Il éclata de rire devant son air éploré.

Le vendredi, ils avaient l'habitude de fermer la boutique pendant une heure ou deux, mais comme Oncle Aziz était absent, Yusuf proposa à Khalil d'aller passer tout l'après-midi en ville. Il avait parfois entrevu la mer de loin, et entendu les clients parler des merveilles que rapportaient chaque jour les pêcheurs. Khalil répliqua qu'il ne connaissait personne, et qu'il n'avait vu le port qu'une seule fois, depuis qu'en pleine nuit on l'avait lancé d'un bateau dans les bras d'Oncle Aziz. À chaque fête de l'Id, il accompagnait le seyyid à la Grande Mosquée pour assister aux prières, et on l'avait emmené une fois aux funérailles de quelqu'un, qu'il ne connaissait pas.

« Nous pourrions alors faire un tour, suggéra Yusuf, et aller au port.

— On va se perdre, fit Khalil avec un rire nerveux.

— Mais non, assura Yusuf.

— *Shabab !* Quel gentil petit frère tu es, dit Khalil, en lui donnant une bourrade dans le dos, tu veilleras sur moi, hein ? »

Dès qu'ils eurent quitté la boutique, ils rencontrèrent certains de leurs clients, qu'ils saluèrent. Ils se mêlèrent à la marée humaine dans les rues, et furent entraînés jusqu'à la Grande Mosquée, où se disaient les prières ; Yusuf remarqua que Khalil hésitait sur les mots et les gestes rituels. Puis ils marchèrent jusqu'au port pour regarder les *dhows* et les bateaux. Yusuf n'avait jamais approché la mer de si près, et il resta bouche bée devant son immensité. Il s'était attendu à respirer un air frais et vivifiant, mais ce furent des relents de crottin, de tabac et de bois frais qui l'assaillirent. Il s'y mêlait une odeur âcre, que Yusuf découvrit plus tard être celle des algues. Des rangées d'embarcations étaient alignées sur le rivage ; un peu au-dessus d'elles, leurs propriétaires, assis sous des auvents autour de brasiers, faisaient cuire leur repas. Ils attendaient que la marée se retire, dirent-ils, ce qui se passait deux heures avant le coucher du soleil. Ils firent de la place aux deux jeunes gens ; Khalil ne se fit pas prier pour s'asseoir au milieu d'eux, et il attira Yusuf à côté de lui. Le repas, qui se préparait dans deux marmites noircies, consistait en riz et épinards, qui furent servis dans un vieux plat rond, où tous puisèrent.

« Autrefois, je vivais dans un village de pêcheurs sur la côte, au sud », dit Khalil un peu plus tard.

Ils passèrent l'après-midi à se promener, à s'amuser de tout. Ils achetèrent en route un bâton de canne à sucre et un cornet de cacahuètes, puis ils s'arrêtèrent pour regarder des garçons jouer au *kipande*. Yusuf demanda à Khalil s'ils pouvaient se joindre à eux, et celui-ci acquiesça d'un air digne ; il n'avait pas d'idée bien précise sur les règles du jeu, mais il en avait vu assez en quelques minutes pour en saisir l'essentiel. Il remonta son *saruni* comme un pagne, et se mit à courir comme un fou après le *kipande*. Les garçons riaient, le traitaient de tous les noms. À la première occasion, Khalil s'empara avec énergie de la batte, la passa à Yusuf, qui marqua des points coup après coup avec l'assurance désinvolte d'un champion. Khalil applaudissait à chaque succès, et, lorsque Yusuf fut enfin rattrapé par les joueurs, il le saisit et l'emporta de force sur ses épaules, gigotant et se débattant pour se libérer.

Sur le chemin du retour, ils rencontrèrent des chiens qui, en cette fin d'après-midi, commençaient à s'agiter. À la lumière du jour, on voyait qu'ils étaient décharnés, pelés et couverts de plaies attirant des nuages de mouches. Leurs yeux, si cruels au clair de lune, étaient chassieux.

Après cette partie de *kipande*, Khalil chanta aux clients les exploits héroïques de Yusuf. Il enjolivait chaque fois un peu plus les prouesses de son compagnon et insistait sur le rôle bouffon que lui-même avait joué ; comme toujours, il cherchait à provoquer les rires, surtout en présence des jeunes filles ou des jeunes femmes. Et quand Ma Ajuza accourut pour écouter l'histoire, le jeu de *kipande* était devenu un carnage et un massacre dont Yusuf était sorti victorieux, tandis que son bouffon dansait autour de lui en chantant ses louanges. Yusuf le Magnifique, le Béni de Dieu, le nouveau Dhul Qurnain, le pourfendeur de Gog et Magog ! Ma Ajuza poussait des cris d'admiration chaque fois qu'un ennemi imaginaire tombait sous la lance étincelante de Yusuf. À la fin du récit, comme Yusuf le redoutait, Ma Ajuza, avec des ululements de jubilation, s'élança vers lui. Les clients et les vieillards sur la terrasse, tout réjouis, l'encourageaient. Elle s'empara de Yusuf et, tremblante de passion, put l'entraîner jusqu'à l'arbre soufi avant qu'il ne réussisse à se dégager.

« Qui sont tous ces Majogs dont tu as parlé à Ma Ajuza ? » demanda Yusuf un peu plus tard.

Khalil eut d'abord un geste d'impatience ; il était revenu préoccupé de la maison. Au bout d'un instant, il répondit : « Dhul Qurnain, c'est un petit cheval volant. Si tu arrives à l'attraper et à le rôtir sur un feu de bois de giroflier, et à manger un morceau de chacun de ses membres, y compris de ses ailes, tu obtiens un pouvoir sur les sorcières, les démons et les goules. Tu peux, si tu veux, leur ordonner d'aller te chercher une merveilleuse princesse de Chine, de Perse ou d'Inde. Mais le prix que tu as à payer, c'est de devenir prisonnier pour la vie de Gog et Magog. »

Yusuf, incrédule, attendit la suite.

« Bon, dit Khalil avec un sourire, je vais te dire la vérité. Dhul Qurnain, ça veut dire celui qui a deux cornes… c'est Iskander[1] le Conquérant. Tu as entendu parler de lui ? Pendant une de ses expéditions au bout du monde, il a rencontré des gens qui lui ont dit qu'au nord vivaient Gog et Magog, des monstres muets qui ravageaient continuellement les terres de leurs voisins. Alors Dhul Qurnain a construit un mur que Gog et Magog n'ont pas pu franchir, c'est le mur qui marque l'extrémité de la terre. Et derrière, c'est là que se trouvent les barbares et les démons.

— En quoi était le mur ? demanda Yusuf. Gog et Magog y sont encore ?

— Comment veux-tu que je sache ? rétorqua Khalil avec irritation. Tu ne peux pas me laisser tranquille ? Tu veux toujours que je te raconte des histoires. Laisse-moi dormir maintenant. »

En l'absence d'Oncle Aziz, Khalil s'intéressait moins à la boutique. Il entrait dans la maison de plus en plus souvent, et ne se mettait pas en colère contre Yusuf quand celui-ci allait dans le jardin. Depuis son arrivée, Yusuf avait été attiré par ce lieu de silence et de fraîcheur, entièrement clos, avec comme seule ouverture la large porte pratiquée dans le mur d'angle, et, après le départ d'Oncle Aziz, il y avait enfin pénétré. Il avait découvert que ce jardin était divisé en quatre parties, avec un bassin au centre et des canaux partant dans les quatre directions. Chaque quart était planté d'arbres et de buissons de lavande, de henné, de romarin

1. Alexandre le Grand. *(Toutes les notes sont de la traductrice.)*

et d'aloès, dont certains étaient en fleur. L'herbe et le trèfle poussaient tout autour, avec ici et là des bouquets d'iris et de lis. Au bout du jardin, le terrain s'élevait en une terrasse, fleurie de coquelicots, de roses jaunes et de jasmin, plantés irrégulièrement comme s'ils avaient poussé là naturellement. Yusuf imaginait que, la nuit, leur parfum s'élevait dans l'air et devenait enivrant. Il était si transporté de bonheur qu'il lui semblait entendre de la musique.

Quand il se promenait à l'ombre des orangers et des grenadiers, il avait l'impression d'être un intrus, et il humait leur parfum avec un sentiment de culpabilité. Des miroirs étaient accrochés sur le tronc des arbres, mais trop haut pour qu'il pût s'y regarder.

Les deux jeunes gens, lorsqu'ils étaient étendus la nuit sur la terrasse en terre battue, s'entretenaient de la beauté de ce jardin. Le plus grand désir de Yusuf, qu'il n'osait exprimer, était d'être banni pour longtemps dans ce verger silencieux. La grenade, lui racontait Khalil, était la quintessence de tous les fruits. Ni orange, ni pêche, ni abricot, mais un peu de tous. C'était l'arbre même de la fertilité, dont le tronc et les fruits vigoureux et charnus étaient l'image de la vie. Les graines dures et sèches d'une grenade que Khalil avait eu l'audace de chiper dans le jardin, et fait goûter à Yusuf pour confirmer ses dires, n'avaient aucun goût d'orange – fruit que, du reste, Yusuf n'aimait pas. Et il n'avait jamais entendu parler de pêches. « C'est quoi, les abricots ? demanda-t-il.

— Ce n'est pas aussi bon que les grenades, dit Khalil d'un ton irrité.

— Alors, je ne les aime pas », décida Yusuf avec conviction.

Khalil ne réagit pas. Il passait indubitablement beaucoup de temps à l'intérieur de la maison. Et Yusuf, quand il le pouvait, allait dans le jardin, tout en sachant qu'il était surveillé. Il entendit un jour s'élever une voix plaintive dans la cour intérieure et comprit qu'elle s'adressait à lui. La Maîtresse…

« Elle t'a vu, dit plus tard Khalil. Elle dit que tu es très beau. Elle t'observe dans ses miroirs quand tu te promènes dans le jardin. Tu as vu les miroirs ? »

Yusuf pensait que Khalil se moquait de lui, comme il le faisait à propos de Ma Ajuza, mais il semblait morose et préoccupé.

« Elle est très vieille ? demanda-t-il, essayant de l'inciter à plaisanter de nouveau. La Maîtresse, elle est très vieille ?

— Oui.

— Et laide ?

— Oui.

— Et grosse ?

— Non.

— Elle est folle ? » demanda Yusuf, qui observait le trouble croissant de Khalil avec une sorte de fascination. « A-t-elle des domestiques ? Qui fait la cuisine ? »

Khalil se jeta sur lui, le bourra de coups et, coinçant sa tête entre ses genoux, le retint ainsi un moment avant de le repousser brusquement. « C'est toi son domestique. Et moi aussi. Nous sommes ses esclaves. Tu ne comprends donc rien, stupide Mswahili, petit crétin ? Elle est malade. Il vaudrait mieux que tu sois mort que vivant. Tu vas toujours te laisser faire ? Va-t'en ! » hurla-t-il. Il avait de l'écume aux lèvres et la rage qu'il s'efforçait de contenir le faisait trembler de tout son corps.

La ville sur la montagne

1

Yusuf fit son premier voyage à l'intérieur du pays alors qu'il ne s'y attendait pas, mais, peu à peu, il était devenu prêt à tout. Les préparatifs étaient déjà bien avancés lorsqu'il découvrit qu'il serait de l'expédition. Les provisions s'accumulaient au fond de la boutique et sur la terrasse. Des sacs odorants de dattes et de fruits secs étaient stockés dans une des réserves ; les abeilles et les guêpes entraient par les fenêtres à barreaux, attirées par l'odeur et l'humidité sucrée suintant des sacs en paille tissée. D'autres ballots, exhalant des relents de cuir et de corne, étaient introduits en hâte dans la maison même. Ils avaient des formes bizarres et étaient emballés de toile de chanvre. « *Magendo*, chuchota Khalil. C'est de la contrebande. Beaucoup d'argent… » Les clients voyaient arriver tous ces colis avec intérêt, et échangeaient des regards complices et réjouis avec les vieillards qui, chassés de leur banc habituel, observaient calmement la scène à l'ombre des arbres, en hochant la tête et en souriant comme s'ils participaient à tout ce qui se passait. Yusuf était parfois intercepté par l'un d'eux, et devait écouter le récit détaillé de ses douleurs dues à des hémorroïdes ou du fonctionnement de ses intestins ; s'il était assez patient, il entendait aussi raconter des histoires d'autres voyages.

L'air avait des odeurs de pays lointains, et résonnait d'ordres et de contrordres. À mesure que le jour du départ approchait, le tumulte s'apaisa peu à peu. Le sourire calme et amusé d'Oncle Aziz, son visage impassible, parfois sévère, avaient pour effet que chacun se conduisait avec dignité. Finalement, c'est dans une atmosphère sereine que l'expédition se mit en route, précédée par le corniste qui jouait un air entraînant et le joueur de tambour qui l'accompagnait de ses roulements rythmés. Dans les rues, les passants s'arrêtaient et regardaient le cortège en faisant des gestes d'adieu.

Yusuf avait déjà assisté à bien des départs de ce genre, et en était venu à aimer la tension et la frénésie des préparatifs. Khalil et lui-même aidaient les porteurs et les gardiens à transporter les marchandises, à les compter, à monter la garde. Oncle Aziz ne participait que peu à ce travail, dont les détails étaient laissés à son mnyapara, Mohammed Abdalla. Le démon ! Lorsque Oncle Aziz projetait une nouvelle expédition, il le faisait quérir, et le mnyapara accourait toujours, car Oncle Aziz était un marchand aisé, qui avait les moyens de financer ses voyages sans emprunter à un *Mukki* indien, outre que l'on gagnait de la considération à travailler pour lui. C'était Mohammed Abdalla qui embauchait les porteurs et les gardes, et s'entendait avec eux sur leur part des bénéfices. C'était aussi lui qui avait autorité sur eux. La plupart venaient de la côte, d'aussi loin que Kilifi, Lindi et Mrima. Le mnyapara les terrifiait tous. Son air renfrogné et désagréable, son regard dur, ne présageaient rien de bon à ceux qui le contrariaient. Dans ses gestes les plus simples, il montrait qu'il connaissait et savourait son pouvoir. C'était un homme grand, d'apparence vigoureuse, qui marchait les épaules en arrière, comme s'il s'attendait à être défié. Son visage rugueux, bosselé, aux pommettes hautes, trahissait des pulsions violentes. Il tenait à la main une mince canne en bambou, avec laquelle, quand il était énervé, il cinglait l'air, ou parfois le derrière d'un paresseux. Il avait la réputation d'être un sodomite impitoyable, et on le voyait souvent se caresser distraitement le bas-ventre. Certains disaient – et c'était souvent ceux que Mohammed Abdalla avait refusé d'embaucher – qu'il choisissait les porteurs qui seraient prêts, pendant le voyage, à se mettre à quatre pattes pour son bon plaisir.

Il regardait parfois Yusuf avec un sourire inquiétant, en hochant la tête avec ravissement. « *Mashaallah*, disait-il, une merveille de Dieu. » À ces moments-là, ses yeux s'adoucissaient et sa bouche s'entrouvrait en un large sourire qui découvrait des dents tachées de tabac. Il poussait alors de longs soupirs concupiscents, et chantonnait des bribes d'une chanson qui célébrait la beauté. C'est lui qui prévint Yusuf qu'il serait du voyage, d'un ton qui donnait un caractère menaçant à cette simple annonce.

Pour Yusuf, ce départ était une rupture fâcheuse dans la routine de sa vie de captif, à laquelle il s'était peu à peu habitué. Malgré tout, il n'avait pas été malheureux dans la boutique d'Oncle Aziz, et il avait fini par accepter d'être là comme *rehani*, mis en gage pour payer les dettes que son père avait contractées envers le marchand. Il était facile de deviner qu'au cours des ans il avait emprunté des sommes que la vente de l'hôtel ne pourrait jamais permettre de rembourser. Il avait peut-être été malchanceux, ou encore avait dépensé inconsidérément. Khalil lui avait expliqué que le seyyid, quand il avait un besoin pressant d'argent, avait toujours sous la main des débiteurs dont il pouvait exiger ce qu'il voulait.

Un jour, peut-être, s'il avait fait de bonnes affaires, son père viendrait le racheter. Quand personne ne pouvait le voir, Yusuf pleurait en pensant à ses parents. Il se désespérait à l'idée que leur image pâlissait dans son souvenir, mais le son de leur voix ou un trait particulier (le rire de sa mère, le sourire contraint de son père) lui revenaient pour le rassurer. Ce n'était pas parce qu'ils lui manquaient (en fait, ils lui manquaient de moins en moins à mesure que le temps passait), mais parce que le moment où il en avait été séparé était l'événement le plus mémorable de son existence. Il s'attardait sur ce souvenir, qui le rendait très malheureux. Il pensait à tout ce qu'il aurait dû savoir sur ses parents, ou qu'il aurait voulu leur demander : la raison des disputes violentes qui l'effrayaient tant, le nom des deux garçons qui s'étaient noyés après avoir quitté Bagamoyo. Le nom des arbres. Si seulement il avait pensé à les interroger, il ne se sentirait peut-être pas aussi ignorant, aussi dangereusement à la dérive... Il faisait ce qu'on lui demandait de faire, suivait fidèlement les instructions de Khalil, qu'il était venu à considérer comme son « grand frère ». Et quand on l'y autorisait, il allait travailler dans le jardin.

Mzi Hamdani, le vieux jardinier qui venait chaque matin, avait compris que Yusuf aimait ce lieu. Il était peu bavard et s'irritait si on l'interrompait lorsqu'il chantait des hymnes à la gloire de Dieu, dont certaines étaient de sa composition. Le matin, il se mettait au travail sans adresser la parole à qui que ce fût ; il remplissait ses seaux et, recueillant l'eau dans le creux de la main, il la répandait tout en avançant le long des sentiers. Quand le soleil était trop chaud, il s'asseyait à l'ombre d'un arbre et lisait un petit livre en marmonnant et en se balançant doucement, absorbé dans son extase religieuse. L'après-midi, après ses prières, il se lavait les pieds et s'en allait. Lorsqu'il était bien disposé, il laissait Yusuf l'aider, ou plutôt il se contentait de ne pas le renvoyer. Lorsque le soleil commençait à baisser, Yusuf avait le jardin pour lui tout seul. Il taillait, arrosait, se promenait sous les arbres et entre les buissons. Quand la nuit tombait, une voix aigre lui ordonnait de partir, mais parfois lui parvenaient des soupirs et des bribes de chansons, qui le rendaient mélancolique. Un jour, il entendit un long cri ardent qui lui fit penser à sa mère ; il s'arrêta près du mur et écouta en frissonnant.

Yusuf avait renoncé à vouloir en savoir plus sur la Maîtresse, car cela irritait Khalil. « Ça ne te regarde pas. Tu ne dois pas poser de questions oiseuses, ça porte malheur… *kisirani*… Tu veux attirer le mauvais œil sur nous… » Mais il ne pouvait s'empêcher de remarquer les regards qu'échangeaient les clients quand, par politesse, ils demandaient des nouvelles de la maisonnée. Lors de leurs vagabondages en ville, les vendredis après-midi, Khalil et Yusuf passaient à côté des immenses maisons silencieuses, défendues par de hauts murs, où habitaient les riches familles d'Oman. « Ils ne marient leurs filles qu'aux fils de leurs frères, leur avait dit un client. Dans ces forteresses, il y a des enfants chétifs qui sont enfermés, et dont on ne parle jamais. On voit quelquefois, tout en haut des maisons, ces pauvres créatures qui pressent leur visage contre les barreaux des fenêtres. Dieu seul sait quel regard confus ils portent sur notre monde misérable… ou peut-être comprennent-ils qu'ils sont la punition de Dieu pour les péchés de leurs pères. »

Chaque vendredi, ils se rendaient à la Grande Mosquée, puis ils jouaient dans la rue au kipande et au football. Des passants criaient à Khalil que lui, qui était presque en âge d'être père, ne devrait pas jouer avec des enfants. « Les gens vont jaser et te traiter de tous les noms… » Un jour, une vieille femme s'arrêta pour regarder les joueurs, mais lorsque Khalil s'approcha d'elle, elle cracha par terre et s'en alla. À la nuit tombée, ils allaient se promener au bord de l'eau et bavardaient avec les pêcheurs. On leur offrait de l'herbe. Khalil l'acceptait, mais interdisait à Yusuf de fumer. Les pêcheurs disaient : « Il est trop beau pour fumer. Ça ne ferait que l'abîmer. Fumer, c'est l'œuvre du démon. Mais un pauvre homme peut-il vivre autrement ? » Yusuf se souvenait des histoires dramatiques que lui racontait Mohammed, le mendiant, qui avait perdu l'affection de sa mère et ses champs bien irrigués au sud de Witu, et il ne ressentait aucune frustration. Les pêcheurs racontaient leurs aventures, leurs tribulations en mer. D'un ton solennel et paisible, ils évoquaient les démons qui, soudain, d'un ciel serein, fondaient sur eux déguisés en tempêtes, ou bien surgissaient, la nuit, des flots sombres, sous la forme de requins géants et phosphorescents. Ils s'écoutaient mutuellement avec indulgence, échangeaient des récits de batailles mémorables qu'ils avaient livrées contre des ennemis puissants et redoutables.

Yusuf et Khalil allaient ensuite regarder des joueurs de cartes devant un café, ou achetaient de la nourriture qu'ils mangeaient dans la rue. À l'occasion de fêtes, ou de la célébration de quelque événement, il y avait parfois des spectacles de danse et des concerts en plein air qui duraient jusqu'à l'aube. Si Yusuf se plaisait en ville, et aurait souhaité s'y rendre plus souvent, il devinait que Khalil ne s'y sentait pas à l'aise et préférait être derrière son comptoir, à discourir devant les clients avec son mauvais accent ; le plaisir qu'il y prenait était évident. Les taquineries et les moqueries de ses auditeurs le faisaient rire autant qu'eux, et il les écoutait parler de leurs épreuves et de leurs maux continuels avec attention et sympathie. Ma Ajuza lui confiait que, si elle n'avait pas été déjà conquise par Yusuf, il lui aurait bien plu, malgré sa nervosité et son aspect gringalet.

Ils allèrent un soir à la célébration d'un mariage indien, au cœur de la vieille ville ; ils n'étaient pas conviés, mais ils se mêlèrent à la foule des miséreux qui s'était rassemblée pour contempler le déploiement de richesses et le cérémonial. Tous étaient émerveillés par l'éclat des vêtements de brocart et des parures en or des invités, et les turbans aux couleurs vives portés par les hommes. Des parfums capiteux embaumaient l'air et de lourdes vapeurs d'encens montaient de bassines de cuivre placées devant la maison ; elles couvraient la puanteur des rigoles coulant au milieu de la rue. La procession qui accompagnait la mariée était précédée de deux hommes portant une grosse lanterne verte en forme de palais à coupoles. Deux rangées de jeunes gens, qui encadraient la mariée, avançaient en psalmodiant et en lançant de l'eau de rose sur les nombreux badauds. Certains étaient intimidés, ce qui leur attirait de la part des assistants quolibets et injures : leur gêne n'en était que plus grande. La mariée, frêle et menue, paraissait très jeune. Elle était drapée des pieds à la tête d'une soie tissée d'or, qui étincelait à chaque mouvement, et portait aux poignets et aux chevilles de lourds anneaux à l'éclat sourd ; ses longues boucles d'oreilles oscillaient et scintillaient à travers son voile. Lorsqu'elle s'engagea sous le portail étroit de la maison de son époux, les contours de son visage incliné furent révélés par la lumière éclatante de la lanterne.

Un peu plus tard, des plats de nourriture furent apportés dans la rue à l'assistance : *samosas*, *ladhous* et *halwa badam*. Il y eut de la musique jusque tard dans la nuit ; cordes et percussions accompagnaient les voix, qui s'élevaient, merveilleusement pures et précises. Personne, dans la foule, ne comprenait les paroles des mélodies, mais tous restaient pour les écouter. Les chants se firent de plus en plus mélancoliques, jusqu'à ce que les badauds se dispersent peu à peu, en silence, fuyant la tristesse qui s'en dégageait.

2

« *Kijana mzuri* », « joli garçon », dit Mohammed en s'arrêtant près de Yusuf ; il lui avait pris le menton dans sa main tachetée et rugueuse. Frémissant, Yusuf se libéra. « Tu viens avec nous, le seyyid veut que tu sois prêt à partir demain matin. Tu vas faire du commerce, apprendre la différence entre une vie civilisée et la vie que mènent les sauvages. Il est temps que tu grandisses et que tu voies à quoi ressemble le monde… au lieu de t'amuser dans une boutique crasseuse. » Tout en parlant, un sourire errait sur ses lèvres, comme un rictus de bête de proie, qui rappela à Yusuf les chiens rôdant dans ses cauchemars.

Khalil, auprès de qui Yusuf alla chercher du réconfort, refusa de compatir et de déplorer ce coup du sort. Il se contenta de rire et d'allonger un coup de poing sur le bras de Yusuf, d'un geste qui se voulait amical, mais qui lui fit mal. « Tu voudrais rester ici à jouer dans le jardin ? Et à chanter des *qasidas* comme ce vieux fou de Mzi Hamdani ? Il y a des tas de jardins là-haut, tu n'auras qu'à emprunter une pioche au seyyid. Il en emporte des douzaines pour les vendre aux sauvages. Ils adorent les pioches, ces gens-là. On se demande pourquoi… J'ai entendu dire qu'ils aiment aussi se battre. Mais tu sais déjà tout ça, tu en viens de ce pays de sauvages ! De quoi as-tu peur ? Tu t'amuseras bien. Tu n'as qu'à leur dire que tu es un de leurs princes qui rentre au pays pour trouver une épouse… » Ce soir-là, Khalil l'évita ; il s'affairait dans le magasin et engageait des conversations animées avec les porteurs. Lorsqu'ils se retrouvèrent côte à côte pour dormir, il tourna en ridicule toutes les questions que Yusuf tentait de lui poser. « Tu retrouveras peut-être un grand-père pendant le voyage, ce sera émouvant… et tu verras des choses nouvelles, des animaux sauvages… Tu as peur que quelqu'un enlève Ma Ajuza en ton absence ?

Ne t'inquiète pas, petit frère mswahili, elle est à toi pour la vie. Je lui raconterai qu'avant ton départ tu l'as réclamée en pleurant, parce que tu avais peur qu'il n'y ait personne chez les sauvages pour pincer ta quéquette. Elle t'attendra, et à ton retour elle viendra chanter pour toi. Tu seras vite un riche marchand, tu porteras de la soie et des parfums comme le seyyid, avec une sacoche sur le ventre et un chapelet au poignet, conclut-il.

— Qu'est-ce qui te prend ? demanda Yusuf d'une voix tremblante d'exaspération et de chagrin.

— Que veux-tu que je fasse ? Que je me mette à pleurer ? demanda Khalil en riant.

— Mais je pars demain, avec cet homme et tous ces bandits… »

Khalil lui mit la main sur la bouche. Ils dormaient dans le fond du magasin, car la terrasse était occupée depuis longtemps par Mohammed Abdalla et ses hommes, qui avaient transformé les buissons entourant la clairière en latrines. Khalil, un doigt sur ses lèvres, siffla doucement pour faire taire Yusuf. Celui-ci faisant mine de parler de nouveau, Khalil lui flanqua un coup de poing dans l'estomac, qui le fit gémir de douleur. Yusuf avait l'impression d'être banni, accusé d'une trahison qu'il ne comprenait pas. Khalil l'attira alors contre lui, l'étreignit un long moment, puis le relâcha. « Ça vaut mieux pour toi », dit-il.

Le lendemain matin, les colis recouverts de toile de chanvre furent tous chargés sur un vieux camion, qui devait les précéder à l'intérieur du pays ; la colonne le rejoindrait plus tard. Le chauffeur était un homme mi-grec, mi-indien, nommé Bacchus. Il avait de longs cheveux noirs et une moustache bien taillée. Son père, qui possédait en ville une petite usine d'embouteillage et de glace, louait parfois son camion et son fils à des négociants. Bacchus était assis dans sa cabine, la portière ouverte, ses rondeurs molles confortablement affalées sur le siège. Un flot presque ininterrompu d'obscénités sortait de sa bouche, qu'il débitait d'une voix douce, le visage impassible. Il chantait aussi des bribes de chansons d'amour en tirant des bouffées d'un *biri*. « Pour une fois, soyez gentils avec moi, espèces d'enculeurs de boucs. Je préférerais, bien sûr, rester ici tranquillement à caresser vos trous du cul, j'ai d'autres colis à charger, les gars. Alors, un peu de nerf, s'il vous plaît !

« Quand je pense à la vérité, je vois ton visage,
Tous les autres ne sont que mensonges.
Quand je rêve de bonheur, je sens tes caresses,
Et je vois l'envie brûler les yeux des autres...

« Ah ! Ah ! Si un maharajah m'entendait chanter, il m'offrirait son meilleur morceau pour une nuit. Je sens une drôle d'odeur. Je suis sûr qu'il y a des pénis qui pourrissent par ici, c'est peut-être ce qu'on vous donne à manger. Hey ! Baba ! Qu'est-ce qu'on vous donne ? Il y a de la graisse dans la sueur qui vous coule sur le dos. Ils aiment bien les viandes grasses là où vous allez, alors faites gaffe où vous poserez les fesses. Allons, frère, arrête de te gratter, laisse quelqu'un d'autre le faire. Il n'y a qu'un remède pour ce genre de bobo, viens derrière le mur là-bas et fais-moi un massage, je te donnerai cinq annas. » Les grossièretés du chauffeur mettaient les porteurs en joie : tenir des propos pareils devant le marchand ! Quand le souffle lui manquait, ils le narguaient avec des insinuations insultantes sur sa mère, son père et ses propres enfants. « Venez me sucer », répondait-il en se tenant le bas-ventre. Et il se remettait à discourir.

Le reste des marchandises devait être transporté à la gare sur un *rikwama*, une longue charrette tirée par les porteurs. Jusqu'au dernier moment, Oncle Aziz s'entretint tranquillement avec Khalil, qui écoutait ses instructions avec force courbettes respectueuses. Les porteurs attendaient nonchalamment, parlant et discutant entre eux, avec de soudaines explosions de gaieté.

Oncle Aziz donna enfin le signal du départ : « Haya, mettons-nous en marche ! » Le joueur de tambour et le corniste attaquèrent aussitôt la musique, se plaçant avec empressement en tête du cortège. Mohammed Abdalla les suivait, tête haute, faisant de grandioses moulinets avec sa canne. Yusuf prêta main-forte pour pousser la charrette, les yeux fixés sur les roues de bois qui risquaient de lui écraser les pieds, et se joignant au halètement rythmé des porteurs. Il avait eu honte pour Khalil en le voyant, au dernier moment, se précipiter servilement sur la main d'Oncle Aziz comme s'il voulait l'avaler. C'était son habitude, mais, ce matin-là, Yusuf en était encore plus révolté. Il entendit Khalil crier quelque chose comme « Mswahili », mais il ne se retourna pas.

Oncle Aziz fermait la marche et s'arrêtait de temps en temps pour dire quelques mots d'adieu aux notables de ses amis qui se trouvaient parmi les spectateurs.

3

Les porteurs et les gardes voyageaient dans un wagon de troisième classe ; ils s'installèrent comme en terrain conquis sur les bancs en lattes de bois. Yusuf était avec eux. Les autres voyageurs, intimidés par leur tapage et leur grossièreté, fuirent dans d'autres wagons ou se recroquevillèrent dans leur coin. Abdalla vint les voir de l'autre bout du train, et écouta leurs récriminations en ricanant. Le wagon était bondé et sombre, il y régnait une odeur de terre et de feu de bois. En fermant les yeux, Yusuf retrouvait le souvenir de son premier voyage en chemin de fer.

Le trajet dura deux journées et une nuit, avec de fréquents arrêts ; le train ne gagnait que rarement un peu de vitesse. Au début, ce ne furent que palmiers et arbres fruitiers ; on apercevait à travers la végétation de petites fermes et des plantations. Chaque fois que le train s'arrêtait, les porteurs et les gardes descendaient sur le quai ; certains avaient déjà fait le voyage et connaissaient les employés des gares ou les petits marchands, et ne perdaient pas de temps pour renouer connaissance. On leur confiait des messages et des cadeaux à remettre à d'autres stations sur la ligne. Lors d'un arrêt, dans le silence d'un après-midi torride, Yusuf entendit le bruit d'une cascade. Lorsqu'un peu plus tard le train s'arrêta à Kawa, il resta assis par terre dans le wagon, le cœur battant, de peur que quelqu'un ne le reconnaisse et que ses parents ne perdent la face. Quand le train commença à monter et à se diriger vers l'est, les arbres et les fermes se firent plus rares. Par moments, les prairies faisaient place à des taillis luxuriants.

Les porteurs et les gardes grognaient et se querellaient sans cesse. Ils s'entretenaient surtout de nourriture, évoquaient des plats succulents dont ils rêvaient, chacun vantant l'excellence de la cuisine de sa région. Ces propos leur creusèrent l'estomac et les mirent de fort mauvaise humeur. Ils passèrent ensuite à d'autres sujets, comme le sens exact de certains mots, le montant de la dot reçue par la fille d'un marchand bien connu, le courage d'un commandant de vaisseau, et la question de savoir pourquoi les Européens avaient une peau si rêche. Pendant une demi-heure, ils ergotèrent avec animation sur le poids des testicules de différents animaux : taureaux, lions, gorilles... Ils se disputaient l'espace pour dormir, chacun estimant qu'on empiétait sur le sien. Plus ils se querellaient, plus leur corps dégageait une puissante odeur de musc, de sueur, d'urine et de tabac refroidi. On en vint bientôt aux coups. Yusuf se couvrit la tête de ses bras, se cala dans un angle du wagon, donnant de vigoureux coups de pied à quiconque s'approchait trop. Au cœur de la nuit, il entendit des murmures, puis de légers mouvements, le son de caresses furtives, de rires et de soupirs étouffés de plaisir.

Au lever du jour, il regarda par la fenêtre ; à droite, dans le lointain, s'élevaient les collines, luxuriantes et sombres ; une légère brume flottait au-dessus d'elles, dissimulant leur splendeur. Sur la plaine desséchée où avançait péniblement le train, l'air était limpide, mais, lorsque le soleil se leva, il s'alourdit de poussière. Le sol aride était couvert de plaques d'herbe roussie que les pluies transformeraient plus tard en végétation exubérante. Des bosquets d'épineux aux formes biscornues parsemaient la plaine, qu'assombrissaient des rochers noirs surgis çà et là. De la terre brûlante montait une brume de chaleur, suffocante. Dans une gare, où le train s'était arrêté un certain temps, un jacaranda solitaire était en fleur ; ses pétales mauves et violets recouvraient le sol d'un tapis irisé. Derrière l'arbre, il y avait l'échoppe de la gare, dont les murs blanchis à la chaux étaient éclaboussés de boue de latérite ; d'énormes cadenas rouillés pendaient sur la porte.

Yusuf pensait souvent à Khalil ; le souvenir de leur amitié et de son départ si brusque l'attristait. Mais Khalil avait paru presque content de le voir partir… Puis il songeait à la halte de Kawa et à ses parents, et se demandait s'il aurait pu agir autrement.

Ils arrivèrent à la fin de l'après-midi dans une petite ville dominée par une immense montagne couronnée de neige. L'air était frais et agréable, la lumière avait la douceur d'un crépuscule se reflétant sur une étendue d'eau sans limites. Oncle Aziz commença par saluer le chef de gare indien comme un vieil ami.

« *Mohun Sidwa ! hujambo bwana wangu.* J'espère que votre santé est bonne, ainsi que celle de vos enfants et de la mère de vos enfants. *Alhamdulillahi-rabi-l alamin*, que pouvons-nous demander de plus ?

— *Karibu*, Bwana Aziz. Soyez le bienvenu ! J'espère que tous vont bien dans votre maison. Quelles nouvelles apportez-vous ? Comment vont les affaires ? » dit le gros chef de gare en saisissant la main d'Oncle Aziz avec un plaisir mal dissimulé.

« Mon vieil ami, reprit Oncle Aziz, nous remercions Dieu pour ce qu'il a jugé bon de nous accorder. Mais dites-moi comment tout s'est passé ici. Je prie Dieu que vos affaires soient prospères. »

Les deux hommes disparurent dans le bâtiment bas et rudimentaire où se trouvait le bureau du chef de gare, faisant assaut de sourires et d'amabilités avant de se mettre à parler affaires. Un immense drapeau jaune flottait au-dessus de la gare et claquait dans la brise ; l'oiseau noir qui y figurait en paraissait encore plus menaçant. Les porteurs échangeaient des sourires entendus, ils savaient que le seyyid allait offrir un pot-de-vin au chef de gare pour obtenir une réduction sur les frais de transport des marchandises. Au bout d'un moment apparut le jeune adjoint du chef de gare, qui s'appuya contre le mur et observa la scène avec indifférence. Indien lui aussi, c'était un homme petit et mince, aux yeux fuyants. Les porteurs se faisaient des clins d'œil et lui lançaient des remarques ironiques, tout en déchargeant les marchandises qu'ils empilaient sur le quai, sous la surveillance de Mohammed Abdalla et des gardes.

« Attention, sacrés gueulards ! » Mohammed Abdalla hurlait pour le plaisir, brandissait sa canne d'un air menaçant et promenait sur tous les porteurs un sourire méprisant, tout en se massant distraitement à travers son vêtement de *kikoi*, les jambes écartées. « Je vous préviens, pas de chapardages ! Si j'en pince un, je le fouette jusqu'au sang. Plus tard, je vous chanterai une berceuse, mais pour le moment soyez vigilants. Nous sommes dans un pays de sauvages. Ce ne sont pas des chiffes comme vous, ils sont capables de voler n'importe quoi, y compris votre virilité si vous ne serrez pas bien vos vêtements. *Haya, haya !* Ils nous attendent… »

Quand tout fut déchargé, les porteurs s'ébranlèrent en procession, chacun chargé des colis qui lui avaient été assignés. En tête de la caravane marchait leur orgueilleux capitaine, faisant des moulinets avec sa canne et foudroyant du regard les passants ébahis. La petite ville paraissait déserte, et la haute montagne qui la surplombait lui donnait un caractère mystérieux et triste. Ils croisèrent deux guerriers au corps mince, teinté d'ocre, qui marchaient à grandes enjambées. Leurs sandales de cuir martelaient le sol en même temps que leur lance ; ils étaient penchés en avant, tendus et pressés, regardant droit devant eux ; ils donnaient une impression d'assurance et de détermination. Leurs cheveux étaient coiffés en minces tresses teintes du même rouge que la terre qu'ils foulaient ; les *shukas* en cuir souple qui les couvraient en diagonale des épaules jusqu'aux genoux étaient de la même couleur. Mohammed Abdalla se retourna pour regarder son cortège avec mépris, puis il pointa sa canne vers les guerriers qui s'éloignaient à grands pas. « Des sauvages, dit-il. Mais ils valent dix d'entre vous.

— Quand je pense que Dieu a créé des êtres comme ça ! On dirait qu'ils sont faits de péchés », s'écria un des porteurs, un jeune homme à la langue bien pendue. « Ils ont l'air mauvais…

— Comment font-ils pour être aussi rouges ? demanda un autre. Ça doit être à cause du sang qu'ils boivent. C'est vrai, n'est-ce pas, qu'ils boivent du sang ?

— Regarde la lame de leur lance !

— Et ils savent s'en servir, dit un garde à voix basse pour ne pas provoquer la colère de son capitaine. Ces grands échalas, ils peuvent causer bien du grabuge. Ils s'y connaissent, c'est ce qu'ils font tout le temps : attaquer les gens et chasser. Pour devenir de bons guerriers, ils doivent tuer un lion et manger son pénis. Chaque fois qu'ils en mangent un, ils peuvent épouser une nouvelle femme, et plus ils mangent de pénis, plus ils sont considérés chez eux.

— *Yallah !* Tu racontes des blagues ! s'écrièrent ses compagnons, refusant de croire à de telles histoires.

— Mais c'est vrai, protesta le garde. Je les ai vus moi-même. Demandez aux gens qui ont voyagé dans ce pays. *Wallahi*, je ne dis que la vérité. Et chaque fois qu'ils tuent un homme, ils en découpent un morceau, qu'ils gardent dans un sac spécial.

— À quoi ça leur sert ? demanda le jeune porteur loquace.

— Est-ce qu'on demande des explications à des sauvages ? » intervint brusquement Mohammed Abdalla qui se tourna vers le jeune homme. « On ne demande pas à un requin ou à un serpent pourquoi il attaque. C'est pareil avec un sauvage. Et vous feriez mieux de marcher plus vite et de parler moins. Vous n'êtes tous qu'un ramassis de femelles pleurnichardes.

— C'est à cause de leur religion, reprit le garde au bout d'un moment.

— Ce n'est pas honorable, cette façon de vivre, déclara le jeune porteur, qui s'attira un regard menaçant de Mohammed Abdalla.

— Un homme civilisé a toujours le dessus sur un sauvage, même s'il mange mille pénis de lion, dit un autre garde, originaire des Comores. Avec du savoir et de la ruse. »

La caravane parvint bientôt à destination. C'était, à la sortie de la ville, une boutique sur la grand-route, précédée d'une clairière circulaire, bien ratissée et entourée d'arbres à pain. Son propriétaire, un petit homme grassouillet, était vêtu d'une vaste chemise blanche et d'un pantalon flottant. Il avait une petite moustache bien taillée, striée de blanc, comme ses cheveux. D'après son apparence et sa façon de parler, c'était un homme de la côte. Il s'affaira au milieu des porteurs, donnant ses instructions avec autorité et sans tenir compte de Mohammed Abdalla, qui tentait vainement de s'interposer et de transmettre ses ordres.

4

L'air était vif sur la montagne, et la lumière avait un reflet violet que Yusuf n'avait jamais vu auparavant. Au lever du jour, le sommet était caché par les nuages, qui disparaissaient à mesure que le soleil se faisait plus ardent, et la cime surgissait alors, couronnée de glace. En contre-bas s'étendait la plaine toute plate, et, derrière la montagne, d'après ceux qui y étaient déjà allés, vivaient des guerriers qui élevaient du bétail et buvaient le sang de leurs animaux. Ils pensaient que la guerre était honorable, et étaient fiers de leur passé de violence. Le mérite des chefs était évalué d'après le nombre d'animaux qu'ils avaient capturés au cours de razzias chez leurs voisins, et de femmes qu'ils avaient enlevées. Quand ils ne se battaient pas, ils ornaient leur corps et leur chevelure avec des soins de courtisane. Leurs victimes traditionnelles étaient les cultivateurs vivant sur les pentes de la montagne, au sol détrempé de pluie. Ces paysans, robustes et lourdauds, descendaient en ville plusieurs fois par semaine pour vendre leurs produits.

Un pasteur luthérien leur avait appris à se servir de charrues en fer et à fabriquer des roues. C'était son Dieu, leur avait-il dit, qui l'avait envoyé parmi eux pour œuvrer au salut de leur âme. Il leur avait assuré que le travail était un décret divin qui permettait aux hommes d'expier leurs péchés. Son église servait aussi d'école, et il enseignait à ses ouailles à lire et à écrire. Si bien que toute la population s'était convertie à ce Dieu servi par des prêtres aussi doués de sens pratique. Le pasteur leur interdisait d'avoir plus d'une épouse et disait que leur allégeance envers le nouveau Dieu les dispensait de respecter le mode de vie de leurs ancêtres. Il leur enseignait des hymnes et racontait des histoires de vertes vallées où abondaient les fruits et la crème, de forêts fourmillant de lutins et de bêtes sauvages, de pentes couvertes de neige et de villageois patinant sur des lacs gelés. Les éleveurs n'en méprisaient que plus ces paysans qu'ils pillaient depuis des générations, car ceux-ci ne se contentaient pas de gratter la terre comme des animaux ou des femmes, mais ils chantaient aussi les mornes cantiques des vaincus, souillant ainsi l'air des cimes.

Dans le pays mystérieux des guerriers, de l'autre côté de la montagne, où la pluie était rare, vivait un Européen légendaire. On le disait très riche. Il avait appris le langage des animaux, pouvait parler avec eux et leur donner des ordres. Son royaume s'étendait sur de vastes étendues, et son palais en fer, construit sur une falaise, était aussi un puissant aimant, si bien que, lorsque des ennemis s'en approchaient, leurs armes étaient arrachées de leur fourreau et de leurs mains, et ils se retrouvaient désarmés et capturés. Cet Européen avait tout pouvoir sur les chefs des tribus sauvages, qu'il admirait cependant pour leur cruauté implacable. Il les tenait pour des êtres nobles, vigoureux et gracieux, beaux même. On disait qu'il possédait une bague ayant le pouvoir de convoquer les esprits de la terre et de les mettre à son service. Au nord de son domaine rôdaient des bandes de lions, doués d'un appétit insatiable pour la chair humaine, mais ils ne s'approchaient jamais de lui. Yusuf s'était assis avec les hommes sous les arbres à pain pour écouter toutes ces histoires.

Le propriétaire du magasin chez qui s'était arrêtée la caravane se nommait Hamid Suleiman. Il était originaire de Kilifi, petite ville de la côte, au nord de Mombasa. Yusuf savait que ce n'était pas loin de Witu, car Mohammed, le mendiant, lui avait raconté qu'il avait failli se noyer en traversant le profond chenal de Kilifi – ajoutant avec un sourire édenté qu'il aurait mieux valu pour lui qu'il y laissât la vie, il aurait été libéré ainsi de son esclavage avilissant envers l'herbe.

Hamid Suleiman était un homme jovial et bienveillant, qui traita Yusuf comme un parent. Le jeune garçon avait entendu Oncle Aziz lui dire quelques mots avant son départ, en regardant dans sa direction. Il avait quitté Yusuf sans explications, se contentant de lui tapoter la tête et de lui ordonner de rester chez Hamid. C'est avec des sentiments mêlés que Yusuf vit s'ébranler la caravane. Il était soulagé d'échapper au redoutable Mohammed Abdalla, mais la perspective d'un voyage jusqu'aux lacs l'avait peu à peu séduit et il s'était senti étonnamment à l'aise en compagnie de ces parias qu'étaient les porteurs ; leurs histoires interminables, leurs plaisanteries scabreuses l'amusaient.

Maimuna, la femme de Hamid, venait aussi de la côte, de l'île de Lamu, tout au nord de Mombasa. Sa manière de parler était différente, et elle affirmait que c'était à Lamu qu'on parlait le kiswahili le plus pur : « *Kiswahili adi.* » Comme son mari, elle était corpulente, d'un naturel enjoué, et incapable de se taire si elle avait quelqu'un à portée de voix. Elle assaillit Yusuf de questions. Où était-il né ? D'où ses parents étaient-ils originaires ? Et le reste de sa famille ? Savaient-ils où il était ? Quand avait-il visité ses parents pour la dernière fois ? Ne lui avait-on pas appris à quel point ces visites étaient importantes ? Avait-il une fiancée ? Pourquoi non ? Quand comptait-il se marier ? Il devait savoir que, s'il attendait trop longtemps, les gens penseraient qu'il n'était pas normal. Il semblait avoir l'âge convenable, mais l'apparence peut être trompeuse : quel âge avait-il ? Yusuf faisait de son mieux pour éluder les questions. Le plus souvent, il ne faisait que hausser les épaules, ne sachant que répondre, ou bien il baissait timidement les yeux. Il pensait s'en tirer ainsi, mais Maimuna, que les réticences de Yusuf avaient laissée insatisfaite, ne cachait pas que, tôt ou tard, il devrait apaiser sa curiosité.

Les fonctions de Yusuf étaient les mêmes que dans l'autre boutique, sauf qu'il y avait moins à faire car le commerce était moins prospère. On lui demandait aussi de balayer matin et soir la clairière. Il ramassait les fruits tombés des arbres et les empilait dans un panier, qu'un homme venait chercher chaque jour pour les emporter au marché. Les gâtés, il les jetait dans l'arrière-cour. Personne n'en mangeait jamais. « Dieu merci, nous ne sommes pas encore assez pauvres… », disait Maimuna.

Hamid lui expliqua que, avant qu'ils ne viennent s'y installer, l'endroit avait été une halte pour les caravanes arrivant de l'intérieur ; c'était alors une bourgade prospère. Les arbres à pain servaient à nourrir les porteurs et les esclaves, qui mangeaient n'importe quoi après leur longue marche dans la brousse. Lui-même n'avait rien contre ces fruits, on en mangeait autrefois, dans sa famille, cuits dans de la sauce de noix de coco et accompagnés de sardines frites. Dieu sait que la nourriture qu'ils mangeaient à présent était modeste, mais ce n'était pas une raison pour que Yusuf la dédaigne. Seulement, ces fruits vous rappelaient l'esclavage, surtout dans ces régions.

On donna à Yusuf une petite chambre, et il fut invité à partager les repas de la famille. Dès qu'il faisait sombre, on allumait les lampes, qui brûlaient toute la nuit ; les portes étaient barricadées, ainsi que les volets. On lui expliqua que c'était pour que les animaux et les voleurs ne puissent pas entrer. Hamid élevait des pigeons qui nichaient dans des boîtes sous les chéneaux du toit. Certaines nuits, le silence inquiétant était rompu par de furieux battements d'ailes, et, le lendemain matin, on retrouvait dans la cour des plumes et du sang. Les pigeons étaient blancs, avec de larges queues traînantes. Hamid tuait tous les jeunes oiseaux qui semblaient différents. Il aimait parler de ses pigeons et de leurs habitudes en captivité, il les appelait les Oiseaux de Paradis. Ils se pavanaient sur le toit avec une gloriole imprudente comme si faire parade de leur beauté leur importait plus que leur sécurité.

Mari et femme échangeaient parfois un regard entendu en écoutant Yusuf, qui avait l'impression qu'ils en savaient plus long que lui à son sujet, et il se demandait ce qu'Oncle Aziz leur avait dit. Au début, ils parurent trouver son comportement étrange, mais sans lui en donner la raison. Ils accueillaient souvent ce qu'il disait d'un air soupçonneux et semblaient mettre en doute sa sincérité. Quand il leur décrivit la terre aride qu'ils avaient traversée en chemin de fer, ils se fâchèrent, et Yusuf comprit qu'il avait manqué de tact en insistant sur le caractère ingrat du pays où ils étaient forcés de vivre.

« Pourquoi as-tu été si étonné ? C'est sec partout, ici. Tu t'attendais peut-être à des jardins luxuriants et des petits ruisseaux. Eh bien, ici, c'est différent, déclara Hamid. On est si près de la montagne qu'au moins il fait frais, et nous avons de la pluie, quoique pas autant que sur les pentes.

— Oui, dit Yusuf.

— Je me demande à quoi tu t'attendais, continua Hamid en lui lançant un regard mécontent. À part quelques semaines après les pluies, et en altitude comme ici, c'est la même chose partout. Mais tu devrais voir la plaine après les pluies ! Tu devrais la voir !

— Oui, dit Yusuf.

— Oui, qui ? s'impatienta Maimuna. Oui, hyène ? Oui, animal ? Appelle-le Oncle.

— Mais, au bord de la mer, c'était bien vert, reprit Yusuf au bout d'un moment. La maison où nous habitions avait un beau jardin, tout entouré de murs. Avec des palmiers, des orangers, et même des grenadiers, et un bassin avec des canaux, et des arbustes aux bonnes odeurs…

— Ah, ah ! Nous ne pouvons pas concurrencer ces marchands, ces seigneurs, glapit Maimuna. Nous ne sommes que de pauvres commerçants. Vous, vous avez de la chance, mais notre vie est celle que Dieu a choisie pour nous. Nous vivons comme des bêtes, selon Sa volonté. À vous, il a donné un jardin de paradis, et à nous des buissons et des fourrés pleins de serpents et d'animaux sauvages. Que veux-tu que nous fassions ? Que nous blasphémions ? Que nous nous plaignions d'avoir eu un sort injuste ?

— Il a peut-être le mal du pays », dit Hamid, tentant en souriant de faire la paix. Mais Maimuna ne se calma pas et continua à grommeler, en lançant des regards furieux à Yusuf.

« Enfin, il y a un prix pour tout. J'espère qu'il ne tardera pas à l'apprendre », dit-elle.

Yusuf gardait le silence. Il n'avait pas songé à comparer leur propre jardin avec celui d'Oncle Aziz. Au lieu des arbres et des fleurs que Mzi Hamdani avait plantés, et du bassin et des arbustes chargés de fruits, il y avait la brousse, qui commençait au-delà de l'arrière-cour et servait de dépotoir. Elle frémissait d'une vie secrète et il s'en élevait des vapeurs pestilentielles de putréfaction. À son arrivée, on lui avait conseillé de s'y aventurer avec prudence à cause des serpents, et il avait pris cette mise en garde comme une prédiction. Les deux époux attendaient maintenant qu'il parle, qu'il s'explique, mais il ne trouvait rien à dire, et il resta muet devant eux, ce qui les offensa.

« L'après-midi, je travaillais dans le jardin », dit-il enfin.

Ils éclatèrent de rire, et Maimuna lui caressa le visage. « Que peut-on reprocher à un joli garçon comme toi ? Je vais songer à me débarrasser de mon gros mari et à t'épouser. Mais en attendant, tu pourrais peut-être nous installer un beau jardin, dit-elle en échangeant un regard avec Hamid. Pendant qu'il est avec nous, nous pouvons lui faire faire du bon travail.

— Est-ce que les orangers peuvent pousser ici ? » demanda Yusuf. Ils crurent qu'il plaisantait, et s'esclaffèrent de nouveau.

« Tu pourras nous construire des fontaines, et des palais d'été. Le jardin sera plein d'oiseaux captifs de toute sorte, ironisa Maimuna, goguenarde. Mais d'oiseaux chanteurs, et pas de ces pigeons grognons que Hamid aime tant. J'espère que tu accrocheras des miroirs dans les arbres, comme dans les jardins anciens, pour capter la lumière et voir les oiseaux se pâmer à la vue de leur beauté. Voilà le jardin que tu vas nous planter.

— Elle est poète, dit Hamid, qui applaudit sa femme. Comme toutes les femmes de sa famille, et les hommes sont des paresseux et des commerçants rusés.

— Que Dieu te pardonne pour tes mensonges. Mais tu vois, Yusuf, il n'y en a pas deux comme lui pour raconter des histoires, dit Maimuna en souriant. Tu verras quand il commencera. Tant qu'il n'aura pas fini son histoire, tu en oublieras de manger et de dormir. Attends le Ramadan, il te gardera éveillé toute la nuit. Il n'y a pas de doute, c'est un joyeux luron. »

Le lendemain, Hamid alla dans la brousse avec une machette et se mit à taillader toutes les branches à sa portée. Il cria à Yusuf de venir les ramasser et d'en faire un tas pour les brûler. « Puisque tu as envie d'un jardin, dit-il avec bienveillance, eh bien, je vais dégager ces taillis, et tu pourras faire tes plantations. Donne-moi un coup de main, mon garçon, nous allons tout nettoyer jusqu'à l'épineux, là-bas. »

Au début, Hamid se déchaîna avec sa machette, avec des cris sauvages et en chantant d'une voix rauque. C'était pour faire peur aux serpents, dit-il. Mais son enthousiasme se refroidit bientôt ; irrité par les cris d'encouragement et les plaisanteries de Maimuna, il s'arrêtait après chaque coup de cognée pour riposter : « Où en serions-nous si nous laissions faire les femmes ? On vivrait encore dans des cavernes… » Son visage ruisselait de sueur. Au bout d'une heure, ses cris de guerre n'étaient plus que des grognements tandis qu'il frappait mollement les buissons. Il s'arrêtait souvent pour reprendre son souffle et montrer à Yusuf comment s'y prendre avec les branches, le grondant s'il était maladroit ou faisait la grimace lorsqu'une épine lui piquait la main. Finalement, il poussa un gémissement de découragement, jeta par terre la machette et retourna, furieux, dans la maison. « Je ne vais pas me tuer à cause de cette forêt, déclara-t-il à sa femme. Tu aurais au moins pu m'apporter une cruche d'eau !

— C'est pas une forêt, mais juste quelques buissons, pauvre vieux faiblard, ricana Maimuna en riant et en le poussant à l'intérieur de la maison. Tu n'es plus bon à rien, Hamid Suleiman. Ça tombe bien puisque je me suis trouvé un nouveau mari.

— Tu auras de mes nouvelles ! » cria Hamid.

Maimuna s'esclaffa. « Ne fais pas peur aux enfants ! Et toi, ne touche pas à cette arme dangereuse, dit-elle comme Yusuf avait ramassé la machette. Je n'ai pas envie que ton sang retombe sur nos têtes. Nous avons déjà assez d'ennuis comme ça, sans que toute ta famille vienne nous tomber dessus ! Il faudra t'habituer aux broussailles et aux serpents, et te contenter d'y rêver à ton jardin de paradis, jusqu'à ce que ton oncle vienne te chercher. Apporte un peu d'eau à ton oncle Hamid. »

5

Hamid et Maimuna exigeaient qu'il soit à leur service à tous les deux. Ils l'appelaient à grands cris, et s'il tardait à venir on l'accueillait avec des paroles aigres et des regards irrités. « Va chercher de l'eau au puits. Coupe du bois pour le feu. Balaye la cour. » Lorsqu'on n'avait pas besoin de lui au magasin, on l'envoyait au marché acheter des légumes et de la viande. Quand il allait en ville, il prenait son temps, s'attardant à observer les bergers et les paysans qu'il croisait. Les bergers faisaient avancer leurs vaches récalcitrantes en gloussant et sifflant, et en les piquant de la pointe de leur bâton. Leurs bêtes laissaient choir d'énormes mottes de bouse, ou bien elles levaient la queue et la projetait en l'air. Yusuf voyait souvent les guerriers au corps coloré de rouge marcher à grandes foulées, attirant les regards de tous. Parfois, il livrait des commandes chez des marchands grecs et indiens ; il portait deux corbeilles sur un long bâton posé en équilibre sur ses épaules, s'efforçant de ne pas penser au vieux marchand de légumes qui venait chez Oncle Aziz. En ville, il y avait aussi des fermiers européens venus en chars à bœufs pour acheter des fournitures et se livrer à leurs mystérieuses tractations. Ils n'avaient d'yeux pour personne, et arpentaient la ville avec un air méprisant. Quand Yusuf revenait à la boutique, on lui demandait aussi bien d'aller chercher des marchandises dans la réserve que d'emmener un des enfants au cabinet. Il y en avait trois : l'aînée était une fille et elle était censée s'occuper de ses frères, mais, trop absorbée par ses propres jeux, elle courait partout dans la maison et dans la cour, claquant les portes, riant toute seule, pour les surveiller convenablement. C'était donc Yusuf qui en était chargé. Les deux garçons étaient bruyants, pleins d'énergie, et habitués à ce qu'on leur crie après. Yusuf se rappelait ce que Khalil avait été pour lui, et essayait d'être patient sans toujours y réussir.

Avec Hamid, il parlait de Khalil et de leur travail – c'était eux, en fait, qui faisaient marcher le magasin dans l'espoir qu'on lui donnerait d'autres tâches, mais Hamid se contentait de sourire. Le commerce n'était pas assez actif pour les occuper tous les deux, disait-il. Sans les voyageurs et le commerce avec l'arrière-pays, ils n'auraient pas de quoi vivre, et encore moins de travail. « N'as-tu pas assez à faire ? Pourquoi veux-tu travailler davantage ? Parle-moi plutôt du marchand, de ton Oncle Aziz ? C'était un bon maître ? C'est un homme très riche et très bon, n'est-ce pas ? Son nom lui va à merveille[1]. Je pourrais t'en raconter des histoires sur lui, d'étonnantes histoires... Il faut qu'un jour je visite sa maison. Je crois bien, d'après tout ce que tu m'as raconté sur le jardin, que c'est un vrai palais... Donne-t-il des banquets et des fêtes ? Khalil et toi, vous deviez mener une vie de princes ! »

Sur les trois réserves qu'il y avait, il y en avait une où on ne l'envoyait jamais et qui était toujours fermée à clef. Yusuf s'attardait parfois devant la porte, croyant sentir une odeur de cuir et de corne. « *Magendo*, contrebande... », se rappela-t-il. Ça rapportait gros. Hamid avait mentionné le grossier chauffeur de camion qui livrait le chargement : « On aurait dit une créature sortie en rampant d'une latrine... » et Yusuf devinait que cette pièce contenait les ballots mystérieux qui n'avaient pu être chargés avec eux dans le train. Les réserves se trouvaient dans l'arrière-cour clôturée, de même que la cuisine, les cabinets et sa chambre. Une nuit, il entendit du bruit venant de la réserve secrète. Il crut d'abord que c'était un voleur, puis reconnut la voix de Hamid. Il ouvrit silencieusement sa porte et vit qu'il y avait de la lumière dans le hangar. On entendait Hamid se lamenter d'une voix pleine d'angoisse. Il y avait quelque chose d'étrange, à la fois tragique et inquiétant, dans ces gémissements qui troublaient le silence de la maison. Yusuf se dit qu'il aurait mieux fait de rester dans son lit et de ne rien entendre. Quand Hamid se tut, Yusuf referma sa porte aussi silencieusement qu'il l'avait ouverte et se recoucha. Le lendemain matin, on ne parla de rien,

1. *Seyyid* : seigneur, roi.

mais Yusuf surprit plusieurs fois Hamid qui le regardait à la dérobée.

De nombreux marchands traversaient la ville, et, si c'étaient des gens de la côte, des Arabes ou des Somaliens, ils habitaient chez Hamid pendant un jour ou deux, le temps de se reposer et de régler leurs affaires. Ils dormaient en plein air, sous les arbres à pain, et partageaient la nourriture de leurs hôtes, qu'ils payaient de retour avec de petites attentions et des cadeaux. Parfois, avant de repartir, ils vendaient une partie de leurs marchandises. Ces voyageurs apportaient avec eux des nouvelles et des récits incroyables d'actes de courage et d'héroïsme accomplis au cours de leurs expéditions. Quelques personnes venaient de la ville pour les écouter, dont un mécanicien indien, ami de Hamid, toujours coiffé d'un turban bleu pâle et qui arrivait dans une camionnette pétaradante, au grand émoi de l'assistance. Il ouvrait rarement la bouche, mais Yusuf le voyait quelquefois s'esclaffer hors de propos, et s'attirer alors les regards étonnés et désapprobateurs des autres. Le soir, ils étaient tous assis devant la maison, entourés de lampes allumées, frissonnant un peu dans l'air frais de la montagne ; on parlait des nuits où des bêtes sauvages et des ennemis encerclaient les campements avec d'évidentes mauvaises intentions. Si les marchands n'étaient pas bien armés, s'ils perdaient la tête, ou si Dieu ne les protégeait pas, leurs ossements se retrouvaient sur une *nyika* poussiéreuse, nettoyés par les vautours et les vers.

À présent, partout où ils allaient, ils constataient que les Européens étaient arrivés avant eux, qu'ils avaient mis en place des soldats et des employés à leur solde :

ils assuraient aux populations qu'ils étaient venus pour les sauver de leurs ennemis, lesquels ne cherchaient qu'à les réduire en esclavage. À les entendre, c'était comme si aucun honnête marchand n'était jamais venu dans le pays. Les hôtes de Hamid parlaient des Européens avec stupéfaction, ils étaient impressionnés par leur férocité et leur brutalité. Ces étrangers prenaient les meilleures terres, disaient-ils, sans payer un sou, ils s'arrangeaient pour forcer les gens à travailler pour eux au moyen d'artifices, ils mangeaient n'importe quoi, même de la nourriture avariée. Leur appétit était démesuré, comme celui d'un essaim de sauterelles. Taxes pour ceci, taxes pour cela, et pour les récalcitrants la prison, le fouet, ou même la pendaison. La première chose qu'ils construisaient, c'était un hangar fermant à clé, ensuite c'était une église, puis un marché couvert pour avoir l'œil sur tout le commerce et prélever leur part de bénéfice. Et tout cela avant même de se construire une maison. Avait-on jamais vu chose pareille ? Ils portaient des vêtements en métal, mais qui n'irritaient pas leur peau, et ils pouvaient rester des jours à la file sans dormir ni boire. Leur salive était empoisonnée. *Wallahi*, je vous le jure ! Si elle vous éclabousse, elle vous brûle la peau. Le seul moyen de les tuer, c'était de les poignarder sous l'aisselle gauche, ailleurs ça ne marchait pas, mais c'était presque impossible parce qu'ils étaient bien protégés à cet endroit.

L'un des marchands jura qu'il avait de ses yeux vu un Européen tomber raide mort, et un autre lui rendre la vie en lui insufflant son souffle, comme chez des serpents qui, eux aussi, ont une salive empoisonnée. En tout cas, si jamais il tombait sur le cadavre d'un Européen, il n'y toucherait pas, ne lui prendrait rien, il aurait trop peur qu'il ne se réveille…

« Ne blasphème pas, s'écria Hamid, hilare. Seul Dieu peut donner la vie.

— Écoutez, j'ai vu ça de mes propres yeux. Qu'Allah m'aveugle si je mens, insista le marchand, jetant un regard à la ronde sur son auditoire. J'ai vu un Européen mort, et un autre couché à côté de lui, qui lui soufflait dans la bouche, eh bien, le mort a frissonné, et puis il s'est réveillé…

— Si quelqu'un peut donner la vie, alors ce doit être Dieu, répéta Hamid.

— Que Dieu me pardonne, protesta le marchand, tremblant de colère. Pourquoi dis-tu ça ? Ce n'est pas ce que je voulais dire. »

Lorsque ce marchand eut repris la route, Hamid déclara : « C'était un ignorant, on est très superstitieux dans son pays. Voilà ce qui arrive quelquefois quand on est trop religieux. Que voulait-il dire ? Que les Européens sont en réalité des serpents déguisés en hommes ? »

Certains de ces voyageurs avaient rencontré l'expédition d'Oncle Aziz. Elle se trouvait de l'autre côté des lacs, au-delà des montagnes de Marungu, sur le bief supérieur des grandes rivières de l'Ouest, et commerçait fructueusement avec la population Manyema. C'était un pays peu sûr, mais on pouvait y faire des affaires avec le caoutchouc, l'ivoire, et même, s'il plaisait à Dieu, un peu d'or. Puis des messages parvinrent d'Oncle Aziz en personne ; il demandait que l'on rembourse en son nom les marchands qui lui avaient vendu des provisions et des marchandises. Un chargement de caoutchouc, qui avait été confié à l'un d'eux, sur le chemin du retour, arriva un jour. Les bonnes nouvelles d'Oncle Aziz qu'apportaient les voyageurs faisaient que Hamid se montrait généreux envers eux.

6

Pendant le mois de Shaaban, juste avant le Ramadan et son régime impitoyable de jeûne et de prières, Hamid décida de visiter les villages et les campements de la montagne ; c'était un voyage qu'il faisait chaque année avec plaisir, et il se persuadait que c'était aussi une occasion de faire des affaires. Puisque les clients ne venaient pas chez lui, il irait les trouver chez eux. Yusuf fut invité à l'accompagner. Ils louèrent en ville une camionnette au mécanicien sikh, le même qui venait le soir écouter les histoires des voyageurs. Ce Sikh, qui se nommait Harbans Singh, mais que tout le monde appelait Kalasinga, conduisait lui-même son véhicule, et c'était aussi bien car celui-ci tombait souvent en panne et les pneus crevaient tous les quelques kilomètres. Kalasinga ne se laissait pas démonter par ces incidents, qu'il attribuait au mauvais état de la route et aux pentes trop abruptes. Sans s'émouvoir, il réparait sa camionnette et n'était jamais à court d'inspiration pour répondre avec bonne humeur aux sarcasmes de Hamid. Yusuf le connaissait bien ; il lui avait livré plusieurs fois des commandes. Kalasinga et Hamid adoraient se chamailler, et se donnaient la réplique avec délectation. Tous deux étaient petits et replets, et à certains égards se ressemblaient, mais, alors que Hamid était jovial et souriant, Kalasinga restait sérieux en toute circonstance.

« Si tu n'étais pas si avare, tu t'achèterais une nouvelle camionnette pour épargner tous ces ennuis à tes clients », lui dit Hamid, assis confortablement sur un rocher, pendant que Kalasinga s'escrimait sur son moteur poussif. « Que fais-tu de tout l'argent que tu nous extorques ? Tu l'envoies à Bombay ?

— Ne parle pas si inconsidérément, mon frère. Tu veux que quelqu'un vienne me tuer ? Quel argent ? Et tu sais bien que je ne suis pas de Bombay. C'est le pays de ces merdeux de *banyas*[1], la lie du Gujerat ; c'est eux qui sont riches, et leurs frères, ce sont les Bohars, ces vampires de Mukki-Yukki. Tu sais comment ils s'enrichissent ? En prêtant de l'argent et en trichant : crédit au commerçant en difficulté avec intérêts composés, et saisie au moindre prétexte. Voilà leur spécialité. De la lie ! Alors je te prie de me respecter et de ne pas me confondre avec ces insectes malfaisants !

— Mais, vous autres Indiens, vous êtes tous pareils, dit Hamid. Des banyas, des escrocs et des menteurs. »

Kalasinga prit l'air attristé. « Si tu n'étais pas mon frère depuis des années, je te donnerais une correction pour ce que tu viens de dire ! Je sais que tu essaies seulement de me contrarier, et je me contiens. Je ne te donnerai pas le plaisir de me voir me conduire d'une manière peu digne. Mais ne me pousse pas à bout, mon ami ; un Sikh a du mal à se laisser insulter sans réagir !

1. Caste de marchands en Inde.

— Ah bon ? Mais qui te demande de ne pas réagir ? Il paraît que les kalasingas ont des longs poils qui leur poussent au cul. J'ai entendu parler d'un kalasinga qui s'était arraché un de ses poils pour attacher un gars qui l'ennuyait…

— Écoute, mon ami, répliqua Kalasinga d'un air lugubre, je suis patient, mais je te préviens que si je me mets en colère, je ne me posséderai plus… » Il lança un regard à Yusuf, en hochant la tête de gauche à droite, en quête de sympathie. « Sais-tu à quoi je ressemble quand je perds mon sang-froid ? lui demanda-t-il. À un lion rugissant ! »

Hamid rit de bon cœur. « Ne fais pas peur au gamin, espèce de *kafir*[1] poilu. Vous autres banyas, vous n'êtes que des menteurs. Un lion rugissant ! D'accord, mais laisse tomber cette clé à molette : je ne veux pas que mes enfants deviennent orphelins à cause d'une simple plaisanterie. Mais dis-moi franchement, nous sommes de vieux amis, il n'y a pas de secrets entre nous : que fais-tu de tout l'argent que tu gagnes ? Tu le donnes à une femme, non ? Tu ne dépenses jamais rien, tu n'as que de vieilles bagnoles déglinguées, pas de famille, ta maison est misérable, tu ne bois que du *pombe* bon marché ou de ce poison que tu fabriques toi-même, tu ne joues pas, alors ça doit être une femme.

— Une femme ? Je n'entretiens pas de femme. »

Hamid s'esclaffa de nouveau. Il circulait des histoires sur les exploits amoureux de Kalasinga, dont lui-même était l'auteur, et que d'autres embellissaient. Il était toujours lent à s'enflammer, ce qui désespérait les femmes. Mais quand il était accroché, il ne renonçait pas volontiers.

1. Infidèle.

« Si tu veux savoir, espèce d'âne, j'envoie quelque chose à mes frères, au Pendjab. Pour les aider à entretenir la terre familiale. D'ailleurs, ça ne te regarde pas ! Et toi, que fais-tu de ton argent ? » cria-t-il en cognant sur le capot. Hamid, toujours hilare, allait recommencer ses taquineries, mais Kalasinga bondit sur son siège et mit le moteur en marche.

Vers le soir, ils s'arrêtèrent près d'une petite bourgade, sur les derniers contreforts de la montagne. Le lendemain, ils y feraient du commerce avant de poursuivre leur route. Kalasinga gara la camionnette sous un figuier, au bord d'un ruisseau. L'herbe y était grasse et verte et leur montait jusqu'aux genoux. Yusuf se déshabilla et sauta dans l'eau, mais elle était si froide qu'il ne put réprimer un cri ; en peu de temps, il sentit son corps s'engourdir. Kalasinga lui expliqua que le ruisseau était alimenté par la fonte des neiges au sommet de la montagne. Ils étaient entourés d'arbres et, en installant leur campement, ils entendaient le chant des oiseaux. Yusuf avança le long du torrent, sautant sur les rochers qui émergeaient de l'eau. Il aperçut au loin, sur l'autre rive, d'épais bosquets de bananiers. Il arriva bientôt à une cascade, et s'arrêta pour la contempler. Il régnait dans cet endroit une atmosphère mystérieuse et envoûtante, mais paisible et bienveillante. De gigantesques fougères et des bambous se penchaient au-dessus de l'eau. Yusuf vit, à travers les embruns de la cascade, que le rocher recelait une cavité obscure, peut-être une grotte où se dissimulaient des trésors et des princes infortunés poursuivis par de cruels usurpateurs… Il sentit bientôt que l'humidité avait transpercé ses vêtements, qu'il était trempé jusqu'aux os, mais il éprouvait une sensation de bonheur. Il était sûr, en tendant l'oreille, qu'il pourrait entendre respirer Dieu à travers le grondement de la cascade. Il resta là un long moment. Puis, lorsque la lumière baissa rapidement et que les chauves-souris et des oiseaux nocturnes commencèrent à sillonner le ciel pâle, il aperçut au loin Hamid qui lui faisait signe de revenir.

Yusuf courut le rejoindre pour lui décrire la beauté de ce havre de paix. Mais lorsqu'il arriva près de Hamid, il était à bout de souffle, incapable de parler.

« Tu es trempé », dit Hamid, qui se mit à rire et à lui flanquer de grandes claques dans le dos. « Viens manger et te réchauffer avant qu'il ne fasse trop sombre. Les nuits sont fraîches par ici. »

Yusuf, haletant, réussit à dire : « La cascade ! Elle est si belle…

— Je sais », dit Hamid.

Soudain, de l'ombre qui s'épaississait surgit devant eux un homme vêtu d'une veste en velours côtelé bleu sombre à épaulettes de cuir, et d'un short kaki, l'uniforme des employés des Européens : il brandissait une matraque. Yusuf vit que son visage était marqué de fines balafres en travers de chaque joue, allant des yeux jusqu'aux commissures des lèvres. En approchant de lui, ils virent que ses vêtements étaient en loques, et dégageaient une odeur de fumée et de bouse. Ses yeux brillaient d'une lueur sinistre et inquiétante.

Hamid leva la main en signe de salut et dit « *Salaam aleikum* ». L'homme eut un grognement. « Qu'est-ce que vous voulez ? Allez-vous-en ! dit-il.

— Nous avons installé notre campement là-bas », dit Hamid. Yusuf voyait qu'il avait peur. « Ne t'inquiète pas, frère. Ce garçon était allé regarder la cascade, et nous retournons maintenant au campement.

— Pourquoi êtes-vous venus ici ? Bwana ne veut pas que vous campiez, que vous regardiez la cascade, il ne veut pas de vous, dit l'homme en leur lançant un regard haineux.

— Bwana ? » interrogea Hamid.

L'homme, de sa matraque, montra la direction d'où Yusuf était venu. Ils distinguèrent alors un bâtiment bas, dont une des fenêtres s'éclaira soudain. L'homme les fixait toujours d'un air menaçant, attendant qu'ils déguerpissent.

« Mais notre campement est tout en bas, loin d'ici, protesta Hamid, nous ne respirerons pas le même air…

— Bwana ne vous aime pas, répéta l'homme d'une voix coupante, partez d'ici !

— Écoute, mon ami, dit Hamid, du ton accommodant de l'habile commerçant, nous ne dérangerons pas ton bwana. Viens donc prendre une tasse de thé avec nous pour voir par toi-même. »

L'homme laissa soudain échapper un flot de paroles furieuses, dans une langue que Yusuf ne comprit pas. Puis il tourna les talons et disparut dans l'obscurité. Ils le regardèrent s'éloigner, et Hamid déclara en haussant les épaules : « Partons. Son bwana croit sans doute que le monde lui appartient… »

Quand ils arrivèrent à leur campement, Kalasinga avait cuit du riz et préparé du thé. Hamid ouvrit un paquet de dattes et découpa des lamelles de poisson séché qu'ils mirent à cuire sur les braises. Ils parlèrent à Kalasinga de l'homme à la matraque.

« C'est Mzungu qui habite là », dit le Sikh, en lâchant tranquillement des gaz sans aucun signe d'embarras. « C'est un Européen du Sud, qui travaille pour le gouvernement. Je lui ai réparé une fois son générateur, une vieille machine qui faisait un boucan infernal. Je lui ai dit que je pouvais lui en procurer un nouveau, mais il n'a pas été d'accord. Il est devenu tout rouge et s'est mis à crier que je voulais gagner ma commission. Une petite, peut-être… il n'y a rien de mal à ça, c'est la coutume. Mais il m'a traité de sale coolie, de voleur. Il a lancé ses chiens après moi. Oh ! la, la ! Des tas de chiens à long poil, avec d'énormes crocs.

— Des chiens… », répéta simplement Hamid. Yusuf devina ce qu'il avait en tête.

« Oui, des chiens, gros comme ça ! » dit Kalasinga, qui se leva et écarta les bras. Il ricana : « Avec des yeux jaunes et une fourrure argentée. Dressés à chasser le musulman. Quand ils aboient, ils disent, si on les comprend : "J'aime la chair des gens d'Allah… Apportez-moi de la viande de musulman." »

Kalasinga était très content de lui, il gloussait et se tapait sur les cuisses. Hamid le traita de tous les noms : infidèle maboul, salaud de voleur, kafir poilu, mais il ne s'en émut pas et continua à ricaner et à s'esclaffer comme s'il n'avait jamais rien entendu d'aussi drôle.

« Tais-toi donc, sale coolie ! Tu vas nous porter malheur. Les chiens de l'Européen vont nous tomber dessus – et ceux à deux pattes aussi. Arrête-toi, maudit banya ! » explosa Hamid, que l'hilarité du Sikh rendait furieux.

« Banya ! Je t'ai déjà prévenu de ne jamais me traiter de banya ! » s'écria Kalasinga, qui chercha autour de lui une arme, un bâton ; il fut un instant tenté par la bouilloire de thé. « Je n'y peux rien si les musulmans ont si peur des chiens ! Est-ce une raison pour me traiter de banya ? Chaque fois que tu prononces ce mot, tu injuries toute ma famille. »

La paix revenue, ils se préparèrent à dormir. Kalasinga étendit sa natte à côté de la camionnette ; Hamid se coucha à côté de lui. Yusuf s'allongea à quelques pas d'eux, à un endroit d'où il pouvait voir le ciel, mais aussi écouter leur conversation sans être incommodé par les vents de Kalasinga. Ils s'installèrent avec force soupirs de fatigue et grognements de satisfaction ; Yusuf commença à somnoler dans le silence bienfaisant.

« C'est agréable de se dire que le Paradis ressemblera à ça », confia Hamid à mi-voix. Dans le calme de la nuit, on n'entendait que le bruit de l'eau vive. « Que peut-on imaginer de plus beau que les cascades ? Mais il y en a d'encore plus belles que celle que tu as vue, Yusuf. Savais-tu que toutes les rivières de la terre prennent leur source des quatre rivières du Paradis ? Elles coulent vers le nord, le sud, l'est, l'ouest, et divisent les jardins de Dieu en quatre parties. Et partout il y a de l'eau. Sous les pavillons, dans les vergers, le long des terrasses et des chemins dans les forêts.

— Où est ce jardin ? demanda Kalasinga. En Inde, j'en ai vu beaucoup avec des cascades. C'est ça, votre Paradis ? C'est là où vit l'Aga Khan ?

— Dieu a créé sept Cieux », dit Hamid, toujours tourné vers Yusuf, comme s'il ne s'adressait qu'à lui. Il parlait de plus en plus doucement. « Le Paradis est le septième, et il est lui-même partagé en sept niveaux. Le plus élevé, c'est le

Jennet al Adn, le Jardin d'Eden. Mais les blasphémateurs poilus ne peuvent pas y entrer, même s'ils rugissent comme mille lions furieux...

— Nous avons ces jardins-là en Inde, avec sept, huit niveaux, et encore plus, répliqua Kalasinga. C'est les barbares mogols qui les ont construits. Ils organisaient des orgies sur les terrasses et entretenaient des animaux dans les jardins pour pouvoir chasser quand ça leur chantait. C'est ça votre Paradis, et il se trouve en Inde. L'Inde est un pays très spirituel !

— Tu crois que Dieu est fou ? rétorqua Hamid. Mettre le Paradis en Inde, quelle idée !

— Oui, mais il n'a peut-être pas trouvé mieux, suggéra Kalasinga. J'ai entendu dire que le Paradis terrestre existe encore.

— Kafir ! Tu crois à toutes ces balivernes..., dit Hamid en riant.

— J'ai lu ça dans un livre. Un livre très religieux. Tu sais lire, toi, *dukka-wallah*, chien de musulman ? J'ai entendu dire que lorsque Dieu a envoyé le Déluge sur la terre au temps de Nabi Nuh[1], le Jardin n'avait pas été atteint par les eaux et était resté intact. Il existe peut-être encore, mais il est fermé aux hommes par des cascades torrentielles et une barrière de flammes. Pense donc, reprit Kalasinga après un long silence, si c'était vrai que le Jardin se trouve sur terre... »

Hamid ricana, mais Kalasinga n'y prêta pas attention. Les eaux torrentielles et la barrière de flammes étaient des détails convaincants. Il avait été élevé dans une famille sikh

1. Noé.

fort pieuse, où les écrits des grands Gurus étaient à la place d'honneur dans l'oratoire familial où son père, qui était un homme tolérant, avait placé aussi une statue en bronze de Ganesh, une petite image de Jésus-Christ le Rédempteur et un exemplaire minuscule du Coran. Kalasinga connaissait la force de détails tels que les eaux torrentielles et la barrière de flammes.

« Écoute, dit Hamid d'un ton décidé, j'ai bien entendu des gens affirmer que le Jardin se trouve sur terre, mais je n'y crois pas. Et même s'il y est, personne ne peut y entrer, surtout pas un banya… »

7

Après quatre jours de route, au cours desquels ils s'étaient arrêtés dans chaque village ou campement où ils espéraient faire des affaires, ils parvinrent à Olmorog, à mi-hauteur de la montagne. Le voyage avait duré plus longtemps que prévu, car la camionnette était tombée souvent en panne. Kalasinga était toujours prolixe en explications, mais dans les dernières étapes Hamid était trop fatigué pour plaisanter et il disait simplement : « *Haya, haya*, arrête de radoter, l'essentiel c'est d'arriver. » Olmorog était leur destination finale ; ils devaient y passer un jour, puis prendre le chemin du retour.

Cette localité avait été autrefois un campement important de ces bergers qui teignaient leur corps et leurs cheveux en ocre ; on y avait créé un centre agricole, dans l'espoir que les nomades renonceraient à leurs habitudes sanguinaires et deviendraient de paisibles fermiers. Mais rien de tel ne s'était produit, peut-être parce que le fonctionnaire investi du pouvoir officiel avait voulu aller trop vite en besogne. Les nomades s'étaient empressés d'abandonner le centre agricole pour aller s'installer un peu plus loin, et ne venaient à Olmorog que pour commercer.

Hamid avait l'habitude de coucher chez un commerçant de Zanzibar, nommé Hussein, qui tenait une boutique, où il gagnait juste assez pour vivre. Une machine à coudre actionnée à la main trônait à l'intérieur, et il en sortait un flot de *shukas* et de châles que Hussein vendait à ses clients. Sur le comptoir, contre le mur, étaient empilés des sacs de sucre, des boîtes de thé et diverses autres marchandises. Hussein était grand, mince, d'aspect ascétique. Il vivait seul dans son arrière-boutique. Il logea les trois compagnons dans sa réserve, tout réjoui d'avoir l'occasion de parler. Le soir, ils restèrent assis dehors à écouter ses souvenirs de Zanzibar, et, quand il eut fini de s'épancher, ils parlèrent affaires, puis regardèrent en silence le soleil disparaître derrière la montagne.

« Avez-vous remarqué comme la lumière est verte ici ? leur dit Hussein au bout d'un long moment. Ce n'est pas à Kalasinga que je demande ça : il ne remarque que les choses qui sont couvertes de cambouis et qui font du bruit ! Quels sont tes derniers projets, mon ami ? La dernière fois que tu es venu ici, tu voulais acheter un autocar et ouvrir un service jusqu'aux villages de la montagne. Où en est cette brillante idée ? »

Kalasinga haussa les épaules sans répondre. Il sirotait l'alcool qu'il avait apporté avec lui. Il buvait rarement devant eux, mais Yusuf l'avait vu parfois, quand il se croyait seul, avaler à la hâte quelques gorgées d'une grande bouteille en pierre.

« Mais toi, jeune homme, Yusuf ! As-tu remarqué cette lumière ? demanda Hussein. Un jour viendra où ta beauté rendra folles les jeunes femmes. Viens avec moi à Unguja et je te donnerai ma fille en mariage. As-tu remarqué la lumière ?

— Oui », dit Yusuf. Lorsqu'ils gravissaient la montagne, il avait remarqué que la lumière n'était plus la même. Et, en écoutant Hussein parler de Zanzibar, il avait décidé qu'il irait un jour visiter cet endroit fabuleux.

« Il te dira toujours oui, maintenant que tu lui as promis ta fille, dit Hamid en riant. Mais tu arrives trop tard, nous l'avons déjà fiancé à notre aînée. Je ne te l'avais pas dit, Hussein ?

— Tu es révoltant, elle n'a que dix ans ! s'écria celui-ci.

— Onze, corrigea Hamid, le bel âge pour se marier. »

Yusuf savait bien que les deux hommes plaisantaient, mais il ne se sentait pas à l'aise. « Pourquoi est-elle verte, la lumière ? demanda-t-il.

— C'est à cause de la montagne, dit Hussein. Quand, dans tes voyages, tu iras jusqu'aux lacs, tu verras que le monde est entouré de montagnes qui donnent au ciel cette couleur verte. Celles qui sont de l'autre côté des lacs forment la limite du monde que nous connaissons. Au-delà, l'air a la couleur de la peste, et les êtres qui le respirent, seul Dieu les connaît. Nous, nous connaissons l'est et le nord, jusqu'au pays de Chine à l'extrême est et les remparts de Gog et Magog au nord. Mais l'ouest, c'est le pays des ténèbres, des djinns et des monstres. Dieu a envoyé l'autre Yusuf[1] prophétiser dans le pays des djinns et des sauvages. Il t'y enverra peut-être, toi aussi.

— Vous avez été jusqu'aux lacs ? demanda Yusuf.

— Non, dit Hussein.

— Mais, autrement, il a été partout, dit Hamid. On voit bien qu'il n'aime pas rester chez lui, cet homme. »

Kalasinga avait ricané en écoutant Hussein décrire la lumière et les lacs – c'est des contes de fées, s'était-il écrié – mais ses compagnons savaient qu'il ne pouvait résister aux histoires de prophètes et de djinns. « Quel Yusuf ? dit-il.

— Le prophète Yusuf, qui a sauvé l'Égypte de la famine, répondit Hussein. Tu ne connaissais pas cette histoire ?

— Qu'y a-t-il à l'ouest, au-delà des ténèbres ? » demanda Yusuf.

Kalasinga claqua la langue avec irritation, il attendait l'histoire de la famine en Égypte, qu'il connaissait naturellement, mais il voulait l'entendre une nouvelle fois.

« On ne sait pas au juste jusqu'où s'étend ce désert, dit Hussein, mais j'ai entendu dire que pour le parcourir il faudrait marcher pendant cinq cents ans. C'est là que se trouve la Fontaine de Vie, elle est gardée par des goules et des serpents grands comme des îles.

— C'est là aussi que se trouve l'Enfer ? » demanda Kalasinga, qui avait repris son ton railleur. « Et toutes les chambres de torture que votre Dieu vous promet ?

1. Le Joseph de l'Ancien Testament.

— Tu devrais le savoir, repartit Hamid, puisque c'est là que tu iras.

— Je vais traduire le Coran, dit soudain Kalasinga. En swahili, ajouta-t-il quand les autres eurent fini de s'esclaffer.

— Tu ne sais même pas parler swahili, objecta Hamid, ni lire l'arabe.

— Je le traduirai à partir d'une traduction en anglais, dit Kalasinga, l'air déterminé.

— Mais pour quelle raison ? demanda Hussein. Je ne t'ai jamais entendu dire quelque chose de plus ridicule.

— Pour vous faire comprendre, stupides indigènes, que vous adorez un Dieu extravagant, dit le Sikh. Ce sera ma croisade. Est-ce que vous comprenez seulement ce que dit le Coran en arabe ? Un peu peut-être, mais la plupart de vos idiots de frères n'y entendent rien. Vous verriez peut-être à quel point votre Allah est intolérant, et, au lieu de l'adorer, vous trouveriez quelque chose de mieux à faire.

— *Wallahi !* s'écria Hamid, qui ne plaisantait plus. Quelqu'un comme toi n'a pas le droit de parler de Lui de cette façon, c'est impardonnable. Il faudrait donner une leçon à ce chien velu ! La prochaine fois que tu viendras espionner nos conversations dans ma boutique, je leur raconterai, à ces stupides indigènes, ce que tu viens de dire. Et ils mettront le feu à ton derrière poilu.

— Je traduirai le Coran, répéta Kalasinga, d'un ton ferme. Parce que je me soucie de mes semblables, même s'ils ne sont que d'ignorants musulmans. Est-ce une religion pour des adultes ? Je ne sais peut-être pas qui est Dieu, je ne me souviens pas de ses milliers de noms et de ses millions de promesses, mais je sais qu'il ne peut pas être ce tyran que vous adorez. »

Une femme entra à ce moment dans la boutique pour acheter de la farine et du sucre. Elle portait un pagne autour de la taille et un grand collier au cou. Ses seins étaient nus. Elle ne prêta aucune attention à Kalasinga qui s'agita autour d'elle, avec de petits soupirs et claquements de langue concupiscents. À la grande joie de sa cliente, Hussein lui parlait dans sa langue, et elle, pétillant de gaieté, répondait avec force gestes et explications. Hussein était aussi tout réjoui, et riait par petites saccades nasillardes. Après le départ de la femme, le Sikh exprima sa fringale libidineuse, décrivant comment il la pénétrerait de force. « Oh, ces femmes sauvages ! Vous avez remarqué comme elle sentait la bouse de vache ? Et ces seins ! Si ronds que j'en avais mal...

— Elle allaite son bébé. C'est de cela qu'elle me parlait, dit Hussein. Tu te moques de l'intolérance de notre Dieu, et toi, tu traites les gens de sauvages... »

Kalasinga, sans s'émouvoir de cette rebuffade, continua à se vanter avec une exagération ridicule de ses aventures amoureuses. Il raconta l'histoire d'une femme très belle dont il avait obtenu, grâce à des stratagèmes compliqués, qu'elle l'emmène chez elle, et qui s'était révélée être un homme. Et une aventure avec une femme mariée qui avait bien failli lui faire perdre quelque chose de vital lorsque le mari cocu était apparu inopinément à la porte. Tantôt il jouait tous les rôles, prenant une voix de fausset, se démenant et se tortillant. Tantôt il redevenait lui-même : sa barbe se hérissait, son turban se dressait fièrement et il était le Sikh déchaîné, déterminé à passer à l'action. Hamid hurlait de rire et se tenait les côtes, hors d'haleine. Kalasinga répétait exprès, pour le torturer, les épisodes les plus comiques. Quant à Yusuf, il riait avec mauvaise conscience car il voyait bien que Hussein n'approuvait pas ces propos licencieux, mais il ne pouvait s'en empêcher à la vue de Hamid secoué d'un rire convulsif.

À mesure que la nuit s'avançait, leurs conversations se firent plus modérées, plus mélancoliques, et ponctuées de longs et fréquents bâillements.

« Je redoute les temps à venir », dit Hussein à mi-voix. Hamid poussa un long soupir. « Tout est en effervescence. Les Européens sont très déterminés, ils se battent pour nous arracher les richesses de notre terre, et ils nous écraseront tous. Tu serais un imbécile si tu croyais qu'ils sont venus pour notre bien ; ce n'est pas le commerce qui les intéresse, mais notre terre, tout ce qu'elle contient, et nous avec...

— En Inde, dit Kalasinga, ils sont les maîtres depuis des siècles. Ici, vous n'êtes pas civilisés, ils se conduiront autrement. Même au sud de l'Afrique, ils n'ont tué les habitants et pris les terres que parce qu'il y avait de l'or et des diamants. Ici, qu'est-ce qu'il y a ? Ils vont discuter, chicaner, voler par-ci, par-là, livrer quelques petites guerres, et quand ils en auront assez ils rentreront chez eux.

— Tu rêves, mon ami, protesta Hussein. Regarde comment ils se sont déjà partagé les meilleures terres de la montagne. Au nord, ils ont réussi à chasser les habitants les plus farouches, qui se sont laissé faire comme des moutons, et ils ont enterré vivants quelques-uns de leurs chefs. Tu ne savais pas ça ? Les seuls à qui ils ont permis de rester, c'était pour en faire leurs domestiques. On ne peut pas lutter contre leurs armes et c'est comme ça qu'ils s'approprient les terres. Tu trouves que ça ressemble à une simple visite ? Je te dis qu'ils sont déterminés. Ils convoitent le monde entier.

— Eh bien, il faut apprendre à les connaître, dit Kalasinga. Que savez-vous d'eux, à part ces histoires de serpents et de gens qui mangent du métal ? Vous connaissez leur langue, leurs histoires ? Alors comment pouvez-vous leur tenir tête ? Ça ne sert à rien de vous lamenter. Nous autres, Indiens, nous en sommes au même point. Ce sont nos ennemis aussi. Nous sommes des animaux pour eux, et il nous faudra longtemps pour les faire changer d'avis. Vous savez pourquoi ils sont si forts ? Parce que, depuis des siècles, ils exploitent le monde entier. Ce n'est pas en gémissant qu'on les arrêtera.

— Ce n'est pas non plus ce que nous apprendrons qui les arrêtera, murmura Hussein.

— C'est que tu as peur d'eux, observa Kalasinga.

— Tu as raison, j'ai peur... mais pas seulement d'eux. Nous allons tout perdre, et aussi notre manière de vivre. Les jeunes seront les grands perdants : il viendra un jour où les Européens les feront cracher sur tout ce que nous savons, et les obligeront à réciter leurs lois et leur histoire du monde comme si c'était la Parole sacrée. Quand, un jour, ils écriront sur nous, que diront-ils ? Que nous avions des esclaves...

— Eh bien, apprends à leur tenir tête, cria Kalasinga. Si ce que tu dis sur les dangers qui nous menacent est exact, alors pourquoi restes-tu ici ?

— Où irais-je pour dire ce que je sais, demanda Hussein, que la fureur du Sikh fit sourire. À Zanzibar ? Mais, là, les esclaves eux-mêmes sont pour l'esclavage…

— Pourquoi être si pessimistes, protesta Hamid. Est-ce que notre manière de vivre est si merveilleuse que ça ? Nous avons déjà trop de soucis pour nous préoccuper de ces sombres prédictions. Laissons tout ça dans les mains de Dieu. Les choses changeront peut-être, mais le soleil se lèvera toujours à l'est et se couchera à l'ouest. Parlons d'autre chose. »

Après un long silence, Hussein demanda : « Dis donc, Hamid, qu'est-ce que ton escroc de partenaire mijote ces temps-ci ? Dans quelle sale affaire t'a-t-il embringué ?

— De qui parles-tu ? demanda Hamid avec nervosité.

— De qui ? Mais de ton partenaire ! C'est le mot que tu avais employé la dernière fois. Cet homme finira par te ruiner complètement et il ne te restera même plus une aiguille et du fil pour raccommoder ta chemise…, lança Hussein d'un ton dédaigneux. Tu disais qu'il te ferait faire fortune. D'après lui, tu ne risquais absolument rien, tu pouvais aller te commander des chemises de soie. Mais, un de ces jours, il y aura des risques, et tu ne pourras pas faire machine arrière. Pas de chance, c'est les affaires… Combien de personnes a-t-il déjà ruinées ? Il t'entraîne au-delà de tes moyens, et si tu ne peux pas le rembourser, il te prend tout. C'est sa façon de faire et tu sais exactement de quoi je parle.

— Qu'est-ce que tu as aujourd'hui, tu n'es pas bien ? demanda Hamid. Voilà ce que c'est de vivre sur la montagne avec cette lumière verte ! »

Yusuf voyait que Hamid était mal à l'aise et commençait à se fâcher. Il avait l'air abattu.

« Tu sais ce que j'ai appris sur ton partenaire ? continua Hussein. Que si ses associés ne peuvent pas le rembourser, il prend leurs fils et leurs filles comme *rehani*. Ce n'est pas un comportement honorable.

— Ça suffit comme ça, Hussein », dit Hamid d'un ton irrité, en jetant un rapide coup d'œil à Yusuf. Kalasinga paraissait avoir quelque chose à dire, mais Hamid lui fit signe de se taire. « Et laisse-moi faire des erreurs si ça me plaît. Tu penses que ce que tu fais… ce que nous faisons… est beaucoup mieux ? Nous trimons, nous risquons tout, nous vivons loin de chez nous… et nous sommes toujours aussi pauvres…

— Le Seigneur nous a dit… », commença Hussein.

Hamid l'interrompit d'un ton presque suppliant : « Épargne-nous tes sermons !

— Ton partenaire va bientôt se faire prendre, insista Hussein. Toute cette contrebande, ces affaires louches, ça finira mal, et toi tu seras dans le même bain.

— Écoute ce que te dit ton frère, dit Kalasinga en s'adressant à Hamid. Nous ne sommes peut-être pas riches, mais au moins nous observons la loi et nous nous respectons mutuellement. »

Hamid éclata de rire. « Eh bien, nous sommes de dignes philosophes ! Menteur ! Quand observes-tu la loi ? De quelle loi parles-tu ? Quand tu nous fais payer des prix exorbitants pour le moindre service, tu appelles ça observer la loi ? » En changeant de ton, il essayait de détendre l'atmosphère et de revenir à une conversation plus réjouissante. « D'ailleurs, il faut éviter de faire mauvaise impression à ce jeune homme. »

Yusuf, qui avait maintenant seize ans, fut flatté d'être traité de « jeune homme ». Il manifesta sa satisfaction en faisant le pitre, ce qui dérida ses trois compagnons. On avait abandonné le sujet délicat de l'homme qui avait été forcé de donner son fils en gage à son créancier, mais Yusuf comprenait un peu ce que Hussein avait voulu dire à Hamid. La volonté désespérée que celui-ci avait de s'enrichir et ses inquiétudes sur l'expédition d'Oncle Aziz trahissaient son tempérament anxieux et ses pressentiments d'un échec. Yusuf se rappela l'odeur de cuir qui émanait de la réserve interdite et les murmures implorants de Hamid, murmures de supplication et de prière.

8

Oncle Aziz réapparut peu de jours après leur retour. Comme d'habitude, le cortège était conduit par le joueur de tambour et le corniste, suivis de Mohammed Abdalla. Ils arrivèrent à la fin de l'après-midi, à l'heure où le soleil est à son déclin et où l'humidité de la brise et des feuilles commence à se faire sentir. Yusuf, qui se promenait sur la route déserte, les aperçut le premier ; ce fut d'abord, au loin, un nuage de fine poussière, puis le martèlement des pas et le son plaintif des instruments. Malgré son désir d'observer l'arrivée de cette cohorte de voyageurs, qu'il imaginait épuisés et marchant avec peine, il fit demi-tour pour aller prévenir Hamid.

On apprit que le voyage avait été pénible, qu'ils avaient enduré maints dangers et privations ; qu'ils avaient passé de mauvais moments, mais sans avoir jamais eu à se battre. Deux hommes avaient été mis dans un triste état, l'un blessé par un lion, l'autre piqué par un serpent. On les avait laissés dans un village, dit Oncle Aziz, au bord du lac, aux soins d'une famille à laquelle il avait fait confiance et qu'il avait généreusement dédommagée. De nombreux porteurs et gardes avaient été malades, mais jamais gravement, Dieu merci ! C'était inévitable lors d'un voyage à l'intérieur du pays. Mohammed Abdalla était tombé une nuit, dans un ravin, et s'était démis l'épaule ; il allait mieux, dit le marchand, mais souffrait encore, tout en s'efforçant de le dissimuler. En dépit de toutes ces épreuves, et bien que tous se soient sentis bien loin de chez eux, les affaires avaient été bonnes. Comme toujours, Oncle Aziz était très calme, et semblait même encore plus alerte que de coutume. Lorsqu'il se fut lavé, changé et parfumé, on aurait eu peine à croire qu'il venait de passer plusieurs mois sur les chemins.

« Le commerce a très bien marché là-haut, dit-il. En fait, nous n'y sommes pas restés longtemps. Nous retournerons à Marungu l'an prochain, avant que la région ne soit envahie par les Belges, qui vont bientôt nous interdire d'y aller. Il paraît qu'ils se rapprochent de plus en plus des lacs. Ce sont des bons à rien, envieux et inaptes en affaires. Même les Allemands et les Anglais sont préférables, et pourtant Dieu sait que ce sont tous des négociants sans scrupule. Mais, cette fois, nous avons rapporté des marchandises de valeur. »

Hamid écoutait ces propos avec ravissement et, pour affirmer ses liens avec Oncle Aziz, il ponctuait ses phrases de mots arabes. Il était tout sourires et poussait des grognements d'admiration en surveillant le stockage des marchandises. Les sacs de blé acquis au rabais par Oncle Aziz devaient rester chez lui, mais on expédierait par train, jusqu'à la côte, le caoutchouc, l'ivoire et l'or. Le caoutchouc, qui avait été apporté quelques semaines plus tôt, était déjà vendu en ville, à un commerçant grec. Le soir, Hamid emmena Oncle Aziz tout inspecter ; ils s'assirent ensuite et, penchés sur leurs livres de comptes, calculèrent leurs recettes à voix basse.

Oncle Aziz ne s'attarda pas. Il désirait regagner la côte avant le début du Ramadan, pour jeûner et se reposer chez lui. La vente des marchandises avant la fin du mois devait lui permettre de congédier ses porteurs, et de les payer à temps pour les dépenses de la nouvelle année et des fêtes de l'Id. Le jour du départ, la procession, avec Mohammed Abdalla qui n'était pas encore tout à fait remis, s'ébranla et se dirigea vers la gare. Yusuf n'avait pas été invité à les accompagner. Au moment de partir, Oncle Aziz le prit à part et lui remit une poignée de pièces de monnaie. « Pour le cas où tu en aurais besoin, dit-il. Je reviendrai l'an prochain. Tu t'en es bien tiré ici… »

Le voyage à l'intérieur du pays

1

Hamid était heureux après la visite d'Oncle Aziz. Les histoires qu'il avait entendues sur l'expédition l'avaient enthousiasmé, et lui permettaient d'imaginer le monde vaste et redoutable s'étendant au-delà de l'horizon. Les chiffres qu'il avait alignés avec le marchand l'avaient réjoui, et la vue des marchandises stockées dans son entrepôt lui donnait une idée du succès de l'entreprise. Il n'attendait pas toujours la nuit pour aller dans la réserve secrète contempler ces richesses, laissant parfois la porte ouverte, par laquelle s'échappait une puissante odeur de peaux de bêtes. Un jour, Yusuf put voir les sacs de jute et de paille tressée qui y étaient entassés ; il savait que certains contenaient le blé rapporté par l'expédition, et que d'autres étaient les ballots que le grossier Bacchus avait transportés dans son camion. Hamid tournait autour du butin, comptant et recomptant les colis en parlant tout seul. Quand il s'aperçut que Yusuf était debout devant la porte, son visage exprima d'abord la panique, puis le soulagement et le soupçon. Il parut réfléchir intensément, puis eut un rire sournois.

« Qu'est-ce que tu attends ici ? dit-il. Tu n'as rien à faire ? As-tu balayé la cour ? Et ramassé les fruits ? Bon, je vais t'envoyer faire une course en ville. Qui t'a dit de m'espionner, hein ? Tu veux voir ce qu'il y a dans les sacs, n'est-ce pas ? Tu le sauras un jour..., conclut-il joyeusement en cadenassant la porte de la réserve. Le voyage a bien marché, Dieu soit loué ! On a eu de la chance. Mais tu cherchais quelque chose ?

— Je... », commença Yusuf, mais Hamid l'interrompit et l'entraîna hâtivement vers la maison : « Bon, tu ne cherchais rien de spécial, hein ? J'aimerais savoir ce que Hussein dirait à présent. Parce qu'il a choisi de vivre en gagne-petit sur sa montagne, il est persuadé qu'on commet un péché si on essaie de gagner un peu plus. Tu te rappelles ? Tu étais là... Ce n'est pas que je veuille m'enrichir, mais, tant que je suis ici, pourquoi je n'essaierais pas de faire ma pelote ? S'il se comporte en rêveur, en idéaliste, c'est son affaire...

— Oui », dit Yusuf, que ce discours mettait mal à l'aise. Il se demandait ce qu'il y avait en réalité dans les sacs, mais il n'osait poser des questions, car il avait l'impression que Hamid le croyait au courant. Il devinait en tout cas que ces sacs contenaient quelque chose de précieux, qu'il fallait dissimuler.

« C'est un péché d'essayer de procurer une vie meilleure à sa famille ? » continua Hamid, irrité contre Hussein. « Et de faire son possible pour rentrer au pays ? Je n'ai qu'un désir, construire une petite maison, marier convenablement mes enfants, et être à la mosquée avec des gens civilisés. Si ce n'est pas trop demander, je voudrais pouvoir bavarder tranquillement le soir avec mes voisins et mes amis en buvant une tasse de thé… C'est tout ! Je ne veux ni tuer ni exploiter personne, ni voler un innocent ! Je ne suis qu'un petit commerçant qui essaie de se débrouiller. En ce moment, Hussein s'en prend aux Européens : il paraît qu'ils vont nous dépouiller, qu'ils sont des tueurs sans une once de pitié, qu'ils vont nous détruire, nous et tout ce à quoi nous tenons. Et, après, il s'en prend à moi. Je pourrais te raconter une chose ou deux sur lui, mais moi je ne cherche querelle à personne. Seulement, ce n'est pas le genre de Hussein. Personne ne l'a empêché de mener sa vie comme il l'entend, tandis que lui, il est toujours prêt à prêcher et à citer des sourates du Coran. Le Seigneur nous a dit…, etc. Tu l'as entendu ! »

Hamid poussait de petits soupirs indignés, puis il murmura « *Astaghfirullah* », « Dieu pardonnez-moi », frémissant à la pensée qu'il avait peut-être manqué de respect envers le Coran. « Il n'y a pas de mal à citer le Livre, mais lui le fait par méchanceté plutôt que par piété. Et ce fou de Kalasinga qui veut traduire le Coran ! C'est l'alcool qu'il fabrique qui lui monte la tête. J'espère que Dieu comprend que c'est un païen et un fou, et qu'il lui pardonne. » À ce souvenir, Hamid eut un petit gloussement amusé.

« Le Coran, c'est notre religion, et il contient toute la sagesse dont nous avons besoin pour mener une vie morale », dit-il en levant les yeux au ciel comme s'il s'attendait à y voir quelque chose. Yusuf leva aussi la tête, mais Hamid le rabroua d'une voix sifflante. « Mais ça ne veut pas dire qu'on peut l'invoquer pour humilier les autres. Il doit être notre guide et notre source de savoir. Tu devrais le lire chaque fois que tu le peux, surtout maintenant que le Ramadan a commencé. Pendant ce mois sacré, chaque bonne action compte double pour la récompense que tu recevras plus tard. Le Tout-Puissant l'a dit lui-même au Prophète pendant la nuit de Miraj. Notre prophète a été transporté de La Mecque à Jérusalem sur Borakh, le cheval ailé, et ensuite devant le Tout-Puissant qui lui a prescrit les lois de l'Islam. Il a ordonné que le Ramadan soit un mois de jeûne et de prière, de renoncement et de pénitence. Comment témoigner autrement notre soumission envers Dieu qu'en nous refusant les plaisirs de l'existence, la nourriture, la boisson, la jouissance charnelle ? C'est ça qui nous distingue des sauvages et des païens, qui ne se refusent rien, eux. Si tu lis le Coran pendant ce mois, les mots vont droit au Créateur et t'attirent beaucoup de bénédictions. Pendant le Ramadan, il faut que tu y consacres une heure par jour.

— Oui », dit Yusuf, en esquissant un mouvement de retrait. Hamid commençait à prendre un ton personnel embarrassant, comme s'il voulait entraîner Yusuf dans son brusque accès de piété. Le jeune garçon tenta de s'échapper, mais il n'en eut pas le temps.

« Maintenant que j'y pense, je ne t'ai pas souvent vu lire, remarqua Hamid d'un air sévère et soupçonneux. Il ne faut pas plaisanter avec ces choses-là. Tu ne veux pas aller en enfer, hein ? Lorsque tu auras dit tes prières de l'après-midi, nous lirons ensemble le Coran. »

Lorsque le moment fut venu, Yusuf était mort de faim et de fatigue. C'était les trois premiers jours de jeûne qui lui avaient coûté le plus, et, quand il le pouvait, il s'allongeait à l'ombre. Peu à peu, il s'était habitué à ces journées interminables sans manger ni boire. Il s'était dit qu'il supporterait mieux cette épreuve à l'air frais de la montagne, mais il n'en était rien. Dans la chaleur moite de la côte, il arrivait à se détacher en quelque sorte de son corps engourdi, et parvenait à un état de stupeur résignée. Mais, à présent, la fraîcheur de l'air le soutenait et il n'était pas assez faible pour s'abandonner à une torpeur léthargique.

Quand vint le moment de retrouver Hamid, il prévoyait l'humiliation qui l'attendait. « Que veux-tu dire, demanda Hamid. Tu ne sais pas lire ?

— Je n'ai pas dit ça », protesta Yusuf. Il avait voulu expliquer qu'il n'avait pas fini de lire le Coran lorsqu'il avait été envoyé chez Oncle Aziz. Sa mère lui avait enseigné l'alphabet et appris à lire les trois premières sourates. À sept ans, on l'avait envoyé chez un maître pour y recevoir une formation religieuse. Les élèves progressaient lentement et le maître n'était pas pressé, car dès qu'un enfant parvenait à lire le Coran d'un bout à l'autre – ce qui prenait d'habitude cinq ans – il quittait l'école ; le maître perdait donc un élève. Ces enfants lui rendaient de nombreux services, faisaient ses courses, balayaient sa maison, allaient chercher du bois. Les garçons faisaient l'école buissonnière et étaient souvent fouettés. Les filles recevaient seulement un coup sur la paume de la main et on leur apprenait à se conduire avec bienséance. « Ayez du respect pour vous-même et les autres vous respecteront. C'est vrai pour nous tous, mais surtout pour les femmes. C'est cela le sens de l'honneur », leur disait le maître ; les traditions se perpétuaient ainsi. Petits garçons et petites filles s'entassaient sur une natte dans la cour du maître, et psalmodiaient les leçons sans beaucoup d'ardeur, mais avec résignation. Normalement, Yusuf aurait dû terminer ses études dans un rang honorable. Seulement, il avait été envoyé au loin.

Khalil lui avait enseigné le calcul, mais n'avait jamais proposé de lire le Coran avec lui. Quand ils allaient à la mosquée lors de leurs escapades en ville, Yusuf s'en tirait assez bien mais, pendant les plus longues prières, son attention se relâchait et il fredonnait sans paroles quand on récitait des passages du Livre qu'il ne connaissait pas encore, sans jamais pourtant perdre la face. Il n'avait pas l'impolitesse d'écouter ses voisins d'assez près pour vérifier s'ils étaient dans la même situation que lui. Cette fois, assis auprès de Hamid, il savait qu'il n'avait aucune chance de s'en sortir en se contentant de fredonner. Hamid lui proposa de lire, chacun à tour de rôle, le *Ya-Sin* à haute voix. Yusuf ouvrit le Livre et le feuilleta sous le regard soupçonneux de son professeur, qui lui demanda : « Tu ne sais pas où se trouve le *Ya-Sin* ?

— Je ne l'ai jamais terminé, dit Yusuf. *Sikuhitimu.* Je ne crois pas que je saurai le lire.

— Que veux-tu dire ? Que tu ne sais pas lire ? » s'écria Hamid, surpris et choqué. Il se leva brusquement et, horrifié, s'écarta de Yusuf. « *Maskini !* Pauvre garçon ! Ce n'est pas bien ! Ils ne t'ont pas appris à lire là-bas ? À quoi pensaient-ils ? »

Yusuf, accablé de honte, poussa un grand soupir. Il se leva aussi, se sentant moins vulnérable debout qu'accroupi par terre. Il était fatigué, affamé, et aurait bien voulu échapper au drame qui n'allait pas manquer d'éclater, mais il n'était pas vraiment inquiet. Il se disait que Hamid, affaibli comme lui par le jeûne, allait se rasseoir tranquillement, mais ce dernier, surexcité, se mit soudain à hurler : « Maimuna ! Maimuna ! Viens vite ! *Yallah !* »

Maimuna n'avait pas fini de nouer son pagne autour d'elle lorsqu'elle arriva, affolée par les appels de son mari, les yeux encore lourds de sommeil.

« *Kimwana*, ce garçon ne sait pas lire le Coran ! s'écria Hamid en la regardant avec un regard effaré. Il n'a ni père ni mère, et ne connaît même pas la parole de Dieu ! »

Ils firent alors subir un interrogatoire serré à Yusuf, qui n'éluda aucune question : Qu'en pensait la Maîtresse ? À quoi ressemblait-elle ? Il ne savait pas, il ne l'avait jamais vue. Ne disait-on pas qu'elle était fort pieuse ? Il n'en avait aucune idée. Le marchand l'envoyait-il à la mosquée ? Non, il travaillait dans le magasin et le marchand ne s'occupait pas de lui. N'avait-il pas réfléchi que s'il ne disait pas ses prières il se présenterait tout nu devant son Créateur ? Non, il n'avait pas pensé à ça, il n'avait d'ailleurs pas beaucoup pensé à son Créateur. Et sans la Parole de Dieu, comment pouvait-il prier ? Il ne priait que le vendredi quand ils allaient en ville. Quelle abomination ! Leurs cris d'horreur attirèrent les enfants : l'aînée, Asha, grassouillette et rieuse comme son père, allait sur ses douze ans ; Ali, qui tenait de sa mère des cheveux bouclés et un teint éclatant, et le petit dernier, Suda, qui pleurait continuellement et ne voulait jamais se séparer de sa sœur. Ils accoururent pour se joindre aux lamentations de leurs parents. Maimuna portait sa main à son cœur comme pour en comprimer les battements et Hamid secouait la tête d'un air affligé. « Pauvre garçon !

Pauvre garçon ! dit-il. Quel drame tu as apporté dans notre maison. Qui aurait pu deviner une chose pareille ?

— Ce n'est pas ta faute, dit Maimuna, qui poussait de petits gémissements. Tu ne pouvais pas t'attendre à ça !

— Ne sois pas malheureux, dit Hamid à Yusuf quand ils furent un peu calmés. Tu n'y peux rien. C'est nous que Dieu peut juger coupables de ne pas nous être assurés que l'on t'avait instruit. Tu es avec nous depuis des mois…

— Mais, demanda Maimuna, voulant rejeter la faute sur d'autres, comment ton oncle a-t-il pu te laisser aussi ignorant pendant tout ce temps ? »

« D'abord, il n'est pas mon oncle », pensa Yusuf. Il aurait voulu les quitter, les laisser à leurs gémissements : il était écœuré par ces démonstrations scandalisées, qui lui semblaient ridicules et peu sincères.

« Sais-tu, demanda Hamid, que nous autres gens de la côte nous nous donnons le nom de *waungwana* ? Surtout quand nous vivons au milieu de sauvages. Ça veut dire "hommes d'honneur". C'est Dieu qui nous en donne le droit. Nous sommes honorables parce que nous nous soumettons au Créateur, nous comprenons et nous acceptons nos devoirs envers Lui. Si tu ne sais pas lire Sa parole, ni suivre Sa loi, tu ne vaux guère mieux que ceux qui adorent les rochers et les arbres, pas mieux que les animaux.

— Oui, fit Yusuf, humilié d'entendre rire les enfants.

— As-tu déjà quinze ans ? demanda Hamid, s'adoucissant.

— J'en ai seize, depuis la fête de Rajab, dit Yusuf. Avant notre voyage dans la montagne.

— Alors, il n'y a pas de temps à perdre. Pour le Tout-Puissant, tu es maintenant un adulte, soumis entièrement à Sa loi », dit Hamid, prenant de plus en plus au sérieux son rôle de prêcheur, et, fermant les yeux, il marmotta une longue prière. « Regardez-le, mes enfants, dit-il enfin, en désignant Yusuf. *Évitez la mauvaise herbe, je vous en supplie. Mettez à profit mon terrible exemple.*

— Il pourrait aller à l'école coranique avec les enfants, intervint vivement Maimuna en jetant un regard impatient à son mari. Tu n'as pas besoin de le regarder comme s'il avait tué quelqu'un. »

2

Il fut ainsi condamné à cette humiliation. Chaque après-midi, pendant ce mois de Ramadan, Yusuf accompagna les enfants chez le maître. Il était de loin l'élève le plus âgé, et les autres se moquaient de lui sans relâche. Le maître, imam de l'unique mosquée de la ville, le traitait avec bonté et compassion. Yusuf apprenait rapidement et travaillait aussi tout seul le soir. Il y fut d'abord poussé par amour-propre, puis, à mesure qu'il progressait, il prit plaisir à ces études. Il allait chaque jour à la mosquée, soumis et humble devant le Dieu qu'il avait négligé si longtemps. L'imam lui confiait de petites tâches devant les fidèles, comme pour lui témoigner sa confiance et son approbation : il l'envoyait chercher un livre dont il voulait lire un passage à sa congrégation, ou bien un chapelet, ou l'encensoir. Parfois, il l'interrogeait en public, l'encourageant à montrer son savoir nouvellement acquis ; il lui demanda même, un jour, de monter sur le toit pour appeler les fidèles à la prière. Au début, Hamid fut enchanté ; il parlait à tout le monde de cette conversion miraculeuse, certain que Dieu n'avait pas manqué de remarquer le rôle que lui et sa femme avaient joué dans ce sauvetage. Même après le Ramadan, l'ardeur religieuse de Yusuf ne se relâcha pas. Il lut en deux mois le Coran d'un bout à l'autre, et était prêt à recommencer. L'imam l'invita à l'accompagner à un service funèbre, puis à une cérémonie de naissance. Yusuf négligeait son travail et se plongeait jusque tard le soir dans les livres prêtés par l'imam. Hamid commença alors à s'inquiéter de cette piété, qu'il jugeait maniaque et pitoyable. On n'avait pas besoin de prendre la religion tellement à cœur…

Kalasinga, auquel il se confiait lorsque celui-ci venait pour bavarder, était d'un autre avis. « Laisse donc ce garçon acquérir des mérites, dit-il. Ces sentiments ne durent jamais longtemps, tôt ou tard le monde nous entraîne vers le péché. Mais la religion est une belle chose, pure et vraie. Tu ne comprends rien à ces problèmes spirituels, alors que nous autres Indiens nous sommes des experts. Tu n'es qu'un commerçant borné ; il te suffit de baiser le sol cinq fois par jour et de jeûner à mort pendant le Ramadan. Tu ne comprends rien à la méditation, à la transcendance… Yusuf a raison de s'occuper de choses plus importantes dans la vie que de sacs de riz et des paniers de fruits – c'est dommage, pourtant, qu'il ne puisse se tourner que vers l'enseignement d'Allah…

— Mais c'est trop dur pour ce garçon, non ? demanda Hamid, sans s'émouvoir de la provocation de Kalasinga.

— Ce n'est plus un gamin, dit Kalasinga. C'est presque un jeune homme. Si tu continues, tu vas en faire une sacrée mauviette, surtout qu'il est beau gosse.

— C'est vrai, il est beau, convint Hamid. Mais viril, aussi. Et, tu sais, il est absolument indifférent à son apparence. Si quelqu'un fait allusion à sa beauté, il s'en va, ou il change de sujet. Il est bien innocent ! Au fait, que disais-tu à propos de la religion ? Si je n'y connais rien, crois-tu qu'un vilain singe comme toi en sait davantage ? Vous adorez les gorilles et les vaches, et ce que vous racontez sur la création du monde ne rime à rien. Vous ne valez pas mieux que tous ces païens qui nous entourent. J'ai de la peine pour toi, Kalasinga, quand je pense que ton derrière poilu va rôtir dans le feu de l'enfer au jour du Jugement…

— Je serai au paradis où je serrerai tous les boulons, pendant que votre Dieu du désert vous torturera pour tous vos péchés, répliqua Kalasinga avec bonne humeur. Pour lui, tout est péché. D'ailleurs, peut-être que Yusuf a seulement le désir de s'instruire. Il en a assez d'être enfermé ici. S'il a quelque chose dans le crâne, ça va tourner en bouillie. Sa seule occupation, c'est d'écouter tes histoires vaseuses et de ramasser ces fruits minables pour le marché. Même un singe se tournerait vers la religion pour échapper à ça. Envoie-le-moi, je lui apprendrai l'alphabet anglais et je lui montrerai un peu de mécanique. Ça lui sera plus utile que ce qu'il fait dans ta boutique. »

Hamid fit ce qu'il put pour occuper Yusuf ; il renouvela même sa proposition de planter un jardin derrière la maison, et lui fit aussi part de l'offre de Kalasinga. Yusuf alla ainsi plusieurs fois par semaine dans l'atelier de celui-ci ; il s'asseyait sur de vieux pneus, une planche sur les genoux, et apprenait à lire et écrire en *roumi*. Le matin, il travaillait pour Hamid, l'après-midi il se rendait chez Kalasinga, et le soir à la mosquée, jusqu'aux prières *isha*. Au début, ce programme lui plut beaucoup, mais, au bout de quelques semaines, il prétendait qu'il allait à la mosquée, alors qu'en fait il restait chez Kalasinga. Il put bientôt écrire lentement et lire dans le livre que le mécanicien lui avait donné, bien que les mots n'eussent aucun sens pour lui. Il apprit bien d'autres choses encore : comment changer les pneus et nettoyer les voitures ; comment recharger une batterie et éliminer la rouille. Kalasinga lui dévoilait les mystères des moteurs, mais ce qui plaisait le plus à Yusuf, c'était de le regarder redonner vie, comme par magie, à un embrouillamini de tuyaux et de boulons. Il l'écoutait parler de l'Inde, où il n'était pas allé depuis des années et où il rêvait de retourner, ainsi que du sud de l'Afrique où il avait vécu dans son enfance. « C'est une maison de fous, là-bas. Il faut que je te parle de ces salauds d'Afrikaners, ils sont dingues. Pas seulement sauvages et cruels, mais cinglés. Le soleil a réduit en bouillie leurs cerveaux, à ces Hollandais… »

Yusuf aidait à pousser les voitures et apprenait à faire du thé sur un primus, dans une vieille boîte métallique. Quand il allait chercher des pièces de rechange au magasin de fournitures, il s'apercevait souvent, à son retour, que Kalasinga avait profité de son absence pour boire un petit coup. Quand il était de bonne humeur, il racontait des histoires de saints, de batailles, de dieux malades d'amour, de héros splendides et de gredins moustachus. Yusuf l'écoutait avidement, assis sur une caisse. Kalasinga jouait tous les rôles, faisant parfois appel à son jeune auditeur pour tenir celui d'un prince muet ou d'un malfaiteur transi de peur. Il lui arrivait souvent d'oublier des détails importants, et il s'en tirait en inventant des variantes désopilantes.

Le soir, Yusuf restait sur la terrasse avec Hamid et les amis ou visiteurs qui se trouvaient là. Il était chargé d'apporter du café, des verres d'eau, et il servait aussi de cible à leurs plaisanteries. Ils étaient tous assis en cercle sur des nattes, autour d'une lampe posée sur le sol. Quand les nuits étaient fraîches ou qu'il pleuvait, Yusuf apportait des brassées de châles aux hôtes de Hamid. Il restait toujours un peu en retrait, comme il convenait à son âge et sa situation, écoutant ce qu'on disait de Mrima et Bagamoyo, de l'île Mafia et de Lamu, d'Ajemi et d'une centaine d'autres endroits fabuleux. Parfois, les hommes baissaient la voix et se rapprochaient les uns des autres, écartant Yusuf s'il restait trop près d'eux. Il voyait leurs yeux se dilater de surprise et d'excitation, puis leur visage se détendre en un grand éclat de rire.

Une nuit, un marchand de Mombasa s'arrêta chez Hamid et parla d'un de ses oncles qui venait de rentrer après un séjour de quinze ans dans le pays des Rusi – dont personne n'avait jamais encore entendu parler. Il y était allé, au service d'un officier allemand. Celui-ci avait été en poste à Witu jusqu'au moment où les Anglais en avaient chassé les Allemands, et envoyé ensuite comme diplomate dans une ville appelée Pétersbourg, chez ces Rusi. On avait peine à croire tout ce que racontait ce marchand : dans cette ville, le soleil brillait jusqu'à minuit, disait-il. Quand il faisait froid, l'eau se transformait en glace, et les lacs et rivières étaient recouverts d'une couche si épaisse qu'on pouvait y conduire un chariot lourdement chargé. Le vent soufflait sans cesse, déclenchant parfois de subites tempêtes de grêlons. La nuit, le vent mugissait et on entendait crier les démons et les djinns, qui imitaient des voix de femmes ou d'enfants en détresse, mais quiconque s'aventurait à leur secours ne revenait jamais. Au plus fort de l'hiver, même la mer gelait ; les loups et les chiens sauvages hantaient les villes et dévoraient hommes et chevaux. Les Rusi n'étaient pas civilisés comme les Allemands, disait l'oncle. Un jour, au cours de leurs voyages dans ces régions, ils étaient entrés dans une petite ville où tous les habitants, hommes, femmes et enfants, étaient ivres morts : *Sikufanyieni maskhara*, morts au monde. À la vue de ces sauvages, l'oncle avait cru qu'il se trouvait dans le pays de Gog et Magog, dont les confins forment la limite des terres d'Islam. Mais une plus grande surprise l'attendait encore : beaucoup d'habitants du pays Rusi étaient musulmans : Tartares, Kirguizes, Ousbeks ! Qui avait jamais entendu parler d'eux ? Et ces gens étaient également surpris d'apprendre qu'en Afrique il y avait des musulmans noirs…

Mashaallah ! On s'émerveillait et on pressait le marchand de Mombasa de donner plus de détails. Eh bien, son oncle avait visité les vieilles villes de Boukhara, de Tashkent et de Hérat, où il y avait des mosquées d'une beauté inimaginable, des jardins qui étaient de vrais paradis sur terre. À Hérat, il avait dormi dans un de ces jardins, et, la nuit, entendu une musique si exquise qu'il en avait été transporté. C'était l'automne, les chrysanthèmes étaient en fleur, les grappes de raisin prêtes à être cueillies, des raisins si sucrés qu'on avait peine à croire qu'ils aient poussé dans la terre. L'air était si pur et transparent que les habitants ne tombaient jamais malades et ne vieillissaient pas.

« Tu nous racontes des histoires, s'écriaient les assistants, ce n'est pas vrai que de tels lieux existent.

— Si, c'est vrai, dit le marchand.

— Est-ce possible ? demandaient-ils, avec un désir éperdu de le croire. Ne veux-tu pas nous troubler avec des contes de fées ?

— C'est ce que j'ai dit à mon oncle, reconnut le marchand.

— Et qu'a-t-il répondu ?

— Il a dit : "Je le jure." »

Ils soupirèrent : ces lieux existent donc...

Un peu plus tard, poursuivit le marchand, ils avaient traversé une mer déchaînée, soulevée d'énormes vagues, qu'on appelle la Caspienne. Sur l'autre rive, son oncle avait vu des jets d'huile noire jaillir du sol, et des tours de métal plantées dans l'eau comme des sentinelles du royaume de Satan ; des flammèches flottaient dans l'air, formant un mur de feu. Ils avaient gravi ensuite des montagnes, étaient descendus dans des vallées : ils n'avaient rien vu de plus beau dans tous leurs voyages, même à Hérat. Ce n'étaient que vergers et jardins, eaux courantes... Les habitants étaient doués de savoir et de raffinement, mais d'un caractère belliqueux et intrigant, si bien que la paix ne régnait jamais chez eux.

« Quel est le nom de ce pays » ? demandèrent-ils.

Le marchand réfléchit un long moment. « Kaskas[1] », dit-il enfin, avec hésitation. Son oncle était alors rentré à Mombasa, ajouta-t-il précipitamment, avant qu'on ne puisse lui demander des précisions sur le nom des villes qu'il avait traversées.

3

Yusuf répétait aux enfants les histoires qu'il entendait le soir. Quand ils étaient fatigués de jouer, ils venaient sans se gêner dans sa chambre. Depuis qu'ils allaient ensemble à l'école de l'imam, Yusuf ne les intimidait plus. Au début, sa chambre avait été son refuge, mais, souffrant de plus en plus de sa solitude, il s'y sentait comme en prison, et pensait avec nostalgie à Khalil et aux moments passés ensemble. Parfois, les deux garçons se bagarraient sur sa natte en poussant des cris aigus, et se jetaient sur lui, le provoquant à lutter pour rire. C'était Asha qui réclamait des histoires, et, quand il parlait, elle ne le quittait pas des yeux. Les deux garçons étaient appuyés contre lui, ou lui tenaient la main, tandis qu'Asha s'installait de façon à pouvoir le regarder en face. Si

1. Le Caucase.

on l'appelait, elle insistait pour qu'il attende son retour avant de continuer. Elle vint toute seule, un après-midi, écouter la fin d'une histoire qu'il n'avait pu terminer la veille. Assise devant lui, sur la natte, elle écoutait intensément.

« Tu mens ! » s'écria-t-elle, les larmes aux yeux, quand il eut fini son récit.

Il resta muet de confusion ; Asha se pencha soudain vers lui et le frappa sur l'épaule. Pensant qu'elle voulait lutter avec lui pour s'échapper ensuite comme le faisaient ses frères, il tendit les bras pour l'attraper, et elle se blottit contre lui, avec un long soupir ; il sentait son souffle chaud sur sa poitrine, puis son corps rebondi s'abandonner ; ils restèrent ainsi en silence, l'un contre l'autre, pendant plusieurs minutes. Il se sentit excité, et eut peur qu'elle ne s'en aperçoive.

« Quelqu'un va venir », dit-il enfin.

Elle se dégagea alors d'un bond et se mit à rire. Ce n'est qu'une enfant après tout, se dit Yusuf, elle est tout à fait innocente. Qui verrait du mal à ce qui venait de se passer ? On lui demandait de s'occuper des enfants... Il ouvrit de nouveau les bras et Asha revint s'y blottir avec un petit cri de plaisir.

« Parle-moi encore des jardins de cette ville, dit-elle.

— De quelle ville ? demanda Yusuf, qui n'osait bouger.

— Là où on entendait de la musique, la nuit », dit-elle en riant, mais en le regardant attentivement. Elle se pelotonna contre lui, et de nouveau il se sentit excité.

« C'était à Hérat, la nuit, dans le jardin ; le voyageur entendait une femme qui chantait, il était envoûté par sa voix.

— Pourquoi ? demanda Asha.

— Je ne sais pas. Peut-être parce que cette voix était très belle. Ou qu'il n'était pas habitué au chant d'une femme.

— Comment s'appelait-il ?

— C'était un marchand, dit Yusuf.

— Ce n'est pas un nom », dit-elle en se pelotonnant dans ses bras, tandis qu'il caressait son épaule ronde et douce.

« Il s'appelait Abdulrazak. En réalité, ce n'est pas l'oncle qui a raconté ça. Il citait un poète qui vivait à Hérat il y a très longtemps, et qui a écrit des poèmes sur la beauté de sa ville.

— Comment le sais-tu ?

— C'est ce qu'a dit son neveu.

— Pourquoi est-ce qu'on a tellement d'oncles ? demanda Asha.

— Ce ne sont pas vraiment nos oncles, dit Yusuf en riant et en la serrant contre lui.

— Et toi, est-ce que tu seras un marchand ? » demanda-t-elle, d'une voix étranglée de rire.

Quand elle venait chez lui toute seule, elle reposait dans ses bras, et il l'étreignait silencieusement, n'osant bouger brusquement, ni la toucher d'une façon qui pourrait l'effrayer. L'odeur de beurre que dégageait son corps replet l'écœurait un peu, mais il ne pouvait résister à son contact doux et chaud. Parfois, elle lui baisait les mains et lui suçait le bout des doigts. Il remuait les jambes pour qu'elle ne s'aperçoive pas à quel point il était excité, en se demandant si elle se rendait compte de ce qu'ils faisaient. Lorsqu'il était seul, il se faisait de violents reproches et avait peur de ce qui lui arriverait s'ils étaient découverts. Il cherchait le moyen de mettre un terme aux visites d'Asha, mais ne pouvait s'y décider.

Maimuna fut la première à concevoir des soupçons. Asha mettait trop d'énergie à chasser ses petits frères de la chambre de Yusuf, et ceux-ci allaient se plaindre à leur mère. Elle fit irruption un jour chez lui, et chassa Asha. Elle sortit sans dire un mot à Yusuf, mais lui jeta de la porte un long regard courroucé. Depuis lors, elle le traitait avec froideur, et le surveillait lorsqu'il était près des enfants. Asha baissait les yeux en sa présence et ne retourna plus jamais dans sa chambre. Hamid le réclama plus souvent auprès de lui, mais, à la différence de sa femme, ne lui témoigna aucun mécontentement. Yusuf se demandait ce qu'on lui avait dit, et les quelques railleries que lui adressa Hamid lui firent craindre qu'il n'eût quelque idée de mariage en tête.

4

Peu de temps après, et à la date prévue, un an après son précédent passage, Oncle Aziz arriva avec une nouvelle expédition, bien plus importante cette fois. Il y avait quarante-cinq porteurs et gardes, ce qui était peu en comparaison des énormes caravanes du siècle passé, véritables villages ambulants avec leurs chefs, mais ce nombre avait nécessité un effort considérable de la part du marchand. Il avait dû laisser en gage une part de ses futurs profits et, pour se procurer davantage de marchandises, avait été forcé d'emprunter beaucoup d'argent à des prêteurs indiens de la côte, ce qui n'était pas dans ses habitudes. La caravane transportait des pioches et des haches importées d'Inde, des couteaux américains et des cadenas allemands ; il y avait aussi des tissus : calicot, percale blanche, *bafta*, mousselines, *kikoi* ; des boutons, des perles de couleur, des miroirs et autres babioles qui serviraient de cadeaux. Quand Hamid vit la caravane et fut mis au courant des emprunts, il en tomba malade. Ses yeux larmoyèrent, le sang lui monta à la tête ; seul un vigoureux massage le soulagea. Il était associé à l'entreprise : si elle échouait, tout ce qu'il possédait irait aux créanciers.

C'était de nouveau Mohammed Abdalla qui dirigeait l'expédition. Son épaule droite n'était pas encore guérie, bien qu'elle eût été remise en place par un célèbre rebouteux. La douleur l'empêchait à présent de brandir sa canne avec la même pompeuse désinvolture, sa démarche n'était plus aussi altière et menaçante. Sa tête et ses épaules rejetées en arrière avec raideur lui donnaient une apparence affectée et ridicule. Auparavant, son attitude brutale semblait trahir une méchanceté aveugle ; maintenant elle n'était plus que la pose d'un homme vaniteux. Il paraissait sombre et préoccupé, et sa façon de parler s'en ressentait. Oncle Aziz le traitait avec bienveillance, alors qu'autrefois il l'ignorait.

Le grand nombre de porteurs avait obligé Mohammed Abdalla à engager un surveillant pour le seconder. C'était un homme de stature imposante, originaire de Morogoro, nommé Mwene, qui, les premiers jours, resta silencieux. Sa réputation de férocité lui avait valu le surnom de « Simba

Mwene », Mwene le Lion, et il déambulait au milieu des hommes d'un air menaçant, comme pour montrer que son nom était mérité.

Cette fois, Yusuf devait être du voyage. Oncle Aziz lui avait dit en souriant qu'il avait besoin de quelqu'un en qui il puisse avoir confiance. « Tu es trop vieux maintenant pour rester ici, tu serais entraîné à faire des bêtises et à avoir de mauvaises fréquentations. J'ai besoin de quelqu'un à l'esprit vif pour surveiller mes affaires. » Ce compliment emplit Yusuf de confusion ; mais il savait aussi que Hamid avait demandé qu'il fasse partie du voyage. Il avait entendu les deux hommes parler de lui ; il n'avait pas tout saisi, car Oncle Aziz s'exprimait parfois en arabe avec Hamid, mais suffisamment pour comprendre que Hamid disait qu'il était un garçon nerveux et difficile, et qu'il était temps qu'il voie le monde.

« Nerveux et difficile, avait-il répété. Emmenez-le, ou bien trouvez-lui une épouse. Il a l'âge à présent, il a eu dix-sept ans le mois dernier. Voyez, c'est un homme déjà. Il n'y a rien à faire pour lui ici. »

Une tempête s'éleva la veille de leur départ. Il y eut d'abord, le matin, des vents violents soulevant des nuages de poussière, qui, au milieu du jour, étaient si épais que la lumière en était obscurcie. Tout était recouvert d'une couche de sable. Vers le soir, le vent s'arrêta soudain de souffler, et un grand silence se fit : les bruits étaient étouffés par la poussière en suspension. Quand les hommes parlaient, leur bouche se remplissait de sable. Puis le vent s'éleva de nouveau, apportant cette fois des rafales de pluie, qui cinglaient maisons et arbres et ceux qui n'étaient pas à l'abri. Puis ce fut une pluie torrentielle et régulière ; on entendait le tonnerre dans le lointain, ou parfois le craquement d'un arbre qui s'abattait. Porteurs et marchandises étaient dispersés dehors, et, à en juger par les cris et les appels au secours, plus d'un homme était blessé. Quand il fit nuit en plein jour, les porteurs invoquèrent le nom de Dieu et gémirent en implorant pitié, ce qui mit Mohammed Abdalla en rage.

« Pourquoi Dieu aurait-il pitié d'animaux ignorants comme vous ? » criait-il, mais seuls l'entendaient ceux qui étaient près de lui. « Ce n'est qu'un orage. Pourquoi perdez-vous la tête comme ça ? Oh ! un serpent a mangé le soleil ! » Il glapissait, en ondulant des hanches dans une mimique efféminée et grotesque. « Quelle malchance ! Quel présage de malheur ! La route va être infestée d'ennemis… Pourquoi ne pas réciter une formule magique pour éloigner le mauvais œil ? Ou manger une de ces poudres répugnantes préparées par un sorcier ? Vous ne connaissez donc pas de charmes ? Vous pourriez sacrifier une chèvre pour lire dans ses entrailles ! Vous êtes obsédés par les présages, et vous vous prétendez respectables, vous vous donnez de grands airs… Allons, chantez-nous quelque chose pour éloigner le mauvais sort !

— Moi, cria Simba Mwene, je mets ma confiance en Dieu. Tout le monde n'a pas peur ici. »

Mohammed Abdalla, debout, ruisselant de pluie, le regarda longuement comme s'il réfléchissait à ce qui venait d'être dit. Puis il eut un sourire malveillant et hocha la tête. Cette tempête semblait le régénérer, il jubilait dans ce chaos. « Haya, haya ! criait-il aux porteurs. Calmez-vous, si vous ne voulez pas que je vous fouette les fesses avec ma canne. Regardez le seyyid. Il a plus à perdre qu'aucun d'entre nous. Vous, vous n'avez que votre misérable vie dont on n'a que faire, lui a sa fortune et celle d'autres gens qui lui ont fait confiance. Mais Dieu lui a donné le don de faire des affaires... Il se soucie autant de vous que de sa propre personne. Il a une belle maison, et toutes ces marchandises qui seront peut-être perdues, eh bien, est-ce que vous le voyez courir partout en gémissant ? Si vous n'arrêtez pas ce tapage, je les lancerai à vos trousses, ces ennemis ! Occupez-vous de mettre à l'abri tous les ballots. Haya ! »

La pluie ne se calma qu'au milieu de la nuit, et déjà des maisons s'étaient effondrées, des animaux avaient été emportés et noyés dans la fureur de la tempête. Les toits des cabanes avaient été arrachés. Par miracle, les pigeonniers avaient été épargnés. On avait gardé allumées les lampes-tempête jusqu'au lever du jour, pendant que porteurs et gardes s'affairaient à sauver ce qui pouvait être sauvé. Ils bavardaient gaiement, échangeaient des moqueries, se lançaient des injures, s'exclamaient devant le chaos et la destruction régnant autour d'eux, mais ne semblaient pas autrement affligés.

Quand tout fut prêt, dans la matinée, Oncle Aziz donna le signal du départ. « Haya, dit-il, en route ! » Le mnyapara menait la marche, bombant la poitrine malgré son épaule douloureuse, la tête haute, avec l'arrogance provocante du chef. Il avait du mal à présent à se déplacer avec dignité ; il le savait, mais espérait être assez imposant pour inspirer respect à la racaille qu'il avait embauchée et aux sauvages poussiéreux qu'ils rencontreraient en chemin. Pour marquer l'importance de cette nouvelle expédition, les joueurs de tambour et de *siwa* étaient accompagnés de deux cornistes, formant ainsi un véritable petit orchestre. Ce fut le *siwa* qui attaqua le premier avec une longue mélopée qui les remplit tous d'une secrète nostalgie, puis les autres musiciens le rejoignirent, et leur musique allègre donna du courage à toute la caravane, qui s'ébranla en bon ordre.

Hamid, debout devant sa maison, les regarda s'éloigner, le visage anxieux. Yusuf se souvint des sombres prédictions de Hussein, et il se demanda si Hamid y pensait aussi. Yusuf revoyait l'ermite de la montagne, qui les avait dominés de sa haute taille et hochait la tête devant leur folie à tous. Les deux fils de Hamid étaient à côté de leur père, mais Asha et Maimuna demeurèrent invisibles. Kalasinga non plus n'était pas là, bien que Yusuf ait espéré qu'il serait venu assister à leur départ. Il était pourtant allé le prévenir qu'il accompagnait l'expédition ; Kalasinga lui avait alors vanté les voyages, et prodigué de bizarres recommandations : « N'oublie pas de te mettre une goutte d'huile dans les oreilles une fois par semaine pour empêcher les insectes et les vers d'y pondre des œufs… » Jusqu'au dernier moment, Yusuf avait espéré le voir apparaître sur la route boueuse et sauter de sa camionnette pour leur faire le salut militaire, comme toujours dans les grandes occasions. Mais il avait sans doute bien fait de s'abstenir, se dit Yusuf, qui se rappelait que les porteurs se moquaient du Sikh, de son turban et de sa barbe retenue dans une résille.

Le premier jour, ils n'allèrent pas loin. Les porteurs se plaignaient d'être fatigués après la nuit chaotique qu'ils avaient passée, mais Mohammed Abdalla, à force de cris et de menaces, les obligea à avancer. Ils firent halte au milieu de l'après-midi. Après l'orage, la terre était mouillée, et le pays paraissait fertile, gonflé de sève. Les buissons et les arbres scintillaient dans l'air transparent, et on entendait dans les fourrés des craquements furtifs et des fuites précipitées comme si la terre elle-même se réveillait. Ils campèrent près d'un petit lac, dont les bords étaient labourés d'empreintes de pattes d'animaux.

Yusuf essaya d'abord de se cacher au milieu des porteurs, restant à distance d'Oncle Aziz sans trop savoir pourquoi. Mais Mohammed Abdalla vint le chercher et l'emmena à l'arrière de la colonne, où le marchand l'accueillit avec une petite tape sur la nuque et un sourire bienveillant. Il comprit bientôt, après qu'Oncle Aziz lui eut demandé quelques services, que ce serait dorénavant sa place. Dès le premier jour, ce fut lui qui étendit sa natte, alla lui chercher de l'eau, attendit pendant qu'on préparait son repas. Oncle Aziz paraissait ne pas avoir conscience du tapage qui régnait autour de lui ; son regard se promenait sereinement sur la campagne, comme si chaque détail du paysage l'intéressait.

Lorsque le campement fut installé, le mnyapara vint s'asseoir sur la natte, face à Oncle Aziz. « Quand on regarde ce pays, lui dit le marchand, on est rempli de nostalgie. Tant de pureté, de lumière… On serait tenté de penser que les habitants ne connaissent ni la maladie ni la vieillesse. Que leur vie n'est que contentement et quête de sagesse… »

Mohammed Abdalla eut un petit rire. « S'il y a un paradis sur terre, c'est ici, c'est ici, c'est ici[1] », dit-il avec ironie, faisant sourire Oncle Aziz. Ils se mirent alors à parler en arabe, et à désigner diverses directions en débattant des mérites de différents itinéraires.

Yusuf se promena dans le campement ; les marchandises étaient soigneusement empilées, et les hommes faisaient cercle autour de petits feux et de leurs maigres bagages. Il avait suffi de quelques heures pour que le campement ait pris l'apparence d'un petit village. Quelques-uns hélèrent Yusuf, l'invitant à partager leur thé, ou lui faisant des propositions moins honnêtes. Le plus grand nombre entourait Simba Mwene, étendu sur des sacs, et écoutaient ses histoires sur les Allemands. Il parlait avec admiration de leur sévérité impitoyable. Chaque faute était punie, disait-il, même si le coupable implorait leur pitié ou promettait de se corriger.

« Chez nous, si le coupable exprime des remords, nous hésitons à le punir, surtout si le châtiment prévu est rigoureux ; ses compagnons viennent plaider pour lui, ses amis sont compatissants. Mais c'est tout le contraire avec les Allemands : plus la punition est sévère, plus ils sont implacables. Une fois qu'ils ont décidé de vous punir, et je crois qu'ils y prennent plaisir, vous pouvez les supplier jusqu'à ce que votre bouche se dessèche, ils vous écoutent, le visage impassible ; il faut se soumettre et subir le châtiment. Ils sont comme ça, les Allemands, rien ne les fait changer d'avis. »

1. Allusion à une phrase célèbre, prononcée devant la splendeur du Fort Rouge de Delhi, du temps des Mogols.

À la nuit tombée, on commença à entendre les mugissements et les hurlements des animaux qui venaient boire dans le lac. La peur et l'inconfort tourmentaient Yusuf, et il eut du mal à s'endormir. Ils étaient là, dans le froid, dans la nuit, entourés de bêtes sauvages affamées, et pourtant tous dormaient, sauf les gardes retranchés derrière les tas de marchandises. Mais dormaient-ils vraiment, se demandait Yusuf, ou étaient-ils seulement étendus, et silencieusement troublés ?

5

À mesure qu'ils dévalaient les pentes des hautes montagnes, le paysage changeait. Les villages se faisaient plus rares, car la terre était aride. Au bout de quelques jours, le cortège arriva dans la plaine, soulevant des nuages de poussière et de sable. Les buissons avaient des formes tordues et tourmentées comme si exister leur était une torture. Devant la nature hostile où ils pénétraient, les porteurs s'assombrirent et leurs chants se tarirent. Ils se ranimèrent lorsqu'ils aperçurent dans le lointain d'immenses troupeaux, et ils discutaient avec véhémence entre eux de la nature de ces animaux.

Les premiers jours, Yusuf eut la diarrhée et se sentait épuisé et fiévreux. Ses chevilles et ses bras étaient écorchés par les épines, et il était couvert de piqûres d'insectes. Il se demandait comment on pouvait survivre sur une terre si inamicale. La nuit, les hurlements des animaux lui donnaient de tels cauchemars que, le lendemain matin, il ne savait s'il avait dormi ou s'il était resté éveillé, terrassé par la frayeur. Les hommes qu'on voyait dans les villages étaient aussi desséchés que les buissons. Sur les instructions d'Oncle Aziz, on offrait un petit présent dans chaque hameau qu'on traversait pour s'assurer la bienveillance des habitants et en obtenir des informations.

Yusuf commençait à comprendre pourquoi Oncle Aziz était appelé *seyyid* : c'est qu'il restait impassible en dépit de tout ; il disait ses prières cinq fois par jour à l'heure prescrite, et ne se départait presque jamais de son attitude de détachement amusé, se contentant de froncer les sourcils lorsqu'on était en retard, ou de se raidir d'impatience lors d'une manœuvre maladroite. Il parlait peu, et surtout avec Mohammed Abdalla, avec qui il avait, chaque soir, de longs entretiens. Mais Yusuf savait qu'il était au courant de tous les incidents importants qui avaient pu se produire au cours de la journée. Il le voyait parfois rire silencieusement aux bouffonneries des porteurs. Un soir, après la prière, Oncle Aziz l'appela auprès de lui et lui mit la main sur l'épaule. « Est-ce que tu penses quelquefois à ton père ? » lui demanda-t-il. Yusuf resta sans voix. Oncle Aziz attendit un instant, puis sourit devant le silence du jeune homme.

Le mnyapara prit Yusuf sous sa protection. Il l'appelait quand il y avait quelque chose d'intéressant à voir, lui expliquait les pièges et les embûches du pays qu'ils traversaient. Les porteurs prévenaient Yusuf que le mnyapara le sodomiserait tôt ou tard. « Il t'aime bien – mais qui n'aimerait pas un beau garçon comme toi ? Ta mère a dû être visitée par un ange…

— Tu t'es trouvé un mari, mon joli », ricana Simba Mwene, feignant l'amour déçu pour faire rire la galerie. « Qu'allons-nous faire, nous autres ? Tu es trop beau pour ce vilain monstre. Viens cette nuit me faire un massage, et je t'apprendrai ce que c'est que l'amour. » C'était la première fois que Simba Mwane lui parlait ainsi, et Yusuf plissa le front d'étonnement.

Simba Mwene était devenu populaire auprès des porteurs et des gardes, il avait toujours une petite cour autour de lui. Le principal courtisan était un homme petit et rond, nommé Nyundo. C'était lui qui donnait le signal des rires et des applaudissements, et il suivait partout Simba Mwene. Quand celui-ci était avec Mohammed Abdalla, Nyundo se cachait dans le dos du mnyapara pour le singer, ce qui déclenchait l'hilarité des porteurs, et il lançait des regards furibonds à ceux que ses bouffonneries n'amusaient pas. Mohammed Abdalla avait Simba Mwene à l'œil, et en parlait à Oncle Aziz. Yusuf devait rester assis auprès des deux hommes pendant leurs entretiens du soir, mais, quand c'était possible, il s'esquivait pour aller écouter les histoires des porteurs. Mohammed Abdalla était contrarié que Yusuf ne parlât pas l'arabe, mais il lui résumait les points essentiels de sa conversation avec le seyyid.

« Regarde bien cette grande gueule, lui dit-il un soir, en observant le groupe bruyant qui entourait Simba Mwene. Je le tiens, celui-là, et, s'il veut faire le malin, je saurai le mater. Il a assassiné un homme, c'est pour ça qu'il est avec nous. Pour gagner assez d'argent afin de payer une compensation à la famille, ou pour en finir avec sa propre vie si Dieu le veut. C'est parce que je me suis porté garant pour lui qu'on lui a donné cette chance de se racheter. Autrement, pour se venger, les parents de sa victime l'auraient livré aux Allemands. Et les Allemands l'auraient pendu, sûr et certain. Ils aiment faire ça. Amenez-leur un assassin, leurs yeux brillent de joie et ils préparent la potence. Simba Mwene est venu me trouver avec cette histoire et j'ai accepté de l'engager. Maintenant, regarde-le bien, il me fait une drôle d'impression ; il y a de la violence, de la folie dans ses yeux. On pourrait croire que c'est un désir d'agir, mais, à mon avis, il a soif de souffrance. Le voyage lui fera passer ça, il n'y a rien de tel que quelques mois parmi les sauvages pour qu'un homme révèle sa faiblesse. »

Mohammed Abdalla lui parlait aussi de l'entreprise où ils étaient engagés. « C'est pour ce métier que nous sommes sur terre. Pour faire du commerce. Nous allons dans les déserts les plus arides, dans les forêts les plus obscures, et peu nous importe si nous avons affaire à un roi ou un sauvage, si nous vivons ou si nous mourons. Tu verras, nous allons passer dans des endroits où les gens n'ont jamais encore été réveillés par le commerce, ils vivent comme des insectes paralysés. Il n'y a pas plus intelligent que les marchands, ni de carrière plus noble que la leur. Le commerce nous maintient en vie. »

Leurs marchandises consistaient surtout en tissus et en quincaillerie, expliquait-il ; des tissus de toutes sortes, qui valaient mieux que les peaux de chèvre puantes que portaient les sauvages. De ce côté-ci du lac, le marché était inondé par les tissus, mais il y avait encore une demande d'ustensiles en fer, surtout chez les paysans. En fait, le but de leur voyage était l'autre côté du lac, le pays des Manyema, tout au fond de cette région de montagnes sombres et vertes. Là, on faisait du troc avec les tissus, les sauvages ne connaissaient pas l'argent. D'ailleurs qu'en feraient-ils ?

Comme marchandises, ils avaient aussi quelques vêtements, des aiguilles à coudre, des lames de faux et des couteaux, du tabac, et une provision bien cachée de poudre et de balles qui leur servirait à amadouer les sultans les plus récalcitrants. « Quand tout le reste échoue, la poudre et les balles viennent à bout des résistances... », ajoutait-il.

Ils allaient se diriger vers le sud-ouest, jusqu'au lac ; les marchands connaissaient bien cette région, mais elle était déjà sous l'emprise du pouvoir étranger. Ces chiens n'étaient pas encore très nombreux et les habitants vivaient encore à leur guise, mais ils savaient que la venue des Européens était imminente. « Ils sont vraiment étonnants, ces gens-là », déclara Mohammed Abdalla, cherchant du regard l'approbation d'Oncle Aziz.

« Aie confiance en Dieu », répondit celui-ci d'un ton apaisant. Ses yeux brillaient d'amusement devant la pétulance du mnyapara.

« On en entend des choses sur eux ! Les batailles qu'ils ont livrées dans le Sud, les beaux sabres et les merveilleux fusils de précision qu'ils fabriquent ! On dit qu'ils peuvent manger du métal, qu'ils ont un pouvoir sur la terre, mais je n'y crois pas. Sinon, pourquoi ne nous mangeraient-ils pas tous ? Leurs navires ont parcouru des mers inconnues, et sont quelquefois grands comme une ville. Vous en avez déjà vu, seyyid ? Moi j'en ai vu un à Mombasa, il y a quelques années. Qui leur a appris à faire des choses pareilles ? Et pourtant ils ressemblent à des serpents sans peau, ils ont des cheveux dorés, comme des femmes. Le premier que j'ai vu était assis sur une chaise, sous un arbre, au milieu d'une forêt. J'ai invoqué le nom du Tout-Puissant car j'ai pensé que j'étais en présence du mal. Au bout d'un moment, j'ai compris que cette horrible créature était un de ces fameux envahisseurs...

— Il a dit quelque chose ? demanda Yusuf.

— Pas dans une langue intelligible aux oreilles humaines, dit Mohammed Abdalla. C'était peut-être son estomac qui gargouillait. De la fumée sortait de sa bouche. Ces gens-là pourraient bien être des djinns, car Dieu les a créés avec du feu. »

Au sourire qui errait sur les lèvres d'Oncle Aziz, Yusuf comprit que le mnyapara se moquait de lui. « Si les djinns ont bâti les pyramides, pourquoi ne seraient-ils pas capables de construire des navires aussi grands que des villes ? fit observer le marchand.

— Mais qui peut dire pourquoi ils sont venus de si loin ? s'écria Mohammed Abdalla. C'est comme si la terre s'était ouverte et les avait rejetés. Peut-être que lorsqu'ils en auront fini avec nous, la terre s'ouvrira de nouveau et les engloutira pour les ramener chez eux, à l'autre bout du monde...

— Tu te mets à parler comme une vieille commère, Mohammed Abdalla », dit le marchand, s'allongeant sur sa natte et se préparant à faire un somme. « Ils sont ici pour la même raison que toi et moi. »

6

Chaque fois qu'ils le pouvaient, ils campaient près d'un hameau, pour se procurer de la nourriture et économiser leurs provisions. Plus ils s'avançaient dans le pays, plus ils devaient payer cher la farine ou la viande. Le huitième jour, ils campèrent près d'un bouquet d'arbres. Pour la première fois, ordre fut donné de construire une palissade pour se défendre des bêtes sauvages. Les porteurs grommelèrent et protestèrent, comme toujours lorsqu'on leur demandait de travailler à la fin de la journée, se plaignant que le taillis était infesté de serpents. Mais Simba Mwene, brandissant un couteau de chasse, se fraya un chemin dans le bois aux branches enchevêtrées, et fit tellement honte aux autres qu'ils le suivirent. Ils ramassèrent des branches mortes pour construire une barrière d'environ un mètre de haut.

Ils se trouvaient près du village de Mkata, à proximité de l'endroit où l'on traversait la rivière. Le marchand avait entendu dire qu'une caravane y avait été attaquée par les villageois, et ne voulait pas prendre de risques. Le lendemain matin, il envoya deux hommes, chargés de présenter des cadeaux au sultan de Mkata.

Les six pièces d'étoffe et les deux pioches lui furent retournées avec un message où le sultan lui faisait savoir qu'il désirait que le marchand lui montre toutes ses marchandises afin qu'il choisisse lui-même les présents convenant à son rang – surtout s'il s'agissait d'un tribut pour obtenir le passage à travers son territoire. Ces exigences firent rire Oncle Aziz, qui doubla le volume des présents.

La caravane était alors arrêtée à cinq cents mètres du village, et des enfants les regardaient de loin avec curiosité. Les messagers revinrent pour annoncer que le sultan de Mkata n'était toujours pas satisfait, qu'il les avait chargés de dire qu'il était un pauvre homme et ne voulait pas être forcé à prendre des décisions qu'il regretterait plus tard. Le marchand doubla de nouveau la quantité de présents. « Dites au sultan que nous sommes tous pauvres, dit-il, mais rappelez-lui que ce sont les pauvres qui peuplent le paradis et les riches qui peuplent l'enfer. »

La journée se passa ainsi à échanger des messages jusqu'à ce qu'enfin dignité et convoitise fussent satisfaites. L'après-midi était déjà avancé lorsqu'ils atteignirent la rivière. Ils se tenaient tous sur la berge quand ils virent soudain qu'une femme, qui était entrée dans l'eau, était attaquée par un crocodile. Les villageois et les voyageurs coururent à son secours, mais ne purent la sauver. Les habitants du village donnèrent alors libre cours à leur chagrin, pleurant et montrant le poing au crocodile qui s'était réfugié au bord de l'autre rive. Les parents de la femme se jetèrent à l'eau de désespoir, mais ils en furent vite tirés par les autres, qui redoutaient la venue d'autres crocodiles.

La rivière était large mais peu profonde. Ses rives boueuses attiraient des foules d'animaux et d'oiseaux. Toute la nuit on entendit des bruits dans l'eau et dans les buissons, et les porteurs se faisaient mutuellement peur en criant comme s'ils étaient attaqués. Le sultan de Mkata tua deux chèvres et invita le marchand à venir avec sa suite manger avec lui. Il resta sombre pendant tout le repas, ne se donnant pas la peine d'être hospitalier et se servant des meilleurs morceaux. C'était un homme maigre, aux cheveux gris et courts, aux yeux injectés de sang. Il parlait kiswahili avec difficulté et un très fort accent, mais Yusuf le comprenait à peu près. « Vous nous avez apporté le malheur, déclara-t-il. La femme qui a été emportée aujourd'hui par le crocodile avait un charme contre l'eau et ces animaux. Il n'est jamais arrivé que quelqu'un protégé comme elle l'était soit attaqué. De ma vie je n'ai vu ça. » Il leur parlait sans cesse de cette femme. Ses yeux erraient sur les uns et les autres, éclairés à la lumière vacillante du feu. Aucun des assistants n'adressa la parole aux voyageurs, mais on les entendait murmurer. Yusuf voyait Oncle Aziz se pencher poliment pour écouter le sultan, et hocher parfois la tête en signe d'acquiescement et de sympathie. « Il en est passé du monde ici pour traverser la rivière, continua le sultan, mais vous êtes les seuls à nous avoir apporté le malheur. Si vous ne l'emportez avec vous, nos vies iront à la dérive.

— Ayez confiance en Dieu, dit doucement le marchand.

— Nous verrons demain ce qu'on peut faire pour réparer ce que vous avez détraqué », conclut le sultan en leur donnant congé.

« Quel salaud, ce sauvage ! » s'écria Mohammed Abdalla. Ils étaient encadrés par deux porteurs de torches, et tous étaient sur leurs gardes. « Ouvrez l'œil, car vous risquez de vous retrouver sans quéquette demain matin. Notre aimable hôte veut faire un sacrifice à ses esprits immondes, et il pourrait bien avoir l'idée de jeter votre virilité en pâture aux crocodiles pendant la nuit. Que Dieu nous protège !

— Qui sait, ce serait peut-être un remède comme un autre », dit Oncle Aziz un peu plus tard, amusé de voir que ce blasphème éveillait de l'intérêt dans les yeux de Yusuf.

Cette nuit-là, Yusuf rêva qu'il était de nouveau visité par l'énorme chien de ses cauchemars, qui ouvrait sa gueule dans un large rictus découvrant ses crocs jaunes, et lui parlait tout en chevauchant son ventre béant, à la recherche de ses secrets.

À l'aube, le campement se réveilla dans les cris et les hurlements de désespoir, car on découvrit que les hyènes avaient attaqué l'un des porteurs endormi et lui avait arraché une partie du visage ; du sang et un liquide visqueux s'écoulaient de ce qui en restait. L'homme se débattait comme un fou sur le sol, dans des souffrances inimaginables. Les gens accoururent de partout pour le regarder ; les enfants jouaient des coudes pour le voir de plus près. Le sultan vint lui aussi, puis s'écarta pendant quelques minutes pour revenir annoncer qu'il considérait que ce qui avait été profané était purifié à présent. Les hyènes étaient venues s'emparer du mal apporté par les voyageurs, et ceux-ci pouvaient repartir. Seulement il ne souhaitait pas qu'ils repassent par leur village ; les yeux fixés sur Yusuf, il ajouta qu'il aurait aimé qu'on leur donne le jeune homme, ce serait la juste compensation de la perte de la femme, qui était aimée de tous.

Deux hommes restèrent auprès du porteur blessé, et le maintenaient en pleurant pendant que les villageois faisaient passer le reste de la caravane à gué de l'autre côté de la rivière. Quand ce fut le tour du blessé, le sultan refusa de le laisser partir. Le marchand eut beau lui offrir présent sur présent, il resta inébranlable ; le blessé leur appartenait, la terre le leur avait donné. Celui-ci, qui n'avait pas cessé de gémir, mourut subitement dans l'après-midi. Ils l'enterrèrent immédiatement à quelque distance du village, à l'endroit, dit le sultan, où ils inhumaient les morts qui pouvaient leur porter malheur, ceux dont les villageois redoutaient qu'ils ne reviennent les hanter. Lorsque, au crépuscule, le dernier des porteurs eut traversé la rivière, le sultan et ses sujets se réunirent sur la berge pour se réjouir bruyamment de leur départ. Des hippopotames et des crocodiles guettaient déjà dans l'eau, et on entendait, venant de l'autre rive plongée dans l'obscurité, des cris perçants d'oiseaux.

Cette nuit-là, on posta un plus grand nombre de veilleurs, et on alluma de grands feux pour réconforter les hommes. Le marchand resta assis un long moment sur sa natte à prier silencieusement pour le défunt. Il avait tiré de son coffre un petit Coran, et lut la prière pour les morts, *Ya-Sin*, à la lumière d'une lampe accrochée à la branche d'un arbre. Le mnyapara et Simba Mwene allèrent auprès des porteurs pour tenter de calmer leur angoisse. Yusuf s'endormit vite, mais les cauchemars revinrent le troubler. Il s'éveilla par deux fois en poussant un cri, et regarda autour de lui, espérant qu'on ne l'avait pas entendu. Mais quand la colonne fut prête à s'ébranler aux premières lueurs de l'aube, le mnyapara vint lui dire doucement : « Tu as été piqué par un serpent cette nuit ? Ou tu faisais de sales rêves ? Attention, jeune homme, tu n'es plus un gamin. »

Lorsque Yusuf aida Oncle Aziz à se préparer au départ, le marchand lui dit en toussotant : « Tu as de nouveau été angoissé la nuit dernière. C'est ce qu'a dit le sultan qui t'a troublé ? »

Yusuf resta muet de confusion. Il avait l'impression qu'on surprenait en lui une faiblesse inguérissable. Étaient-ils tous au courant que des chiens, des bêtes, des êtres sans forme, venaient la nuit lui arracher son être intérieur ? Il criait sans doute souvent, et les hommes se moquaient de lui.

« Aie confiance en Dieu, dit le marchand. Il t'a accordé un don. »

De ce côté de la rivière, la terre était fertile et moins désertique. Ils se sentirent d'abord réconfortés à la vue d'un paysage verdoyant. Les buissons frémissaient d'oiseaux, et, aux heures fraîches du jour, l'air vibrait de leur chant aigu et incessant. De vieux arbres les dominaient de leur hauteur, et leur feuillage laissait passer une lumière tamisée. Mais les buissons dissimulaient des lianes piquantes et empoisonnées, et les épines déchiquetaient les chairs et les vêtements. Les bosquets les plus accueillants fourmillaient de serpents. Jour et nuit, les insectes piquaient les voyageurs, qui étaient atteints d'étranges maladies. À présent, il fallait payer presque chaque jour des tributs de plus en plus lourds aux sultans pour pouvoir traverser leur territoire. Le marchand attendait seul, dans un silence tendu, pendant que Mohammed Abdalla et Simba Mwene marchandaient le droit de passage. Il semblait parfois que les sultans prenaient plaisir à exagérer leurs prétentions comme s'ils souhaitaient ne pas arriver à un accord, et montrer à leurs visiteurs qu'ils ne les aimaient pas.

Il n'y avait plus que quelques jours de marche jusqu'à Tayari, leur première étape importante ; les chefs des villages qu'ils traversaient se faisaient payer cher leur bonne volonté. Les vivres abondaient, mais leur prix était élevé. Le marchand acheta des poulets et des fruits, sachant que, s'il ne le faisait pas, les porteurs en voleraient et provoqueraient ainsi querelles et conflits.

Cette région était en butte aux razzias des guerriers de l'autre côté de la montagne, qui venaient capturer femmes et bétail. Sept jours après avoir quitté la rivière, les voyageurs arrivèrent en vue d'un village qui avait été attaqué deux jours plus tôt. Ils aperçurent de loin des volutes de fumée et des oiseaux noirs tournoyant dans le ciel. Lorsqu'ils entrèrent dans cette bourgade, les toits avaient été tous incendiés, et il n'y avait plus que quelques survivants blessés et mutilés, blottis à l'ombre des arbres, qui se lamentaient sur la perte de leurs proches, dont beaucoup avaient été emmenés par les guerriers. Les plus jeunes avaient eu le temps de s'enfuir pendant l'attaque et avaient emmené des enfants, mais quand pourraient-ils revenir ? Yusuf eut de la peine à supporter la vue de leurs horribles plaies, boursouflées de pus. Toutes ces souffrances lui ôtèrent le goût de vivre, il n'en avait jamais vu de pareilles. Partout gisaient des cadavres, dans les huttes incendiées, sous les arbres, près des buissons.

Mohammed Abdalla était d'avis de partir aussi vite que possible, par peur des maladies ou du retour des guerriers. Simba Mwene alla trouver le marchand, en l'approchant de trop près, ce qui fit reculer celui-ci ; il demanda s'ils pouvaient enterrer les morts. « Les survivants sont dans un tel état qu'ils n'y arriveront pas, dit-il.

— Alors, laissons-les aux animaux, s'écria Mohammed Abdalla, qui avait de la peine à contrôler sa rage. Ça ne nous concerne pas, d'ailleurs les cadavres sont déjà décomposés et à moitié dévorés par les bêtes…

— On ne peut pas les laisser comme ça, murmura Simba Mwene.

— Ils nous donneraient des maladies », répliqua Mohammed Abdalla, qui gardait les yeux fixés sur le marchand. « C'est à leurs frères cachés dans les buissons de faire ce travail répugnant. Ils se tourneraient contre nous à leur retour, et sont si superstitieux qu'ils nous accuseraient d'avoir souillé leurs morts. Ce n'est pas notre affaire.

— Ce sont nos frères, insista Simba Mwene, ils descendent comme nous de notre père Adam. » Mohammed Abdalla le regarda avec surprise et ne répondit pas.

« Pourquoi t'inquiètes-tu de ces morts ? demanda Oncle Aziz.

— Par respect pour eux, dit Simba Mwene, les yeux étincelants.

— Eh bien, dit le marchand en souriant, va les enterrer.

— Que Dieu me découpe en petits morceaux, explosa le mnyapara, si ce n'est pas une idée mauvaise et dangereuse ! Puisque c'est votre volonté, seyyid… mais je n'en vois pas la nécessité.

— Depuis quand es-tu superstitieux, Mohammed Abdalla ? » demanda Oncle Aziz avec douceur.

Le mnyapara lui jeta un regard douloureux. « Très bien, mais dépêchez-vous, dit-il à Simba Mwene, et ne prenez pas de risques, ni de poses héroïques. Ces sauvages se font ça tout le temps, et nous ne sommes pas ici pour jouer les saints.

— Yusuf, dit Oncle Aziz, va avec eux, tu verras comme la nature humaine est vile et déraisonnable. »

Ils creusèrent une fosse au bout du village, en maudissant le sort qui leur avait valu cette sinistre cérémonie. Les villageois les regardaient faire, et crachaient dans leur direction avec détachement, comme si cela n'avait rien d'injurieux.

Puis vint le moment que les hommes redoutaient lorsqu'ils soulevèrent les cadavres disloqués et les jetèrent dans la fosse, qu'ils comblèrent ensuite de terre. Les lamentations inconsolables des survivants s'élevèrent alors. Quand la besogne fut achevée, Simba Mwene, debout devant la tombe, jeta un long regard haineux aux villageois.

Les portes de flammes

1

Trois jours plus tard, la colonne atteignit la rivière, aux abords de Tayari ; Yusuf vit de loin que c'était une localité importante. Tout autour, la terre était desséchée : les pluies se faisaient attendre. Les hommes se débarrassèrent de leur charge et, surexcités, se précipitèrent dans l'eau en poussant des cris. Ils s'aspergeaient mutuellement comme des enfants, et faisaient semblant de se battre. C'était la fin du voyage pour certains, et leur joie se communiqua aux autres. Après s'être rafraîchis et lavés, les porteurs reprirent leur charge avec le sourire. Ils n'en avaient plus pour longtemps ! Le mnyapara et Simba Mwene allaient et venaient le long de la colonne, redressant les charges, stimulant l'énergie des uns et des autres. Le tambourineur et le corniste commencèrent à réchauffer leur instrument en jouant quelques notes bouffonnes auxquelles répondirent avec réprobation les joueurs de siwa. Leur jeu s'accorda peu à peu, et c'est au son d'une musique martiale que les voyageurs entrèrent à grands pas dans la ville. Les passants s'arrêtèrent pour les regarder défiler ; certains leur faisaient de grands signes, applaudissaient, criaient des mots indistincts, les mains jointes en porte-voix. Oncle Aziz, qui, comme d'habitude, marchait à la fin du cortège, ne prêtait aucune attention aux spectateurs. Il tenait un mouchoir contre ses narines pour se protéger des nuages de poussière soulevés par les porteurs, et il s'entretenait avec Yusuf.

« Regarde comme ils sont joyeux, lui dit-il gravement. Ils sont comme un troupeau d'animaux imbéciles qui aperçoivent de l'eau. Nous sommes tous ainsi : des créatures de peu d'esprit abusées par notre ignorance. Pourquoi sont-ils si excités ? Le sais-tu ? »

Yusuf le savait, car il ressentait le même soulagement, mais il se tut. Lorsqu'un peu plus tard ils eurent trouvé une maison à louer, avec une cour où les hommes pourraient dormir et où les marchandises seraient entreposées sous bonne garde, Oncle Aziz dit encore : « Lorsque je suis venu pour la première fois dans cette ville, elle était gouvernée par les Arabes du sultanat de Zanzibar. C'étaient des Omaniens, ou, en tout cas, ils étaient au service des Omaniens. Ils sont habiles, ces gens-là ; ils venaient dans ce pays pour se constituer des petits royaumes. Tout ce chemin parcouru depuis Zanzibar ! Et certains sont même allés encore plus loin, au plus profond de la forêt, jusqu'à la grande rivière, au-delà de Marungu. Et là aussi ils ont établi leurs royaumes. Les distances n'étaient rien pour eux. Autrefois, leur prince était bien venu de Mascate pour conquérir Zanzibar, alors ils suivaient son exemple. Les îles ont fait la fortune du sultan Saïd. Il s'est construit des palais, qu'il a remplis de chevaux, de paons, de beautés rares qu'il faisait venir du monde entier, d'Inde, du Maroc, d'Albanie… et il en payait un bon prix. On dit qu'il a eu une centaine d'enfants. Je crois bien qu'il n'en connaissait pas lui-même le nombre exact. Il devait se faire du souci en pensant à tous ces petits princes qui, un beau jour, allaient réclamer leur part de chair où planter leurs dents. Il avait lui-même le sang d'un ou deux parents sur la conscience. Si le sultan, malgré ces crimes, n'en était pas moins honoré, ses enfants pouvaient courir sur ses traces…

« Et maintenant on parle de ces Allemands, qui construisent une voie ferrée jusqu'ici. C'est eux qui font la loi désormais, mais c'était déjà eux du temps d'Amir Pacha et de Prinzi. Avant leur arrivée, personne n'allait jusqu'aux lacs sans traverser cette ville. Tu te demandes peut-être comment il est venu autant d'Arabes ici en si peu de temps ? Au début, il était aussi facile d'acheter des esclaves que de cueillir des fruits à un arbre. Ils n'avaient même pas à se donner la peine de capturer leurs victimes – quelques-uns le faisaient pourtant pour le plaisir… Il se trouvait assez de gens prêts à vendre leurs cousins et leurs voisins en échange de pacotille. Et il y avait de la demande partout : dans le Sud, dans les îles de l'océan où les Européens cultivaient le sucre, en Arabie, en Perse, et dans les nouvelles plantations de girofle du sultan de Zanzibar. On pouvait faire de bonnes affaires alors… Avec l'espoir d'y trouver leur compte, les marchands indiens ont fait crédit à ces Arabes pour aller acheter de l'ivoire et des esclaves. Mais les Arabes n'ont pas rendu l'argent et ont acheté à un sultan des esclaves qu'ils ont fait travailler dans les champs, et construire des maisons confortables. C'est comme ça que la ville s'est développée. »

Mohammed Abdalla les rejoignit à ce moment et dit à Yusuf, pour éveiller son attention : « Écoute bien ce que te dit ton oncle. » Yusuf pensa : « Il n'est pas mon oncle. »

Oncle Aziz reprit son récit : « Quand l'Allemand, Amir Pacha, est arrivé ici, il est allé voir le sultan de Tayari, j'ai oublié son nom. Ce sont les Arabes qui l'avaient nommé sultan, car c'était quelqu'un dont ils pouvaient faire ce qu'ils voulaient. Amir Pacha a traité exprès le sultan avec le plus grand mépris, pour le provoquer à la guerre. C'était leur méthode. Il exigeait que le sultan hisse le drapeau des Allemands, jure fidélité au sultan allemand et livre toutes les armes et tous les canons qu'il possédait ; l'Allemand prétendait qu'on les leur avait volés. Le sultan de Tayari a fait ce qu'il a pu pour éviter un conflit. Ce n'était pas son habitude, il était toujours en guerre avec ses voisins. Ses alliés arabes le soutenaient quand ça leur convenait, mais tout le monde savait que les Allemands étaient impitoyables quand ils livraient bataille. Alors le sultan a hissé le drapeau des Allemands, il a juré fidélité à leur sultan, il a envoyé des cadeaux et de la nourriture au camp d'Amir Pacha, mais il a refusé de livrer les fusils. Il n'avait plus le soutien des Arabes, qui voyaient qu'il les avait trahis : il avait cédé sur trop de choses. Quand Amir Pacha est reparti, ils ont intrigué pour le remplacer.

« Peu de temps après le départ d'Amir Pacha est arrivé Prinzi, le commandant allemand ; il a livré bataille au sultan, l'a tué lui, ses enfants et les membres de sa famille. Les Arabes ont été contraints de se soumettre, et humiliés à un tel point qu'ils ne pouvaient plus forcer leurs esclaves à travailler dans les champs ; ils se cachaient ou se sauvaient. N'ayant plus rien à manger, les Arabes n'ont pas eu le choix et ont dû partir. Il y en a qui sont allés à Ruemba, d'autres en Ouganda, ou qui se sont réfugiés chez leur sultan à Zanzibar. À présent, ce sont les Indiens qui leur ont succédé, les Allemands sont leurs seigneurs et les sauvages leurs esclaves.

— Il ne faut jamais se fier à un Indien, déclara Mohammed Abdalla avec aigreur. Il vendrait sa propre mère s'il y trouvait avantage. Sa cupidité est sans limites. Il paraît faible comme ça, et poltron, mais il a tous les courages quand il s'agit de gagner de l'argent. »

Oncle Aziz secoua la tête, il désapprouvait la véhémence du mnyapara. « Les Indiens savent comment s'y prendre avec les Européens. Nous n'avons pas d'autre choix que de collaborer avec eux. »

2

Ils ne s'attardèrent pas à Tayari. La ville était un dédale déroutant d'étroites ruelles sombres, débouchant soudain sur de petites places ; on y respirait un air fétide, et des rigoles d'eaux sales couraient à quelques centimètres des portes des maisons. La cour de celle qu'ils avaient louée, et où ils dormaient la nuit, grouillait de cafards et de rats qui venaient leur grignoter les doigts de pied et déchirer les sacs de provisions. Le mnyapara embaucha de nouveaux porteurs pour remplacer ceux dont le contrat expirait, et, au bout de quelques jours, la caravane se mit en route.

Ils commencèrent par avancer rapidement grâce à une pluie fine, qui rafraîchissait les corps et donnait aux hommes l'envie de chanter. Même ceux qui étaient affaiblis par toutes les épreuves du voyage retrouvaient leur vigueur. Il y en avait pourtant qui étaient si malades qu'ils se précipitaient continuellement derrière les buissons, et ni les chants ni les plaisanteries ne pouvaient les réconforter ; leurs compagnons souriaient tristement en entendant leurs cris de douleur.

Au bout de quelques jours, ils surent qu'ils s'approchaient du lac, car, devant eux, la lumière était voilée et adoucie par l'évaporation de l'humidité, et ils en furent tout réjouis. Lorsqu'ils traversaient les villages et les campements, les habitants les regardaient passer avec compassion. Quelques hommes s'excitèrent et se mirent à poursuivre des femmes ; l'un d'eux fut violemment battu et le marchand fut obligé d'offrir des cadeaux pour rétablir la bonne entente. Le soir, après avoir installé le campement et construit une palissade de broussailles pour se défendre des animaux, les hommes restaient ensemble et se racontaient des histoires. Le mnyapara avait déconseillé à Yusuf de s'asseoir avec eux, lui disant que son oncle le désapprouverait. « Ils t'enseigneront le mal », avait-il dit, mais Yusuf ne tenait pas compte de cette mise en garde, il se sentait chaque jour plus adulte. Les porteurs le taquinaient encore, mais de plus en plus amicalement, et ils lui faisaient une place parmi eux. Parfois, une main lui caressait la cuisse, mais, le lendemain, Yusuf évitait de s'asseoir à la même place. Quand les musiciens n'étaient pas trop fatigués, ils jouaient leurs mélodies sonores et nasillardes pendant que les hommes chantaient et frappaient en mesure dans leurs mains.

Un soir, emporté par la bonne humeur générale, le mnyapara entra dans le cercle éclairé par le feu, et se mit à danser : deux pas en avant, une inclinaison gracieuse, puis deux pas en arrière, tout en faisant tournoyer sa canne au-dessus de sa tête. Le corniste ajouta une variation sur un mode aigu, comme un soudain cri d'allégresse, qui fit rire Simba Mwene, le visage levé vers le ciel nocturne. Mohammed Abdalla pirouetta, puis s'arrêta dans une pose grandiloquente qui suscita l'hilarité des assistants. Yusuf vit cependant que le mnyapara n'avait pu réprimer une grimace de douleur, mais il souriait toujours, le visage ruisselant de sueur. « Vous auriez dû me voir autrefois », s'écria-t-il tout essoufflé, en brandissant sa canne vers les hommes. « Nous dansions à trente ou quarante en même temps, avec des lames nues dans les mains, pas avec des bâtons. »

Il se passa la main sur le corps avant de s'écarter du feu sous les acclamations des hommes. Il avait à peine fait quelques pas que Nyundo se leva d'un bond, canne en main, et se mit à singer la danse du mnyapara, accompagné par les musiciens qui attaquèrent joyeusement un nouvel air : deux pas en avant, deux pas mal assurés en arrière, une courbette si exagérée qu'elle en était obscène. Après avoir frénétiquement pirouetté en faisant tournoyer sa canne, il s'arrêta brusquement, jambes écartées, et se frotta lentement le bas-ventre. Pendant que cette mimique burlesque faisait rire tous les assistants, le mnyapara était debout à l'écart et les regardait.

3

La ville s'étendait au bord du lac, baignée par une lumière douce et irréelle ; le ciel, au-dessus des hautes falaises qui la dominaient, était d'un violet ourlé d'écarlate. Les bateaux étaient alignés au bord de l'eau et une rangée de petites maisons brunes longeaient la rive. Les hommes, impressionnés, se parlaient à voix basse. Comme d'habitude, on attendit en dehors de la ville l'autorisation d'y entrer. Mohammed Abdalla montra au loin un sanctuaire, entouré d'un petit bois envahi de serpents, de pythons, de bêtes sauvages : on ne pouvait y parvenir et en sortir indemne que si l'esprit du lieu était bien disposé. « C'est là que vit leur dieu. Les sauvages croient n'importe quoi pourvu que ce soit assez bizarre. Il est inutile de discuter avec eux, ils croient dur comme fer à leurs superstitions. » Ils avaient traversé cet endroit à leur dernier voyage, dit-il, et c'était de là qu'ils étaient passés sur l'autre rive. C'était là aussi qu'ils avaient laissé, sur le chemin du retour, deux hommes très mal en point. On était alors en pleine saison sèche, et ils avaient pensé qu'il valait mieux ne pas les transporter jusqu'à Tayari, à travers une région infestée de mouches. Yusuf se rappela ce qu'Oncle Aziz avait dit sur la terrasse de Hamid, et combien sa sollicitude l'avait frappé. Il avait expliqué qu'il avait confié les deux hommes à des gens qu'il ne connaissait pas, pour qu'ils en prennent soin.

La rangée irrégulière des maisons le long du lac, la puanteur douceâtre de poisson pourri qui parvint à leurs narines dès les abords de la ville, donnèrent à penser à Yusuf. Il vit dans les yeux du mnyapara une lueur rusée et vigilante et sut alors avec une triste certitude que c'était là que les deux porteurs avaient été abandonnés.

Nyundo partit en émissaire, car il affirmait qu'il parlait la langue des habitants. Oncle Aziz se rappelait que le sultan comprenait le kiswahili, mais il convint qu'il serait plus courtois de s'adresser à lui d'abord dans sa propre langue. Nyundo revint de chez le sultan avec des souhaits de bienvenue ; ce dernier était satisfait des présents, mais voulait surtout revoir ses vieux amis. Seulement, auparavant, il voulait qu'ils apprennent le grand malheur qui les frappait tous : son épouse était morte quatre jours plus tôt.

Le marchand chargea son messager de nouveaux cadeaux pour le sultan, et demanda la permission de venir en personne exprimer ses condoléances. Pendant cette nouvelle attente, les hommes évoquèrent les différentes façons d'honorer les morts, surtout quand il s'agissait de l'épouse d'un sultan. Un des porteurs assura que les sauvages n'enterrent pas toujours leurs défunts, ils les emmènent encore vivants dans la brousse et les abandonnent aux hyènes et aux léopards. Ils croient que toucher un cadavre porte malheur, même si c'est celui de votre propre mère. Quand il se produit un décès, il arrive qu'ils tuent tous les étrangers. Il était possible que le sultan fût trop affecté pour faire du commerce… À quels rituels magiques, quels sacrifices allaient-ils se livrer, ces sauvages ? Ils attendent parfois des semaines pour enterrer les morts ; ils les mettent dans une jarre, ou sous un arbre. Les hommes tournèrent la tête vers le bois voisin… « Le cadavre est peut-être là », dit l'un d'eux.

Nyundo revint enfin avec l'autorisation d'entrer dans la bourgade, qui consistait en une cinquantaine de huttes. Le marchand ordonna que l'on défile en silence, sans musique, afin de témoigner du respect pour le deuil du sultan. Le long de la rive se dressaient des plates-formes en bois sur pilotis, recouvertes de chaume, de morceaux de toile, ou de nattes, qui abritaient de grandes pirogues. Des enfants qui jouaient là accoururent pour regarder le cortège avancer sans bruit.

Les hommes se regroupèrent en attendant que les négociations aboutissent, mais peu à peu quelques-uns s'éloignèrent pour rencontrer les habitants, qui s'étaient cachés. On entendait au loin des salutations, qui incitèrent les autres à s'égailler à leur tour. Un nouveau message du sultan arriva : il était prêt à recevoir le marchand, mais accompagné seulement de trois personnes, car il était trop affligé pour supporter la vue et le bruit d'une foule de gens. Oncle Aziz, le mnyapara, Nyundo et Yusuf s'avancèrent vers un groupe de maisons proches de la rivière, et furent conduits dans une grande case, précédée d'une terrasse couverte. L'intérieur était sombre et enfumé et n'était éclairé que par la lumière du dehors. Le sultan était un homme massif, vêtu d'un pagne marron fixé à la taille par une bande de paille tissée. Ses bourrelets de graisse luisaient dans la pénombre. Il était assis sur un tabouret, les coudes sur les cuisses, tenant un gros bâton sculpté planté entre ses jambes écartées ; il semblait intéressé et attentif. Il avait à sa droite et à sa gauche deux jeunes femmes nues jusqu'à la ceinture, ayant chacune une gourde à la main. Derrière lui, une autre femme, également à moitié nue, agitait un éventail de paille tressée au-dessus de ses épaules. Plus loin, dans l'ombre, se tenait un jeune homme. Six hommes âgés, vêtus seulement d'un pagne, étaient assis par terre, sur des nattes, des deux côtés du sultan. La case était si enfumée que Yusuf avait de la peine à respirer et que ses yeux larmoyaient. Il se demandait comment le sultan et sa suite n'en étaient pas incommodés.

Le sultan commença par prononcer quelques mots en souriant, que traduisit Nyundo : « Il dit que vous venez à un mauvais moment, mais qu'un ami est toujours le bienvenu dans sa maison. » Sur un signal du sultan, une des femmes porta la gourde à ses lèvres, et il en but plusieurs longues gorgées. La femme s'avança vers le marchand ; Yusuf vit que ses seins étaient marqués de petites cicatrices. Elle sentait la fumée et la sueur, odeur familière et excitante. « Il veut que vous buviez un peu de bière », dit Nyundo au marchand, en dissimulant mal un sourire.

« Je le remercie, mais je ne peux accepter, dit Oncle Aziz.

— Il demande pourquoi, fit Nyundo avec un sourire narquois. C'est de la bonne bière. C'est parce que vous croyez qu'elle est empoisonnée ? Il l'a goûtée pour vous, vous n'avez pas confiance en lui ? »

Le sultan dit alors quelques mots qui suscitèrent l'hilarité des vieillards. Le marchand interrogea du regard Nyundo, qui secoua la tête d'un geste ambigu ; peut-être n'avait-il pas compris ou jugeait-il préférable de ne pas traduire.

« Je suis un commerçant, dit Oncle Aziz en s'adressant au sultan, et un étranger dans votre ville. Si je buvais de la bière, je me mettrais à crier et à chercher querelle, ce qui n'est pas une conduite convenable pour un étranger.

— Il dit qu'il sait que c'est votre dieu qui vous en empêche », traduisit Nyundo au milieu d'un ricanement général. Puis il attendit un moment avant de traduire la remarque suivante du sultan. Son sourire ironique avait disparu, et il s'exprimait lentement comme pour donner l'impression qu'il s'efforçait de rendre exactement les paroles du sultan. « Il dit que votre dieu est un dieu cruel puisqu'il ne permet pas aux hommes de boire de la bière.

— Dis-lui qu'il est un Dieu exigeant, mais juste », repartit vivement le marchand.

Le sultan fit alors signe à ses visiteurs de s'asseoir sur les nattes et Nyundo reprit : « Il dit : très bien, très bien, mais vous buvez peut-être en secret. Et il demande ce que vous lui voulez ? Et ce que vous avez apporté cette fois ? Il dit qu'il ne vous demande pas de tribut. Il sait que le gros homme l'interdit, alors il ne veut pas risquer qu'il l'apprenne et vienne le punir. Vous savez de qui il veut parler ? » Le sultan fut alors secoué d'un rire saccadé. Nyundo poursuivit : « Le gros homme, c'est l'Allemand. C'est le nouveau roi à présent. Il n'y a pas longtemps qu'il est passé par ici. On dit qu'il a une tête en fer, est-ce vrai ? Et qu'il a des armes capables de détruire une ville d'un seul coup. Ses sujets veulent faire du commerce, vivre en paix, et ne pas contrarier les Allemands. » Le sultan ajouta quelque chose qui déclencha de nouveau les rires de ses sujets.

« Pouvons-nous avoir votre aide pour traverser la rivière ? demanda le marchand dès qu'ils furent calmés.

— Il demande qui vous voulez aller voir de l'autre côté de l'eau », dit Nyundo. Le sultan se pencha en avant, l'air malveillant, comme s'il attendait une réponse absurde ou imprudente.

« Chatu, le sultan de Marungu », dit Oncle Aziz.

Le sultan se redressa, eut un petit grognement de dédain, et fit signe qu'on lui apporte de la bière. « Il dit, reprit Nyundo, qu'il en a entendu parler. Mais il vient de perdre sa femme, il n'a pas pu encore l'enterrer et son cœur est troublé. Son feu intérieur s'est éteint depuis que sa femme est morte. Il demande que vous lui donniez un linceul.

— Tu refuserais cela à un homme qui doit enterrer sa femme ? » demanda le jeune homme, qui était resté jusque-là debout dans l'ombre. Il s'avançait devant le marchand, en traînant une jambe enflée, et l'avait interpellé directement. Ses yeux étaient vifs et rusés. Yusuf sentit se répandre une odeur de chair gangrenée dans l'atmosphère enfumée. Plusieurs des anciens, la mine longue, prirent la parole après le jeune homme, et les femmes claquaient des lèvres en signe de désapprobation.

« Je ne refuserai certainement pas un linceul à qui que ce soit », dit Oncle Aziz, qui ordonna à Yusuf d'aller chercher cinq rouleaux de cotonnade blanche.

« Cinq, seulement ! » s'écria le jeune homme, qui avait pris la direction des négociations. Un des assistants se leva, indigné, et cracha dans la direction du marchand ; Yusuf reçut un peu du jet de salive sur son bras nu. « Cinq balles de coton pour un sultan aussi important ! Vous ne traverserez pas l'eau pour si peu… C'est ce que vous donneriez à votre sultan pour enterrer son épouse ? Arrêtez de l'offenser. »

Quand ces mots furent traduits, le sultan et sa suite exprimèrent leur satisfaction avec de grands rires. « C'est son fils, chuchota Nyundo à l'oreille d'Aziz.

— Et vous, marchand, vous ne riez pas ? demanda le jeune homme. Mais votre dieu ne vous le permet peut-être pas... Vous feriez mieux de rire avec nous, parce que je ne crois pas que vous en aurez l'occasion avec Chatu. »

Ils s'accordèrent sur cent vingt rouleaux de tissu. Le sultan réclama aussi des armes et de l'or, mais le marchand répondit en souriant qu'il n'en faisait pas commerce. Il en avait eu autrefois..., remarqua le jeune homme. Finalement, le sultan l'autorisa à négocier son prix avec les bateliers. « On nous a bien roulés ! » murmura Mohammed Abdalla, en colère.

« Quand nous sommes passés l'an dernier, dit le marchand, nous vous avons confié deux de nos hommes. Ils étaient malades et vous avez accepté de vous occuper d'eux jusqu'à leur guérison. Comment vont-ils ?

— Ils sont partis, répondit le jeune homme calmement, mais d'un air provocant.

— Où sont-ils allés ? demanda doucement Oncle Aziz.

— Je ne suis pas leur oncle ! Ils sont partis, répéta le jeune homme avec irritation. Allez les chercher vous-même.

— Je les avais pourtant confiés au sultan », dit Oncle Aziz.

Yusuf comprit d'après sa voix qu'il avait déjà abandonné l'espoir de retrouver les deux hommes.

« Vous voulez aller à Marungu, oui ou non ? » demanda le jeune homme.

On les emmena chez un batelier nommé Kakanyaga. C'était un petit homme musclé, qui les écouta, le visage tourné vers la rivière. Il s'enquit du nombre d'hommes et du poids des marchandises ; ils l'emmenèrent alors à l'endroit où elles étaient déposées et où attendaient les porteurs pour qu'il juge par lui-même. D'après lui, quatre longs canots seraient suffisants ; il fixa un prix pour lui et les autres bateliers, et s'écarta un peu pour leur donner le temps de réfléchir. Mais le prix était si raisonnable et Mohammed Abdalla avait tellement hâte de s'en aller qu'ils le rappelèrent presque aussitôt.

Ils partiraient le lendemain matin, décida le batelier, et les marchandises qui constituaient leur salaire devaient leur être apportées avant le départ.

« Pourquoi ne pas partir immédiatement ? » demanda Mohammed Abdalla. Il avait vu le sultan absorber tant de bière qu'il était soucieux. Comment savoir ce qu'un sauvage éméché pouvait concocter ?

« Il faut que mes hommes se préparent, dit le batelier. Vous êtes si pressés d'aller chez Chatu ? Si nous partions maintenant, il faudrait naviguer toute la nuit, dans l'obscurité, et ce serait imprudent.

— Il y a donc des mauvais esprits la nuit ? » demanda le mnyapara. Le batelier saisit l'ironie de la question et ne répondit pas.

« Tu parles bien notre langue, lui dit Oncle Aziz avec un sourire affable. Comme le fils du sultan…

— Nous avons été nombreux à travailler pour un marchand mswahili, Hamidi Matanga ; il venait souvent par ici, et il allait même de l'autre côté », répondit à contrecœur le batelier, qui refusa d'en dire plus long.

« La dernière fois, je me rappelle que votre sultan parlait un peu le kiswahili, mais il a l'air de l'avoir oublié, dit le marchand. Le temps qui passe nous joue des tours à tous… Dis-moi, les deux blessés que nous avons laissés chez vous, qu'est-ce qui leur est arrivé ? Ils ont guéri ? » Tout en parlant, il glissa dans la main du batelier un petit paquet de tabac et un sac de clous que Yusuf était allé lui chercher.

Le batelier attendit quelques instants avant de répondre, regardant tour à tour le marchand, le mnyapara, Simba Mwene et Yusuf. Une lueur inquiétante passa dans ses yeux. « Ils sont partis, dit-il. Je ne crois pas qu'ils étaient guéris. Ils sont restés dans cette hutte, ils sentaient mauvais. Ils nous ont apporté des maladies. Des animaux sont morts, et il n'y avait plus de poisson. Et puis un jeune homme est mort sans raison. Il avait le même âge que lui, dit-il en regardant Yusuf. C'en était trop : on a décidé qu'ils devaient s'en aller. »

Lorsque le batelier se fut éloigné, Simba Mwene déclara : « Ils font de la magie ici. »

Mohammed Abdalla le reprit vivement : « Ne blasphème pas. Ce ne sont que des sauvages ignares pour qui leurs cauchemars sont des réalités.

— J'ai commis une faute en laissant les hommes ici. J'étais responsable d'eux, dit Oncle Aziz.

— Seyyid, s'écria le mnyapara, comment aurions-nous deviné que ces brutes se conduiraient comme ça ? J'aurais fait comme vous. » Puis, s'adressant d'un ton méprisant à Simba Mwene : « Pourquoi ne leur demandes-tu pas de faire un tour de magie pour nous ramener ces hommes ?

— Nous ferions bien de veiller sur le jeune homme, dit Simba Mwene, en tournant la tête vers Yusuf. Il pourrait lui arriver du mal : vous avez remarqué la façon dont ils ont parlé de lui à Mkata, et dont le batelier l'a regardé ?

— Que lui feraient-ils ? Ils le donneraient à manger à leurs démons ? Tu prends ces pêcheurs puants beaucoup trop au sérieux. Qu'ils essaient seulement ! Je leur vomirais dessus, je leur enfoncerais leur magie dans le cul à ces sales sauvages ! » cria Mohammed Abdalla en secouant sa canne avec fureur.

Oncle Aziz l'interrompit d'un ton sévère : « Mohammed Abdalla !

— Que chacun de nous ouvre les yeux, reprit ce dernier, baissant le ton. Simba, va dire aux hommes de ne pas trop s'aventurer dans les buissons pour faire leurs besoins, et dis-leur de ne pas approcher des femmes. Et toi, jeune homme, ne quitte pas le seyyid et ne t'inquiète pas.

— Vous allez vous rendre malade, Mohammed Abdalla, à force de crier, dit Oncle Aziz.

— Seyyid, cet endroit est maléfique, dit le mnyapara. Partons d'ici. »

4

Le lendemain matin, lorsque le moment fut venu d'embarquer, leur satisfaction était teintée d'inquiétude. Kakanyaga, le chef batelier, disposa lui-même les ballots de marchandises dans les pirogues ; il fit signe à Oncle Aziz et à Yusuf de monter dans la sienne. « Le jeune homme nous portera bonheur », dit-il.

Les bateliers ramaient avec régularité dans la chaleur qui montait, leurs dos nus et leurs bras étaient luisants de sueur. Les pirogues avançaient de conserve, assez près les unes des autres pour que les rameurs puissent échanger quolibets et plaisanteries. Les passagers étaient silencieux, impressionnés par l'immensité du lac, et réalisant que leur vie dépendait de ces robustes gaillards. La plupart ne savaient pas nager, bien qu'ils fussent nés au bord de la mer. Leur existence se passait à parcourir plaines et montagnes, mais ils reculaient précipitamment quand la marée montante léchait le rivage.

Ils étaient partis depuis deux heures environ lorsque le ciel s'obscurcit subitement et que s'éleva un vent violent. Yusuf entendit le marchand murmurer : « *Yallah !* » Kakanyaga cria le nom du vent aux autres bateliers et les voyageurs comprirent par les cris et la cadence accélérée des rameurs qu'ils étaient en danger. Les vagues montaient très haut et inondaient les légères embarcations ; hommes et marchandises étaient trempés, des cris lamentables s'élevèrent. Quelques porteurs se mirent à pleurer et à supplier Dieu de leur laisser le temps de se repentir. Kakanyaga, dans la pirogue de tête, changea soudain de direction, suivi par les autres, et tous les bateliers se mirent à ramer frénétiquement, s'encourageant les uns les autres par des clameurs qui résonnaient comme des cris de terreur. Les vagues à présent étaient si puissantes que les embarcations étaient soulevées hors de l'eau pour retomber de nouveau. Yusuf fut soudain conscient de la fragilité de ces pirogues, qui pouvaient être retournées par les vagues comme des fétus de paille. Les prières alternaient avec les sanglots, étouffés par le grondement de la tempête. Des hommes vomissaient de frayeur. Dans tout ce tumulte, Kakanyaga était resté calme, ne laissant échapper que les grognements que lui arrachaient les efforts qu'il faisait pour ramer ; son dos ruisselait de sueur et d'eau. Ils aperçurent enfin une île dans le lointain.

« C'est le sanctuaire. Nous pourrons y faire un sacrifice », cria le batelier au marchand.

Les rameurs s'activèrent encore plus frénétiquement, stimulés par les cris d'encouragement de leurs passagers. Quand ils se surent en sûreté, ils donnèrent libre cours à leur joie et leur reconnaissance. Mais les voyageurs ne furent tout à fait rassurés que lorsque les pirogues furent tirées hors de l'eau et les marchandises déchargées.

Kakanyaga demanda au marchand de lui donner une pièce de coton noir, une pièce de coton blanc, des perles rouges et un petit sac de farine. Tout ce qui viendrait en plus serait bienvenu, sauf les objets en métal, qui pourraient écorcher la main de l'esprit habitant dans le sanctuaire… « Il faudra que vous veniez, vous aussi, ajouta-t-il. La prière est pour vous et votre voyage. Et amenez le jeune homme : Pembe, l'esprit, aime la jeunesse. »

Ils parcoururent une petite distance, à travers des buissons épineux et de hautes herbes, accompagnés du mnyapara et de quelques bateliers. Dans une clairière entourée de grands arbres, ils virent une pirogue juchée sur des pierres, où étaient déposées les offrandes d'autres voyageurs. Kakanyaga leur demanda de répéter des mots, qu'il leur traduisait : « Nous vous avons apporté ces cadeaux. Faites que nous voyagions en paix et que nous rentrions chez nous sains et saufs… »

Il plaça alors les offrandes dans la pirogue, dont il fit le tour dans un sens, puis dans l'autre. Le marchand lui donna un sachet de tabac, qui fut également offert à l'esprit du lieu. Lorsqu'ils retournèrent au rivage, le vent était tombé.

« C'était de la magie », s'écria Simba Mwene en riant au nez du mnyapara. Celui-ci lui lança un regard inamical et secoua la tête. « Ç'aurait pu être pire, dit-il. Ils auraient pu nous forcer à manger des choses dégoûtantes ou à copuler avec des animaux. Haya ! Décampons au plus vite. »

Le soleil se couchait lorsqu'ils furent en vue de la rive d'en face ; les rayons obliques éclairaient les falaises rouges, transformées en un mur de feu. Il était près de minuit quand ils abordèrent ; le ciel nocturne était voilé de nuages. Ils tirèrent les pirogues hors de l'eau, mais Kakanyaga ne permit à personne d'aller dormir à terre. « Qui sait ce qui s'y passe la nuit », dit-il.

5

Les bateliers repartirent à l'aube, dès que les marchandises furent déchargées, laissant les voyageurs sur le rivage. On vit bientôt apparaître des hommes, venus les interroger. Qui les avait amenés ? D'où venaient-ils ? Où allaient-ils ? Que cherchaient-ils ? Yusuf et Simba Mwene furent envoyés en éclaireurs pour trouver les notables de la ville qui semblait plus importante que celle dont ils venaient. On les conduisit à la cabane d'un vieil homme, nommé Marimbo, qu'on surprit à son réveil. Sa case ne se distinguait en rien des autres, et la femme qui les guidait frappa à sa porte sans cérémonie. Marimbo, un vieillard maigre, au visage ridé et flasque, parut enchanté de les voir et se montra curieux et hospitalier. Mais Yusuf vit qu'en dépit de son bon accueil il restait sur ses gardes, et comprit que c'était par lui que passaient les transactions avec les étrangers. Nyundo était venu faire l'interprète, mais on n'eut pas besoin de lui.

« Chatu ! » s'écria Marimbo, avec un petit sourire entendu, qu'il réprima aussitôt. « Chatu est un homme difficile, on ne plaisante pas avec lui. Sa ville n'est qu'à quelques jours de marche, mais nous n'y allons jamais, à moins qu'il ne nous appelle. Il peut être féroce s'il pense qu'on lui fait du tort, mais c'est un père pour son peuple. Oh ! je ne voudrais pas vivre là-bas ! Mes amis, laissez-moi vous dire qu'on n'aime pas les étrangers dans la ville de Chatu.

— Fait-il du commerce ? demanda Simba Mwene.

— Il a de l'ivoire – il en vend quand ça lui chante. »

Marimbo accepta de leur fournir un guide et d'entreposer certaines des marchandises jusqu'à leur retour. « J'ai déjà eu affaire à bien des marchands, dit-il. Ne me donnez pas de cotonnades, mais plutôt deux fusils, pour que je puisse envoyer mes fils chasser les éléphants pour l'ivoire. Vous avez de la soie ? Donnez-moi de la soie. Le guide que je vais vous recommander connaît bien le pays. Ce n'est pas la bonne saison maintenant que les pluies sont arrivées, mais si vous le payez suffisamment, vous pouvez avoir confiance en lui. »

Cette rive était très boisée et montait en pente raide. La plupart des habitants avaient l'air malade. La nuit, des nuées de moustiques s'abattaient sur eux, et les piquaient avec une telle violence que les victimes poussaient un cri de douleur et d'exaspération. Plus rien ne retenait les voyageurs maintenant qu'ils s'étaient arrangés avec Marimbo. Celui-ci avait choisi des couteaux, des pioches et un rouleau de cotonnade blanche, moyennant quoi il surveillerait les marchandises qu'on lui laissait en dépôt ; on achèverait de le rémunérer au retour. Tous étaient contents de partir et de fuir les moustiques. Oncle Aziz aussi, qui voyait diminuer sérieusement le volume de ses marchandises, écorné par tous les tributs qu'il avait dû distribuer au cours du voyage ; il n'avait encore fait presque aucun bénéfice, mais comptait bien se rattraper dans le pays de Marungu, derrière les falaises rouges.

Ils partirent donc le lendemain de bonne heure. Le guide procuré par Marimbo était un homme silencieux et de haute taille. Ils s'engagèrent sur des sentiers étroits et abrupts, qui s'enfonçaient dans une végétation luxuriante. Des plantes inconnues leur déchiraient le visage et les pieds ; des nuées d'insectes tournoyaient autour d'eux et les piquaient cruellement lorsqu'ils s'arrêtaient pour se reposer. Le lendemain, tous se réveillèrent le visage en sang. Plusieurs d'entre eux étaient tombés malades. Ils pressèrent le pas dans leur hâte de sortir de cette terrible forêt. Toute la nuit, ils avaient entendu des craquements, des grognements dans les buissons, et avaient tellement peur des buffles et des serpents qu'ils s'étaient blottis les uns contre les autres. « N'allez pas trop loin pour pisser », leur avait crié Simba Mwene pour se moquer d'eux. Le mnyapara harcelait les hommes, et brandissait sa canne devant les traînards ; ses invectives résonnaient dans la forêt. On avançait péniblement car la montée était rude. Simba Mwene et Nyundo restaient auprès du guide, et se retournaient de temps en temps pour prévenir les hommes de chaque nouveau danger. Nyundo était le seul à le comprendre, et en profitait pour faire le pitre, ce qui irritait le mnyapara et amusait les porteurs.

Le troisième jour, les malades étaient au plus mal, et nombreux montraient des signes de faiblesse. Les plus atteints ne mangeaient plus, déliraient et avaient une diarrhée continuelle ; ils étaient portés à tour de rôle par leurs compagnons. La pente était si abrupte qu'ils avançaient lentement et traînaient leurs fardeaux à quatre pattes. Le quatrième jour, deux hommes moururent. On les enterra rapidement, et on s'arrêta une heure, le temps que le marchand lise silencieusement une sourate du Coran. Ils étaient tous accablés de plaies purulentes où les insectes déposaient leurs œufs et aspiraient du sang frais. Paniqués, ils devenaient convaincus que le guide les menait à leur mort. Le mnyapara s'emportait souvent contre lui, et regardait Nyundo d'un air accusateur lorsqu'il faisait l'interprète. Ce n'était pas le même chemin que l'année précédente, où les conduisait-il ? « Arrête de faire le clown, disait-il, et interroge-le convenablement. »

Le guide répondit à Nyundo que l'autre itinéraire n'était pas sûr au moment des pluies.

Quand, au matin du cinquième jour, on découvrit que deux autres hommes étaient morts, tous les yeux se tournèrent vers le guide. Mohammed Abdalla se jeta sur lui, et, acclamé et encouragé par les porteurs et les gardes, il se mit à le frapper furieusement avec sa canne ; le malheureux courbait le dos et criait grâce. Nyundo essaya de s'interposer, mais Mohammed Abdalla le cingla deux fois au visage, le faisant reculer avec un cri de terreur : « Mes yeux ! », hurlant et sanglotant à chaque coup qui lacérait sa chair nue. Les hommes commencèrent à se rapprocher, armés de bâtons et de lanières de cuir.

Simba Mwene accourut pour retenir le bras du mnyapara, essayant de s'interposer entre celui-ci et le guide. « Ça suffit ! Ça suffit ! » criait-il. Mohammed Abdalla, haletant, son visage et ses bras ruisselant de sueur, vociférait : « Laisse-moi battre ce chien, il veut que nous périssions tous dans cette forêt !

— Il nous a dit que dès demain nous sortirions de cet enfer, plaida Simba Mwene en l'entraînant.

— Il ment, ce sauvage ! cria Mohammed Abdalla. Et ce clown de Nyundo, au lieu de le tenir à l'œil… il nous ment depuis le début. Nous n'avons pas pris ce chemin l'an passé. » Soudain, il se dégagea et retourna vers le guide prostré à terre pour lui administrer une nouvelle volée de coups. Simba Mwene voulut le retenir, mais Mohammed Abdalla lui lança un regard furieux.

« Ce que vous faites n'est pas juste », dit Simba Mwene, battant en retraite.

Le marchand se détacha alors du groupe des spectateurs et vint parler doucement au mnyapara, en le tenant par le bras. Puis il dit à Yusuf de faire enterrer les deux hommes, et de lire le *Ya-Sin* pour le repos de leur âme. On entendit tout le jour les gémissements du guide. Nyundo le suivait en silence, le visage tuméfié. Les hommes ne pouvaient s'empêcher de rire, mais un peu gênés malgré tout. Le mnyapara l'avait bien corrigé ! se disaient-ils entre eux. Dites donc, ce Mohammed Abdalla est un tueur ! Quant à Nyundo, il aurait dû se douter que le mnyapara finirait par le rattraper au tournant…

Le sixième jour, au milieu de la matinée, ils sortirent de la forêt. Après un moment de repos, ils se dirigèrent vers la ville de Chatu. À mesure qu'ils avançaient, le long de champs cultivés et de petites granges, ils voyaient que les habitants s'enfuyaient. Malgré leur extrême fatigue, les musiciens jouèrent leur fanfare pour annoncer l'arrivée du cortège ; les hommes marchaient en se tenant aussi droit qu'ils le pouvaient. Mohammed Abdalla se pavanait derrière les musiciens, portant beau comme d'habitude.

Ils furent accueillis par une délégation de vieillards, envoyée par le sultan ; une foule énorme et hilare les accompagnait. On conduisit les voyageurs jusqu'à une grande clairière, entourée de cases longues et basses, au toit de chaume. La résidence de Chatu était une grande maison, protégée par d'épais murs de boue séchée. « Attendez ici, leur dit-on, on va venir vous vendre de la nourriture. »

« Informe-toi si nous pouvons aller saluer le sultan, dit le marchand à Nyundo.

— Ils demandent pourquoi vous voulez le voir », dit Nyundo après avoir parlé au chef des anciens, nommé Mfipo. C'était un petit homme, aux cheveux gris et crépus, qui, en parlant, n'avait pas quitté des yeux le visage tuméfié de Nyundo. Il s'exprimait avec une dignité froide, où perçait de l'hostilité.

« Nous sommes passés près d'ici la dernière fois que nous sommes venus dans ce pays, et nous avons beaucoup entendu parler de votre sultan. Nous revenons pour lui offrir des cadeaux et faire du commerce avec lui et ses sujets », dit Oncle Aziz.

Nyundo dut se faire aider du guide pour traduire ces mots. La foule se pressait autour d'eux pour ne rien perdre de ces échanges, mais recula devant le regard courroucé de Mfipo. « Mfipo demande ce que vous lui avez apporté, il espère que ce sont de beaux cadeaux, car Chatu est un grand chef. » Nyundo transmit ce message avec un sourire furtif, laissant entendre que Mfipo avait été plus prolixe.

« Nous souhaitons lui présenter nous-mêmes nos cadeaux », dit Aziz après un silence.

Mfipo lui jeta un regard dédaigneux et grimaça un sourire. Nyundo continua à traduire : « Il dit qu'il faut que nous nous reposions avant de commencer à parler affaires. Il va nous envoyer le guérisseur. Il veut que ce soit Yusuf qui apporte les cadeaux à Chatu. Si le sultan est satisfait, il vous convoquera aussi.

— Décidément, tout le monde veut avoir Yusuf », fit le marchand en souriant.

Mfipo coupa court à l'entretien et s'éloigna. Mais après avoir fait quelques pas, il se retourna et fit signe au guide de le rejoindre. Le marchand et le mnyapara échangèrent rapidement un regard. Les habitants commencèrent à apporter des victuailles pour les vendre aux voyageurs, se mêlant à eux, posant des questions et plaisantant. On ne les comprenait que lorsque Nyundo consentait à faire l'interprète. Ils disaient : « Notre sultan est un grand chef. Si vous êtes venus pour nous faire du mal, vous le regretterez. » Les hommes répondaient qu'ils n'étaient là que pour faire du commerce. Mohammed Abdalla acheta du bois et du chaume pour construire un abri provisoire destiné aux malades et aux marchandises. Il surveilla le travail pendant que le jour baissait ; ses cris et ses gesticulations faisaient rire la foule. Puis il ordonna que tous les ballots soient empilés au centre de l'abri et placés sous bonne garde.

Lorsque le marchand eut fini ses ablutions et dit ses prières, il appela Yusuf et lui indiqua les présents qu'il devait apporter au sultan. « Si le commerce marche bien ici, notre voyage aura été fructueux », dit-il. Mohammed Abdalla était d'avis d'attendre le lendemain matin, de poster des gardes pour la nuit et de rester vigilants. Ils n'avaient que deux fusils chargés, ils feraient peut-être bien d'en charger deux de plus… Le marchand secoua la tête et insista pour que l'on porte les présents au sultan avant la nuit, de peur que celui-ci ne s'offusque de leur manque d'empressement. « Mfipo agissait peut-être pour son compte », dit-il. Yusuf voyait qu'il était soucieux. Simba Mwene, qui devait accompagner Yusuf, rassembla à la hâte les cadeaux et désigna cinq hommes pour les porter. Nyundo voulut être du nombre en tant qu'interprète ; il était ragaillardi du fait de sa nouvelle importance, mais les hommes lui disaient pour le taquiner que ses traductions étaient fantaisistes. Il tâtait souvent les écorchures sur son visage, et les caressait distraitement.

Ils pénétrèrent sans encombre dans l'enceinte de la résidence, sous le regard indifférent des habitants. Deux jeunes gens, se présentant comme les fils du sultan, vinrent à leur rencontre. Des enfants couraient dans tous les sens, absorbés par leurs jeux.

« Nous apportons des présents, dit Yusuf.

— Et les salutations du seyyid », ajouta Simba Mwene, qui voulait avoir son mot à dire.

On les escorta jusqu'à une maison agrémentée d'une terrasse, où plusieurs hommes étaient assis sur des bancs. Mfipo et les autres vieillards se trouvaient parmi eux. Un homme mince se leva et vint à leur rencontre, le sourire aux lèvres. Il leur tendit la main et leur adressa des paroles de bienvenue ; il paraissait content de les voir. Yusuf ne s'était pas attendu à un accueil si amical. Le sultan les emmena à l'écart et écouta, avec parfois l'air surpris et même dubitatif, une longue palabre de Simba Mwene, traduite par Nyundo.

« Il dit que vous l'honorez trop, dit Nyundo. Il veut savoir ce qui nous a amenés ici.

— Le commerce », dit Simba Mwene, qui invita du regard Yusuf à parler à son tour.

Chatu adressa un large sourire à Yusuf, se renversant en arrière pour mieux l'observer. Yusuf, intimidé par le regard scrutateur du sultan, resta muet. Chatu se mit à rire ; ses dents blanches brillaient dans la pénombre. « Notre marchand vous expliquera ce qu'il a à vous proposer, dit enfin Yusuf, le cœur lourd d'anxiété. Il nous a seulement envoyés pour vous saluer, et vous demander s'il peut vous visiter demain. »

Chatu, quand ces paroles lui furent traduites, eut l'air enchanté. « Il trouve que tu parles bien, dit Nyundo. J'ai changé tout ce que tu as dit pour que tu paraisses plus intelligent que tu ne l'es, inutile de me remercier... Il dit que n'importe qui peut le visiter, il n'est que le serviteur de ses sujets. Il veut savoir si tu es le serviteur du marchand, ou son fils.

— Son serviteur », répondit Yusuf, profondément humilié.

Le sultan se tourna alors vers Simba Mwene. « Si tout va bien, il verra le marchand demain, traduisit Nyundo. Le guide lui a raconté notre traversée de la forêt. Il souhaite que nos compagnons se remettent rapidement. Oh ! Écoutez maintenant ! Il dit qu'il faut veiller sur le beau jeune homme. Il faut veiller sur lui. Voulez-vous que je lui demande s'il a une fille à qui le fiancer ? Mais il le veut peut-être pour lui. Nous aurons de la chance, Simba, si nous le ramenons à la côte sans qu'on nous l'enlève ! »

Simba Mwene fit à Aziz un récit enthousiaste de leur visite. Le sultan était si amical, si raisonnable ! « Nous ferons donc de bonnes affaires, dit le marchand, j'ai entendu dire qu'ils ont beaucoup d'ivoire à vendre. » Les hommes étaient étendus par terre, épuisés. Le silence régna bientôt dans le campement ; les gardes s'installèrent pour veiller. Yusuf s'endormit aussitôt.

Il fut réveillé en pleine nuit par les hommes de Chatu, qui les attaquaient de tous côtés. Ils commencèrent par tuer les gardes, et s'emparèrent de leurs armes, puis assommèrent à coups de bâton les hommes endormis qui n'opposèrent aucune résistance tant la surprise était complète. Les voyageurs furent parqués au milieu de la clairière par des guerriers exultant de joie. Des torches allumées furent brandies au-dessus des captifs qui reçurent l'ordre de s'accroupir, les mains sur la tête, et une foule en liesse s'empara des ballots de marchandises.

Les malheureux s'adressaient des paroles d'encouragement, et, par-dessus les gémissements et les lamentations, on entendait Mohammed Abdalla leur crier d'être courageux. Quelques-uns pleuraient. Quatre d'entre eux avaient été tués et plusieurs blessés. Lorsque le jour se leva, Yusuf vit que le mnyapara était blessé, lui aussi ; son visage et ses vêtements étaient couverts de sang. Il hurlait : « Recouvrez les morts, que Dieu ait pitié d'eux ! » Quand il croisa le regard de Yusuf, il sourit. « Heureusement que notre jeune homme est encore avec nous. Cela nous aurait porté malheur de le perdre. »

Quelqu'un s'écria : « C'est lui qui nous a porté malheur jusqu'ici ! Tout a mal tourné pour nous, nous avons tout perdu !

— Ils vont nous tuer, cria un autre.

— Ayez confiance en Dieu », fit le marchand. Yusuf rampa pour se rapprocher de lui. Oncle Aziz sourit et lui tapota l'épaule : « N'aie pas peur », dit-il.

Lorsqu'il fit grand jour, les habitants vinrent observer les captifs, ils riaient et leur jetaient des pierres. Tout le matin, ils restèrent devant le groupe de ces hommes serrés les uns contre les autres, forcés de se soulager sous eux, à la grande joie des enfants et des chiens. Mfipo arriva enfin pour emmener le marchand chez Chatu. Nyundo dit en montrant le mnyapara : « Il veut aussi celui-là, et les deux qui étaient chez lui hier soir. »

Comme la veille, Chatu était assis sur sa terrasse, entouré d'une population hilare. Il se leva, le visage sévère, et fit signe à Nyundo, qui s'approcha à contrecœur. « Il dit qu'il va parler lentement pour que je comprenne tout, annonça Nyundo. Je ferai de mon mieux pour traduire, mais pardonnez-moi, frères, si je me trompe.

— Aie confiance en Dieu », dit doucement le marchand.

Chatu lui lança un regard hostile et se mit à parler. « Voici ce qu'il dit, commença Nyundo : "Nous ne vous avons pas demandé de venir. Vos intentions ne sont pas généreuses, et vous ne nous apportez que des malheurs. D'autres sont venus avant vous. Ils sont allés chez nos voisins, ils les ont capturés et emmenés avec eux. Depuis, il n'y a eu que des catastrophes ici, nos récoltes sont mauvaises, les enfants naissent boiteux et chétifs, nos animaux meurent de maladies inconnues…"

— Nous ne sommes venus que pour faire du commerce… », dit Aziz, mais Chatu ne se laissa pas interrompre.

« Il ne veut pas vous écouter, seyyid, expliqua Nyundo. Il dit : "Nous ne vous laisserons pas détruire notre monde et faire de nous vos esclaves. Quand des gens comme vous sont arrivés chez nous, ils étaient nus et affamés, et nous les avons nourris et soignés. Ils nous ont menti, trompés. Vous croyez que nous sommes des animaux, et que nous nous laisserons faire ? Toutes vos marchandises nous appartiennent parce qu'elles ont été produites sur notre terre." Voilà ce qu'il a dit.

— Ils sont donc des voleurs, dit le marchand. Traduis ça avant qu'il recommence à parler. Tout ce que nous avons apporté est à nous, et nous sommes venus pour échanger nos marchandises contre de l'ivoire et de l'or. »

La foule poussa des cris de dérision lorsqu'elle comprit ce qui avait été dit. Chatu reprit la parole, sa voix vibrait de colère et de mépris. « Il n'y a que vos vies qui vous appartiennent à présent.

— Nyundo, dis-lui que nous lui sommes reconnaissants de nous accorder ça », ironisa le marchand, mais Nyundo resta muet. Chatu montra du doigt la bourse qui pendait à la ceinture du marchand et ordonna à un de ses hommes de la lui arracher. Un murmure courut dans la foule.

Le discours haineux et menaçant reprit : « Il ne veut pas que notre sang coule sur sa terre. Mais avant que nous partions, il veut donner une leçon à un de vos serviteurs. C'est ce qu'il a dit. » Sur un signal de Chatu, le guide qui les avait accompagnés dans la forêt se détacha de la foule et vint toucher la poitrine de Mohammed Abdalla, qui fit une grimace involontaire de dégoût. Pendant que deux hommes l'immobilisaient, d'autres se mirent à le frapper sauvagement avec des bâtons. Les cris de joie poussés par les assistants couvraient les gémissements du mnyapara, qui se tordait de douleur. Les hommes ne s'arrêtèrent que lorsque leur victime s'écroula à terre et resta immobile, le corps parcouru de spasmes de souffrance.

Yusuf vit que des larmes coulaient sur le visage du marchand.

Chatu parla de nouveau. La foule, déçue, se mit à gronder, et quelques vieillards secouèrent la tête d'un air désapprobateur. Le sultan éleva la voix pour couvrir le tumulte, et se tourna vers Nyundo en montrant Aziz. « Il veut que vous emmeniez votre maudite caravane, dit Nyundo. Ses sujets ne sont pas contents, mais il ne veut plus de violence sur sa terre. Quand il voit des jeunes gens comme *lui*, il espère que nous ne sommes pas tous des chasseurs de chair humaine… et il a de la compassion pour nous. Mais il faut que nous partions avant qu'il ne change d'avis. Le jeune homme nous a enfin porté chance.

— Seul Dieu est compatissant, répliqua le marchand. Dis-lui exactement ça. Il n'a pas le pouvoir de donner et de retirer. Dis-lui ça. »

Chatu le regarda avec étonnement, et ceux qui étaient assez près se mirent à ricaner. « Il dit que vous avez une langue courageuse dans votre bouche, mais que vous devez partir, seyyid. Je crois qu'il va se mettre encore en colère.

— Pas sans nos marchandises, déclara le marchand. Si c'est nos vies qu'il veut, qu'il les prenne ! Elles ne valent rien. Où irons-nous si nous sommes incapables de faire du commerce ? Dis-lui que nous ne partirons pas sans nos biens. »

6

Aziz rapporta à ses hommes ce qui s'était passé chez le sultan : le discours haineux de Chatu, les coups de bâton qu'avait reçus Mohammed Abdalla, la confiscation de toutes les marchandises, la mise en demeure de partir et son refus d'obéir. Il proposa à ceux qui le voulaient de s'en aller. Tous lui jurèrent fidélité et déclarèrent qu'ils se soumettaient au sort que Dieu leur réservait. Simba Mwene leur révéla que c'était la présence de Yusuf qui les avait sauvés du pire, ce qui provoqua acclamations et propos orduriers. Ils étaient toujours assis par terre, comme l'exigeaient leurs gardiens, le ventre vide et sans pouvoir se protéger du soleil. Ils fabriquèrent avec leurs vêtements, des bâtons et de la ficelle, des abris pour les blessés. Les gémissements se firent plus intenses à mesure que le soleil montait à l'horizon.

Le mnyapara était revenu à lui, mais il était toujours très faible et tremblant de fièvre. Il gisait sur le sol, gémissait, murmurait des paroles incompréhensibles et ouvrait de temps en temps les yeux pour regarder autour de lui, comme s'il ne savait pas où il était. Les hommes attendaient la décision du marchand et s'interrogeaient. Ne devraient-ils pas partir avant que Chatu ne change d'avis ? S'ils restaient sur place, ils allaient mourir de faim, et le même sort les attendait s'ils se mettaient en route sans leurs marchandises.

« Tu vois comme le corps humain est fragile », dit Oncle Aziz à Yusuf – son sourire inaltérable et distant flottait de nouveau sur son visage. « Vois notre vaillant bin Abdalla, comme son corps le trahit, et se révèle absurdement fragile… Un homme plus faible ne se relèverait pas d'une telle rossée, mais lui s'en tirera. Yusuf, tu entends tous ces hommes se lamenter ? Que penses-tu qu'il faudrait faire ? Tu as peut-être eu un rêve cette nuit, que tu pourrais interpréter pour nous sauver, comme l'autre Yusuf… »

Yusuf secoua la tête, ne voulant pas dire qu'il n'entrevoyait aucun espoir pour eux.

« Dans ce cas, il vaut mieux rester ici et mourir de faim. Crois-tu que le sultan aura honte de sa cruauté ? »

Il fit signe à Simba Mwene de s'approcher. « Et toi, qu'en penses-tu ? Devons-nous partir sans nos marchandises, ou rester ici jusqu'à ce qu'on nous les rende ?

— Il faut partir et revenir faire la guerre, répondit aussitôt Simba.

— Sans armes, ni moyens d'en acheter ? objecta Aziz. À quoi cela nous avancerait ? »

Dans l'après-midi, Chatu leur envoya des bananes bien mûres, des ignames bouillies et du gibier séché, tandis que quelques villageois apportaient de l'eau pour boire et se laver. Un peu plus tard, il fit venir le marchand, qui emmena avec lui Simba, Nyundo et Yusuf. Cette fois, il n'y avait pas grand monde dans la cour et les anciens étaient assis paisiblement sur la terrasse. Ils étaient peut-être toujours là, se dit Yusuf, comme ceux qui venaient devant la boutique… Chatu leur adressa la parole sur un ton calme et mesuré. « Il dit qu'un groupe de marchands comme nous, traduisit Nyundo, penché en avant pour mieux entendre le sultan, est passé par ici il y a deux ans. Certains avaient la peau claire comme vous, *bwana tajiri*. Eux aussi ont assuré qu'ils venaient faire du commerce. Il dit qu'il leur a donné de l'or et de l'ivoire, et quelques belles peaux. Ils ont prétendu qu'ils n'avaient pas assez de marchandises pour les payer, mais ils ont promis qu'ils reviendraient, et on ne les a pas revus. Il dit que ces gens étaient nos frères, et que nos marchandises devaient servir à payer leur dette. Vous n'aurez qu'à aller les trouver pour qu'ils vous remboursent. Après avoir bien réfléchi, voici ce qu'il a décidé, bien que cela ne plaise pas à tout le monde. Il nous laissera emporter assez de marchandises pour que nous puissions sortir de son territoire. Il demande si vous avez quelque chose à dire ? »

Aziz resta silencieux un long moment. « Dis-lui que sa décision montre qu'il est un chef plein de sagesse, mais que son jugement est injuste », dit-il enfin.

Les palabres reprirent le lendemain : il fallait décider de la quantité de marchandises que la caravane serait autorisée à emporter, de la valeur de ce qui avait été confisqué, et de ce que Chatu estimait lui être dû. Les anciens donnaient leur avis, que le sultan ignorait poliment ; les hommes plus jeunes voulaient qu'on leur donne immédiatement, pour aller chasser, les trois fusils qu'ils avaient pris aux gardes, mais Chatu ne les écouta pas davantage. Les femmes vaquaient tranquillement à leurs occupations dans la cour, sans se mêler à la discussion. Nyundo se donnait du mal pour traduire les propos des uns et des autres, et tous ne l'en regardaient pas moins d'un air soupçonneux. Le marchand demanda si, tant qu'ils étaient retenus chez le sultan et en attendant que les hommes soient en état de reprendre la route, on leur permettait d'aller et venir librement, et peut-être de rendre quelques services en échange de nourriture ? Chatu accepta, à condition qu'on lui laisse Yusuf en otage. Cette nuit-là, deux des porteurs s'évadèrent pour aller chercher du secours.

Yusuf fut bien traité. Le sultan venait lui parler, mais il ne le comprenait guère. Il devinait qu'on lui posait des questions sur son pays, sur la raison de leurs voyages, et il répondait avec dignité, mais ni le sultan ni son entourage ne semblaient pas saisir ce qu'il disait. Quand Oncle Aziz revint le lendemain pour une nouvelle séance de marchandage, il interrogea Yusuf du regard.

« Tout va bien, répondit Yusuf.

— Tu t'en es bien tiré. »

Yusuf n'était pas libre de sortir de l'enceinte de la cour, ni d'approcher de la terrasse où Chatu et les anciens passaient le plus clair de leur temps. Il semblait que leur seule occupation fût de rester assis à l'ombre, le regard fixé dans le lointain. N'avaient-ils rien à faire, aucun bétail à surveiller ? Ou était-ce la présence de la caravane qui leur avait fait abandonner toute activité ? Yusuf restait assis à l'ombre, observant les femmes qui s'affairaient dans la cour. Elles se moquaient de lui, lui adressaient quolibets et sourires, qui n'étaient pas entièrement bienveillants. Elles lui envoyaient des jeunes filles avec de petits cadeaux et des propositions : « Viens me voir cet après-midi pendant que mon mari fait la sieste », « Veux-tu un massage ? » ou « Je peux te gratter où ça te démange ». Elles riaient aux éclats en le regardant et l'interpellant ; une des vieilles femmes lui envoyait des baisers et se trémoussait en passant devant lui. La jeune fille qui lui apportait sa nourriture le regardait manger sans paraître intimidée, tandis que lui détournait les yeux de sa poitrine à demi nue. Parfois, elle lui parlait d'un ton très sérieux. Elle lui montra une fois les perles de verre qu'elle portait autour du cou, les soulevant légèrement pour qu'il les admire.

« Je me demande, lui dit Yusuf, pourquoi les gens aiment tant la verroterie. Nous avons vu des gens qui échangeaient un mouton entier contre une poignée de perles. Ça n'a aucune valeur, pourtant. Qu'est-ce qu'on peut faire avec des perles ? »

« Comment t'appelles-tu ? » lui demanda-t-il une autre fois, mais elle ne le comprenait pas. Il la trouvait ravissante, avec son fin visage ovale et ses yeux rieurs. Elle restait souvent près de lui sans parler ; il se disait qu'il devrait se montrer plus viril, mais ne voulait pas avoir l'air de lui manquer de respect. Chatu en vint à le taquiner devant Oncle Aziz. « Il dit que notre jeune homme a déjà épousé une des jeunes filles, et que la dot va augmenter notre dette, traduisit Nyundo avec un sourire narquois. Tu as été vite en besogne, espèce de démon ! Il veut que tu restes avec eux et que tu donnes des fils à Bati… »

Elle se nommait donc Bati. Yusuf s'aperçut que, lorsqu'elle venait auprès de lui, on échangeait autour d'eux coups d'œil et sourires. Pendant la quatrième nuit qu'il passa dans la cour de Chatu, la jeune fille vint s'asseoir à côté de sa natte. Elle se mit à lui caresser en chantonnant le visage et les cheveux. À son tour, il la caressa, sans parler, envahi par une sensation de bien-être et de plaisir. Elle ne s'attarda pas, et le quitta brusquement. Le lendemain, il ne put s'empêcher de penser sans cesse à elle, et, quand il l'apercevait, il avait du mal à dissimuler un sourire. Les femmes, que ce manège amusait, battaient des mains et les interpellaient.

Oncle Aziz vint de nouveau rendre visite à Chatu ce jour-là, et s'arrangea pour glisser quelques mots à Yusuf : « Tiens-toi prêt. Nous partirons une de ces prochaines nuits. Nous essaierons de récupérer ce qui nous appartient et nous filerons. Ce sera dangereux. »

La nuit suivante, Bati revint s'asseoir à côté de lui. Ils se caressèrent et s'allongèrent sur le sol. Yusuf soupirait de bonheur, mais elle se releva presque aussitôt, prête à partir. « Reste ! » lui dit-il.

Elle murmura quelques mots en souriant dans l'obscurité, et posa sa main sur sa bouche car, dans sa joie, il avait élevé la voix… Quelqu'un toussota tout près, et Bati prit la fuite. Yusuf resta éveillé un long moment, revivant ces brefs instants de plaisir et impatient de revoir la jeune fille. Il était surpris de sentir son corps si attiré par le sien, et maintenant si frustré par son brusque départ. Il pensa aussi à Aziz et à Chatu, et se dit avec inquiétude qu'ils seraient mécontents de sa conduite.

Le lendemain matin, il vit Bati qui sortait de la cour avec un groupe de femmes partant aux champs. Elle se retourna pour le regarder, et ses compagnes rirent de la voir se trahir ainsi. « C'est l'amour ! s'écrièrent-elles. Quand aura lieu le mariage ? » C'est du moins ce que Yusuf crut comprendre.

7

À la fin de la matinée, une troupe conduite par un Européen entra dans la ville et se dirigea droit vers la résidence de Chatu, en face de laquelle une vaste tente fut rapidement dressée et un mât planté. L'Européen, un homme grand et chauve, avec une longue barbe, s'éventait de son chapeau à large bord. On plaça une table derrière laquelle il s'assit et il se mit aussitôt à écrire dans un registre. Son escorte se composait d'un certain nombre d'*askaris* et de porteurs, tous habillés de shorts et de chemises flottantes. Les habitants accoururent autour du campement, mais furent fermement maintenus à distance. Quand Aziz apprit l'arrivée de la colonne, il voulut aussitôt rencontrer l'Européen. Il en fut empêché par les gardes, et s'arrangea pourtant pour qu'on le vît. Lorsque l'Européen leva les yeux, il aperçut cet homme vêtu d'un vaste *kanzu* blanc et lui fit signe d'approcher. Le chef *askari*, qui parlait couramment le kiswahili, fit l'interprète. Aziz raconta rapidement son histoire, implorant qu'on l'aide à récupérer ses marchandises. L'Européen bâilla et déclara qu'il désirait d'abord se reposer.

Les hommes d'Oncle Aziz taquinaient gaiement Yusuf sur son séjour chez le sultan, mais insultaient ce dernier. « Espèce de voleur, le grand monsieur te fera manger de la merde… » Chatu de son côté fit demander au marchand s'il avait déjà vu des Européens. Était-ce vrai qu'ils pouvaient avaler du métal ? Quelle sorte de gens étaient-ce ?

« Il le verra bien assez tôt, répondit Aziz. Et l'Européen l'obligera à me restituer mes biens avant la nuit tombée. »

L'homme blanc sortit enfin de sa tente, le visage cramoisi et les traits brouillés par le sommeil. Il fit une toilette minutieuse, sans se soucier de la foule qui l'entourait. Puis il s'assit à sa table et prit son repas, apporté par son serviteur. Quand il eut fini, il appela le marchand et Chatu.

Le chef *askari* traduisit les paroles de l'Européen que Nyundo traduisit à son tour. Le sultan hocha la tête ; il regardait intensément l'homme qu'il avait devant lui, écarlate, ruisselant de sueur, du poil sortant de ses oreilles. Il confia plus tard qu'il n'avait jamais vu un spectacle aussi étrange.

« Alors, Chatu, tu t'imagines que tu es devenu un grand chef ? Et tu dépouilles les gens de leurs biens ? Tu ne crains pas la loi du gouvernement ?

— De quel gouvernement parlez-vous ? cria le sultan.

— Tu ferais mieux de baisser le ton, mon ami. Tu ne sais pas qu'il existe d'autres gueulards de ton espèce que le gouvernement a fait taire et enchaîner ? » dit l'interprète.

Nyundo traduisit d'une voix triomphante ces paroles, qui suscitèrent les acclamations de ses compagnons.

« Il est venu pour chercher des esclaves ? » demanda Chatu d'un ton furieux.

L'Européen répliqua avec irritation : « Mon gouvernement ne fait pas le commerce d'esclaves, c'est vous autres qui en achetiez, et nous sommes venus pour mettre fin à ce trafic. Rends leurs marchandises à ces gens, sinon tu t'en repentiras.

— J'avais mes raisons pour les confisquer. Un de leurs frères m'a pris de l'or et de l'ivoire sans me payer, protesta Chatu.

— Il est au courant, dit l'interprète, prenant la situation en main. Il ne veut plus en entendre parler. Rapportez tout ce qui appartient à ces gens, c'est ce que le grand chef ordonne. Sinon, vous verrez bientôt ce que son gouvernement peut faire. »

Chatu jeta un regard hésitant autour de lui puis demanda de nouveau : « C'est vrai qu'il peut avaler du métal ?

— Il peut faire ce qu'il veut. Mais, pour l'instant, si tu ne lui obéis pas, il te fera avaler de la merde. »

Les hommes d'Oncle Aziz manifestèrent bruyamment leur joie, invectivant le sultan, et l'envoyant au diable lui et tous ses sujets. On apporta bientôt ce qui restait des marchandises. L'Européen ordonna au marchand et à ses hommes de partir sur-le-champ en abandonnant les trois fusils, dont ils n'avaient plus besoin, dit-il, maintenant que le gouvernement avait ramené l'ordre dans le pays. Les fusils n'étaient bons qu'à faire la guerre. « Allez-vous-en maintenant, le grand chef a affaire avec le sultan », conclut l'interprète. Aziz aurait préféré fouiller les maisons pour retrouver ce qui lui manquait, mais il ne discuta pas. Ils firent en hâte leurs préparatifs de départ, tout à la joie de leur libération. Yusuf cherchait Bati des yeux dans la foule qui les entourait, espérant l'apercevoir une dernière fois.

Ils quittèrent le pays avant la tombée de la nuit et reprirent en sens inverse la route de Marimbo, la ville au bord du lac ; dévalèrent précipitamment les chemins escarpés, s'en remettant pour les guider à Simba Mwene, qui était le seul pour qui la première traversée de la forêt ne s'était pas transformée en cauchemar.

Les hommes chantaient une chanson qu'ils avaient inventée sur Chatu, le python avalé par un djinn européen aux oreilles poilues, mais leurs voix étaient étouffées par la végétation de la forêt. Le marchand regrettait de n'avoir pu régler lui-même ses affaires avec le sultan. « L'Européen va maintenant s'emparer de tout le pays… », dit-il.

Ils séjournèrent plusieurs semaines dans la ville de Marimbo pour reprendre des forces et faire un peu de commerce, espérant que les deux porteurs qui s'étaient enfuis de la ville de Chatu finiraient par réapparaître. Ils n'avaient rien à faire. Au début, dans la joie d'avoir échappé au sultan, ils passèrent leur temps à danser et à manger. Le soir, ils jouaient aux cartes et se racontaient des histoires, en s'efforçant de chasser les nuées de moustiques qui planaient au-dessus de leurs têtes. Certains poursuivaient les femmes dans la ville. D'autres achetaient et buvaient de la bière en cachette, et une fois saouls pleuraient, gémissaient et accusaient le sort qui les avait mis dans ce triste état. Le mnyapara se remettait de ses coups, mais gardait une plaie ouverte au mollet ; la souffrance et l'humiliation l'avaient affaibli et réduit au silence, et il ne cherchait plus à contrôler les porteurs. Simba Mwene avait pris ses distances, et s'était loué à la journée sur un bateau de pêche. Bientôt, les querelles éclatèrent, des menaces furent échangées, des lames de couteaux brillèrent. Marimbo se plaignit à Aziz de la mauvaise conduite de ses hommes, mais se calma quand on lui offrit un nouveau cadeau. Yusuf comprenait qu'une certaine lassitude s'était abattue sur Oncle Aziz ; son dos s'était voûté et il restait assis de longues heures sans parler. À le voir ainsi, il lui apparut soudain comme un petit animal privé de sa coquille, sans défense et n'osant plus bouger. Quand il lui parlait, c'était d'une voix toujours douce et amusée, mais ses propos étaient hésitants et ternes. Yusuf commença à redouter d'être condamné à rester pour toujours dans cet endroit perdu ; parfois, au coucher du soleil, il brûlait d'impatience.

« Ne serait-il pas temps de partir ? » demanda-t-il un soir à Mohammed Abdalla. Ils étaient assis côte à côte sur une natte. Le ciel était constellé d'innombrables étoiles, comme un mur de rochers scintillants sur le point de fondre sur eux. Il essayait d'éviter de regarder la plaie qui luisait sur la jambe du mnyapara.

« Parle au seyyid, dit celui-ci. Moi, il ne m'écoute plus. Je lui ai déjà dit qu'il fallait nous en aller avant de pourrir tous dans cet enfer, mais un grand poids pèse sur lui.

— Qu'est-ce que je lui dirai ? Je n'ose pas », dit Yusuf, tout en sachant qu'il s'y déciderait.

« Tu as une place particulière dans son cœur. Dis-lui qu'il faut partir. Tu n'es plus un enfant, déclara le mnyapara d'un ton brusque. Tu sais pourquoi il a de l'affection pour toi ? C'est parce que tu es calme et courageux – et que la nuit tu as des visions qui te font gémir et qu'aucun de nous n'est capable d'avoir. Il pense peut-être que tu es béni. »

Yusuf sourit : il savait que « béni » voulait dire « fou » en termes polis. Mohammed Abdalla sourit à son tour, content que Yusuf l'ait compris. Il mit la main sur sa cuisse et la pressa légèrement. « Comme tu as grandi pendant ce voyage », dit-il en détournant son regard. Yusuf vit qu'il avait une érection sous son vêtement ; il se leva aussitôt et s'éloigna. Il entendit le mnyapara rire tout bas et s'éclaircir la gorge.

Le lendemain, il attendit le milieu de la matinée, quand les soucis ne s'étaient pas encore trop appesantis sur eux. « Oncle Aziz, est-ce que le temps n'est pas venu pour nous de partir ? » dit-il, assis à quelques pas du marchand et en s'inclinant respectueusement. « D'abord, il n'est pas mon oncle », pensa-t-il. C'était la première fois qu'il s'adressait ainsi au marchand depuis le début de sa servitude, mais les circonstances étaient exceptionnelles.

« Oui, il y a longtemps que nous aurions dû partir, fut la réponse. Étais-tu inquiet ? J'ai vu que tu m'observais. C'est une sorte de lassitude qui m'a retenu ici. De l'indolence ou du découragement… Je sais que ces chiens de porteurs se conduisent mal, il est peut-être temps de quitter cet endroit. Nous allons appeler le mnyapara et Simba, mais, d'abord, assieds-toi près de moi et dis-moi un peu ce que tu en penses. »

Ils restèrent silencieux quelques minutes. Yusuf sentait que sa vie se dévidait entre ses doigts, sans qu'il oppose de résistance. Il se leva, s'éloigna et resta à l'écart un long moment ; il se reprochait de n'avoir pas assez gardé le souvenir de ses parents. S'ils étaient encore en vie, pensaient-ils toujours à lui ? Il savait qu'il préférait ne pas le savoir. D'autres souvenirs, d'autres images de sa servitude l'envahirent, qui témoignaient de son apathie. Les événements avaient décidé de sa vie ; il avait gardé la tête hors de l'eau, les yeux fixés sur l'horizon le plus proche, préférant ignorer plutôt que savoir ce qui l'attendait. Il ne voyait rien qui pût le libérer de sa condition d'esclave.

« D'abord, il n'est pas ton oncle »... Il pensa à Khalil, et ne put s'empêcher de sourire malgré ses idées noires. S'il ne perdait pas courage, voilà ce qu'il deviendrait : un autre Khalil, nerveux et combatif, encerclé de tous les côtés et dépendant ; échoué au milieu de nulle part. Il se souvint de ses continuelles plaisanteries avec les clients, de son exubérance qui, il le savait, dissimulaient des blessures profondes. Comme Kalasinga, comme eux tous, immobilisés dans quelque endroit nauséabond, éperdus de nostalgie et consolés par des visions de leur intégrité perdue.

8

Le marchand décida que le seul moyen de faire quelques profits était d'emprunter une autre route qui traversait des régions plus peuplées. Ils resteraient longtemps en chemin car il y avait de nombreux malades parmi eux, mais plus rien ne les pressait. Ils avaient perdu depuis le départ près d'un quart des hommes et la moitié des marchandises, distribuées en tributs ou dérobées par Chatu. Ils avancèrent vers le sud, en contournant l'extrémité sud du lac. Une fois de plus, le mnyapara prit la direction du convoi, mais son énergie l'avait abandonné. Aziz et lui-même s'en remettaient plus qu'auparavant à Simba Mwene. Les régions qu'ils traversèrent étaient ouvertes au commerce, mais ce qu'ils offraient n'y avaient pas grande valeur, et les productions locales n'étaient pas aussi intéressantes que l'ivoire. Parfois, ils purent acheter des cornes de rhinocéros, mais durent se contenter souvent de peaux d'animaux et de gomme. Ils faisaient des détours, s'écartaient de leur chemin pour commercer dans les villages et les campements. Tout ce qui avait émerveillé et terrifié Yusuf à l'aller n'était plus qu'un cauchemar. Ils étaient dévorés par les insectes, écorchés par les épines des buissons. Un soir, ils furent attaqués par une troupe de babouins, qui s'enfuirent avec ce qu'ils purent emporter. À chaque halte, ils construisaient une palissade car, privés de leurs fusils, ils craignaient l'attaque plus dangereuse encore des bêtes qui rôdaient autour d'eux la nuit. Partout où ils passaient, on parlait des Allemands, qui avaient interdit le prélèvement de tributs ; ils avaient même, paraît-il, pendu des hommes pour des raisons incompréhensibles. Simba Mwene avait soin d'éviter les postes allemands qu'on leur signalait.

Le voyage de retour dura cinq mois ; ils avaient avancé avec lenteur, obligés parfois de travailler pour les cultivateurs afin d'obtenir de quoi manger. Dans la ville de Mkalikali, au nord d'une grande rivière, ils durent s'arrêter huit jours, le temps de construire une clôture pour le bétail du sultan. C'était le prix que celui-ci avait exigé en échange de victuailles pour la route.

« C'est la fin de votre commerce de caravane, avait-il déclaré. À cause des Mdachi (Allemands). Ils sont implacables ; ils disent qu'ils ne veulent plus de vous dans ce pays, car ils vous accusent de chercher à nous réduire en esclavage. Nous, des esclaves ! C'est nous qui en vendions aux marchands de la côte ! Nous les connaissons, ces Allemands, nous n'avons pas peur d'eux !

— Ce sont les Européens et les Indiens qui vont s'emparer à présent de tout le commerce », soupira Aziz.

À Kigongo, ils durent travailler dans les champs pour les habitants avant de pouvoir leur vendre des pioches. Le marchand tomba alors malade. Mais, au bout de trois jours, il décida de repartir, refusant qu'on le porte. Il ne supportait pas, dit-il, de rester au milieu de voleurs, qui exigeaient tant d'eux et dont on obtenait si peu en retour. Il était si faible que la caravane devait s'arrêter fréquemment ; Yusuf marchait à côté de lui pour le soutenir quand ses forces étaient défaillantes. Lorsqu'ils arrivèrent à Mpweli, ils savaient qu'ils n'étaient plus loin de la côte. Ils s'y reposèrent plusieurs jours, et Oncle Aziz y retrouva un vieil ami, qui tenait un magasin. Celui-ci écouta, les larmes aux yeux, le récit de toutes leurs épreuves. « Avez-vous gagné assez pour pouvoir rembourser l'Indien ? » demanda-t-il. Oncle Aziz haussa les épaules d'un air accablé.

Après Mpweli, ils se hâtèrent de gagner la côte, et y parvinrent en six jours. La joie des hommes était tempérée par la lassitude et un sentiment d'échec. Leurs vêtements n'étaient plus que haillons, et la faim leur avait donné une expression farouche et tragique. Ils bivouaquèrent près d'un étang pour s'y laver tant bien que mal. Le marchand dirigea les prières, implorant Dieu de leur pardonner toutes les fautes qu'ils avaient pu commettre. Le lendemain matin, ils entrèrent dans la ville, précédés d'un des deux cornistes, qui avait tenu à jouer malgré tout. Sa mélodie nasillarde, qui se voulait entraînante, avait des accents stridents et funèbres.

Le bosquet du désir

1

Plus tard, Yusuf n'eut qu'un souvenir vague de ce retour. Pendant les jours qui suivirent, la maison et la clairière furent envahies par une foule bruyante. Les porteurs et les gardes étaient là, attendant d'être payés ; ils racontaient comment ils avaient survécu héroïquement, et maudissaient leur malchance. Un village de tentes se dressait à côté de la maison d'Oncle Aziz, visité jour et nuit par les curieux et les marchands ambulants qui vendaient des victuailles et du café. Des baraques branlantes avaient surgi au bord de la route, d'où sortaient des effluves de viande grillée et de poisson frit, et qui attiraient beaucoup de monde. Les bandes de corbeaux, perchés dans les arbres du voisinage, guettaient leur butin d'un œil avide. Des ordures s'amoncelaient autour du campement, et des rigoles de boue gluante s'en écoulaient.

Le marchand recevait un flot de visiteurs sur la terrasse, devant le magasin. Les vieillards, qui y étaient habituellement installés, voulurent bien s'écarter un peu, mais tenaient à ne rien perdre de ce retour dramatique. Les yeux pleins de sollicitude, ils passaient, tout en buvant du café, de longues heures avec Aziz à l'écouter raconter son voyage avec des exclamations et des petits cris de compassion. Parfois, l'un d'eux prenait des notes sur un calepin, ou allait faire un tour du côté des réserves. Mohammed Abdalla y était installé ; il se remettait lentement de sa fatigue et de sa fièvre, mais souffrait encore des coups qu'il avait reçus chez Chatu. Un pan de tissu suspendu au-dessus de sa porte ouverte ondulait faiblement au moindre souffle de vent. Les visiteurs s'arrêtaient pour le saluer.

« Ils viennent sucer le seyyid à la moelle », disait Khalil à Yusuf.

Il commençait à grisonner et Yusuf lui trouvait le visage encore plus anguleux qu'auparavant. Il avait accueilli leur retour avec des manifestations débordantes de joie, sautillé autour de Yusuf en lui donnant de grandes tapes dans le dos. « Il est rentré ! criait-il à ses clients. Mon petit frère est rentré ! Regardez comme il a grandi ! » Les jours suivants, il attira Yusuf dans la boutique, insistant pour qu'il travaille pour de bon, cette fois. Oncle Aziz souriait avec indulgence, et Yusuf comprenait que c'était aussi son souhait. Il aimait l'avoir à portée de voix, l'appelait pour qu'il rende de petits services à ses hôtes, et le récompensait par de légers signes d'approbation. Khalil parlait sans cesse à Yusuf, s'arrêtant de servir les clients pour leur faire admirer le voyageur. « Regardez-moi ces muscles. Qui aurait pensé que le pauvre petit *kifa urongo* deviendrait aussi costaud ? Je ne sais pas ce qu'on lui a donné à manger, là-bas derrière les montagnes, mais il est bien à point à présent pour une de vos filles. » La nuit, alors que le campement bourdonnait de chuchotements, de rires et de chants, ils s'installaient tous les deux dans un coin de la terrasse, et Khalil disait : « Bon, maintenant, raconte-moi le voyage. Je veux tout savoir. »

Yusuf avait l'impression de s'éveiller d'un mauvais rêve. Il disait à son compagnon que, pendant l'expédition, il s'était senti comme un petit animal sans coquille, sans défense, misérable et grotesque, avançant péniblement dans la pierraille et les épines. La terreur qu'il éprouvait, ce n'était pas de la peur ; c'était comme s'il n'avait plus d'existence réelle, comme s'il vivait dans un rêve, à la limite de l'anéantissement. Et il avait vu des choses qu'il n'aurait jamais pu imaginer.

« Sur la montagne, la lumière est verte. Elle ne ressemble à aucune autre. Et l'air est pur, on dirait qu'il a été lavé. Le matin, quand les rayons du soleil frappent le sommet enneigé, on a une impression d'éternité. À la fin de l'après-midi, près de l'eau, le son des voix monte vers le ciel. Un soir, nous nous sommes arrêtés près d'une cascade. Je n'ai jamais rien vu d'aussi beau. On entendait Dieu respirer. Mais un homme est venu et a voulu nous chasser. Nuit et jour, tout bruissait, palpitait, bourdonnait... Une fois, près d'un lac, j'ai vu deux vautours perchés tranquillement sur un acacia. Ils se sont mis brusquement à crier très fort, le cou renversé en arrière et le bec ouvert vers le ciel ; ils battaient des ailes, leur corps était tout raide. Au bout d'un instant, j'ai entendu un petit cri de l'autre côté du lac, une plume blanche s'est détachée du mâle et, dans le grand silence, elle a lentement flotté jusque sur la terre. »

Khalil écoutait sans parler. Quand Yusuf s'interrompait, pensant que son compagnon s'était endormi, il lançait une question pour qu'il continue son récit. Parfois, Yusuf restait muet au souvenir de l'immense plaine rougeâtre, grouillante d'hommes et d'animaux, et des falaises qui s'élevaient au-dessus du lac, comme des murailles de feu.

« Comme les portes du Paradis », dit-il.

Khalil eut un petit grognement incrédule. « Et qui vit dans ce paradis ? dit-il. Des sauvages et des voleurs qui dévalisent d'innocents marchands, qui livrent leurs propres frères en échange de pacotille, qui sont sans Dieu, sans religion, sans la moindre compassion. Comme les bêtes sauvages qui les entourent. » Yusuf savait que c'était ainsi que les hommes s'encourageaient mutuellement à raconter l'histoire de Chatu, mais il se tut. Quand il songeait à leur séjour chez le sultan, il pensait à Bati, à son souffle tiède sur son cou. Comme Khalil se moquerait de lui s'il l'apprenait…

« Et ce démon de Mohammed Abdalla ? Le sultan lui a donné une bonne leçon, hein ? Tu y étais ! Mais avant ça… qu'est-ce qu'il a fait ? demanda Khalil. Après chaque voyage, les gens reviennent avec d'horribles histoires. Tu connais sa réputation…

— Il m'a traité avec bienveillance », dit Yusuf au bout d'un instant. Il revoyait le mnyapara danser à la lumière du feu, éclatant d'orgueil et d'arrogance, et s'efforçant de dissimuler la douleur qu'il avait à l'épaule.

« Tu ne devrais pas être aussi confiant, rétorqua Khalil d'un ton irrité. C'est un type dangereux. À propos, as-tu vu des hommes-loups ? Non ? C'est peut-être qu'ils restent au fin fond de la forêt ; je sais qu'il y en a dans cette région. Et as-tu vu des drôles d'animaux ?

— Je n'ai pas vu d'hommes-loups, dit Yusuf. Ils se cachaient peut-être, par peur des drôles d'animaux qui se promènent sur leur terre… »

Khalil se mit à rire. « Alors tu ne crains plus les hommes-loups ? Tu es un homme à présent, il faut que nous te trouvions une épouse. Ajuza t'attend toujours, elle reniflera ta quéquette dès qu'elle te verra. Tu lui as beaucoup manqué. »

Ma Ajuza écarquilla les yeux d'étonnement quand elle vit Yusuf dans la boutique. Elle resta un long moment immobile et sans voix, puis elle eut un lent sourire de plaisir. Yusuf vit qu'elle se déplaçait péniblement, que ses traits étaient empreints de lassitude. « Ah ! Mon époux est de retour ! s'écria-t-elle. Dieu soit loué ! Et comme il est beau ! Il faudra que je surveille les jeunes filles maintenant. » Mais elle plaisantait sans conviction, d'une voix où perçaient la confusion et le respect, comme si elle craignait de lui déplaire.

« C'est toi qui es belle, Ma Ajuza, répliqua Khalil. Et pas ce freluquet qui ne voit pas l'amour véritable qu'il a sous le nez. Pourquoi tu ne m'as pas choisi ? Je t'aurais donné plein de tabac à priser. Comment vas-tu aujourd'hui ? Et comment va la famille ?

— Comme d'habitude. Nous remercions Dieu pour le sort qu'il nous a accordé, geignit-elle. Que nous soyons pauvres ou riches, faibles ou forts, nous disons merci, *alhamdullilah*. S'Il ne sait pas ce qu'il nous faut, qui le saurait ? Mais tais-toi maintenant, laisse-moi parler à mon époux. J'espère que tu ne t'es pas amusé avec d'autres femmes quand tu étais loin d'ici ! Quand viendras-tu habiter chez moi ? J'ai un festin qui t'attend.

— Ne le provoque pas, Ma Ajuza, plaisanta Khalil. C'est un homme-loup à présent. S'il va dans ta maison, c'est pour te dévorer. »

Ma Ajuza poussa un petit hululement, qui le fit se trémousser de joie. Yusuf remarqua qu'il la servait généreusement, et qu'il lui faisait même cadeau d'un petit cône de sucre. « Je te verrai ce soir ? demanda Khalil, j'ai besoin d'un massage.

— Tu commences par me voler, et puis tu veux te mêler de mes affaires, cria Ma Ajuza. Laisse-moi tranquille !

— Tu vois, elle t'aime encore », dit Khalil en se tournant vers Yusuf, et le tapant sur l'épaule pour l'encourager.

2

La porte du jardin restait fermée à cause des nombreux étrangers aux alentours ; seuls Khalil et Oncle Aziz la franchissaient, ainsi que le vieux jardinier Mzi Hamdani. Yusuf apercevait par-dessus le mur la cime des plus grands arbres et, à l'aube, entendait le chant des oiseaux. Il rêvait de se promener à nouveau dans le bosquet du désir. Le matin, il voyait Mzi Hamdani traverser la clairière, sans paraître remarquer les tentes et les tas d'ordures, et se diriger droit vers la porte. L'après-midi, il s'en allait tout aussi discrètement. Ce n'est qu'au bout de plusieurs jours que Yusuf eut le courage de se placer à un endroit où le vieux jardinier ne pouvait manquer de le voir, mais celui-ci passa son chemin comme si de rien n'était. Il en fut peiné tout d'abord, puis, avec un demi-sourire, se retira.

Un à un, les hommes installés sur la clairière commencèrent à s'en aller. Oncle Aziz négociait encore avec ses créanciers, mais les porteurs s'impatientaient et devenaient gênants. Ils se présentèrent devant lui avec leur contrat en présence de Mohammed Abdalla et de Simba Mwene. Oncle Aziz les paya en partie. Il inscrivait dans son registre les sommes qu'il leur donnait, et leur remettait un papier indiquant la somme qu'il leur devait encore. Il leur expliquait qu'ils ne recevraient pas la part convenue des bénéfices ; lui-même devrait sans doute emprunter pour rembourser ses créanciers. Les hommes n'en croyaient rien, mais ne le lui disaient pas en face : les marchands de son importance avaient la réputation d'escroquer les porteurs qu'ils emmenaient en expédition. Ils se contentaient de maugréer et de quémander un petit supplément. Nyundo demanda qu'on tînt compte de ses précieux services en tant qu'interprète, ce que lui accorda le marchand. Après que les hommes eurent signé sur le registre, le papier qu'ils avaient reçu était marqué d'un signe par Mohammed Abdalla et Simba Mwene qui ne savaient pas écrire. Certains rechignaient à prendre la reconnaissance de dette, mais, finalement, ils durent tous se résigner à accepter ce qu'on leur offrait. On envoya aux familles des porteurs décédés pendant le voyage la somme que ceux-ci auraient reçue ; Oncle Aziz leur expédia aussi des métrages de cotonnade blanche pour les linceuls, quoique les corps des disparus eussent été enterrés à des centaines de kilomètres de là, et il y ajoutait une offrande personnelle : « Pour les prières des funérailles », disait-il à ceux à qui l'argent était confié.

Il n'envoya rien aux parents des hommes qui s'étaient enfuis de la ville de Chatu, et qu'on n'avait pas revus. Parce que, dit-il, s'ils revenaient, il y aurait d'interminables contestations. Sans doute, tôt ou tard, un parent se présenterait pour réclamer une compensation et l'accuserait de tricher, mais c'était un moindre mal.

Avec les porteurs disparurent également les camelots et les échoppes ; il n'y eut plus que les corbeaux, qui picoraient dans les ordures. En partant, les hommes disaient à Mohammed Abdalla : « Ne nous oubliez pas pour votre prochaine expédition ! » Mais ils voyaient bien que le mnyapara était fatigué et malade. « N'avons-nous pas bien travaillé pour vous ? – bien que Dieu n'ait pas béni notre voyage… Alors, ne nous oubliez pas !

— De quelle expédition parlez-vous ? Il n'y en aura plus jamais », ricanait le mnyapara, l'air hautain et malveillant. « Les Européens ont tout pris. »

Mohammed Abdalla et Simba Mwene furent les derniers à être payés. Ils reçurent leur part avec des murmures reconnaissants, regardant à peine ce qu'on leur donnait. Ils restèrent poliment assis sur la terrasse, auprès du marchand, ne sachant s'il avait encore besoin d'eux et n'osant partir trop rapidement de peur de l'offenser. Lorsqu'ils se levèrent enfin, le marchand tendit la main pour retenir Simba Mwene. Mohammed Abdalla resta un instant parfaitement immobile, les yeux fixés au sol, puis s'éloigna lentement.

Lorsqu'il vit que le mnyapara était éconduit, Khalil donna un coup de coude à Yusuf. Son visage rayonnait, il triomphait comme si cette disgrâce était son fait. « Nous sommes débarrassés de ce chien répugnant ! Qu'il retourne dans son pays sauvage pour torturer ses animaux… Va-t'en d'ici, chien ! »

Yusuf fut surpris par le ton haineux et passionné de Khalil, et lui jeta un regard interrogateur, mais son compagnon s'était détourné et mis à ranger les boîtes de riz et de haricots sur le comptoir. Il pinçait les lèvres et clignait des yeux comme s'il faisait de grands efforts pour se contrôler. Son visage était tendu, ses veines saillaient, il paraissait très vulnérable. Il jeta un regard anxieux à Yusuf et esquissa un sourire, puis, en attendant les clients, il commença à chanter en tapant doucement dans ses mains.

Dans l'après-midi, Mohammed Abdalla vint s'asseoir sur la terrasse, ses bagages à côté de lui. Il guettait le réveil du marchand qui faisait la sieste. Yusuf était seul derrière le comptoir ; Khalil était allé s'allonger dans l'arrière-boutique. Le mnyapara fit signe à Yusuf de venir près de lui. « Que vas-tu devenir ? » interrogea-t-il d'un ton brusque. Yusuf resta muet, ne sachant où Mohammed Abdalla voulait en venir. Au bout d'un moment, celui-ci secoua la tête et reprit : « Ces cauchemars ! Ces gémissements dans la nuit comme ceux d'un enfant malade ! Que voyais-tu dans ton sommeil qui était pire que les épreuves que nous subissions ? Malgré ta beauté, tu t'es bien conduit ; tu as tout supporté, les yeux grands ouverts, tu as toujours fait ce qu'on te demandait. Un autre voyage, et tu devenais solide comme du métal. Mais il n'y en aura plus, les chiens allemands sont partout. Ils auront notre peau. Nous serons comme la merde qu'ils vont nous faire manger. Tous les malheurs tomberont sur nous et sur ceux de notre race. Et ces païens de sauvages pourront nous mépriser. Tu verras… »

Yusuf gardait les yeux fixés sur Mohammed Abdalla, mais il sentait que Khalil était derrière eux. « Le seyyid, continua le mnyapara, c'est un champion, malgré notre voyage raté. Tu aurais dû le voir la dernière fois que nous sommes allés à Manyema… Il n'hésite pas à prendre des risques, il n'a peur de rien. De rien ! Il a de la sagacité, parce qu'il voit le monde tel qu'il est, cruel et mauvais, tu le sais. Prends exemple sur lui, sois vigilant… et ne les laisse pas faire de toi un boutiquier, comme ce gros imbécile chez qui tu as habité, cet Hamid aux grosses fesses et au magasin vide ! Il se vante d'être *muungwana*, homme d'honneur, ce petit bonhomme qui se pavane comme ses pigeons blancs…, mais ce n'est qu'un abruti. Il ne lui restera plus beaucoup d'honneur quand le seyyid aura réglé ses affaires avec lui. Ni à cette petite femme ici. Ah, celle-là… En tout cas, ne deviens pas comme lui… » Et Mohammed Abdalla pointa sa canne vers le comptoir où se tenait Khalil, à qui il jeta un regard fulgurant, comme s'il le mettait au défi de protester. Yusuf se leva, voyant que Mohammed Abdalla avait fini son discours. « Sois vigilant », lui recommanda ce dernier avec un rictus.

3

Oncle Aziz se rendit en ville afin de discuter avec ses créanciers et prendre des dispositions pour les rembourser.

Il avait emmené Simba Mwene qui, bien que n'ayant pas pris part aux discussions, avait, dit-il, compris la situation. À son retour, il raconta à Khalil et à Yusuf ce qu'il avait appris des affaires du marchand. Les pertes étaient considérables. « Aziz est trop malin pour prendre tout à son compte, l'Indien a perdu beaucoup d'argent, lui aussi, mais il n'a pas le choix, il faut qu'il tire le seyyid d'embarras. Nous allons prendre le train et aller dans un endroit où notre seyyid a des marchandises de valeur. Nous irons seuls, tous les deux, dit-il d'un air avantageux, en souriant à Yusuf.

— Où ça ? demanda celui-ci. Dans la boutique de Hamid ? Et quelle sorte de marchandise ?

— Il n'en sait rien, dit Khalil. Il se donne des grands airs, c'est tout. Il a pris l'habitude de faire le malin devant les porteurs ignares et les sauvages, et il pense qu'il peut nous épater. Tu crois que le seyyid lui confierait quelque chose de valeur ?

— Je pense que tu sais où c'est, Yusuf. Et aussi quelles sont les précieuses marchandises que le seyyid a entreposées chez Hamid… Si tu ne le sais pas, tu ferais mieux de ne pas être trop curieux », observa Simba Mwene d'un air narquois, affectant de s'adresser uniquement à Yusuf.

« Mais quelles marchandises ? » répéta celui-ci, feignant l'étonnement : il voulait encourager Simba Mwene à parler. « Il n'y avait que des sacs de maïs séché.

— Peut-être existe-t-il une cave secrète où un djinn a déposé de l'or et des bijoux pour le seyyid, dit Khalil. Et maintenant, notre grande gueule de Simba va aller chercher le trésor et remettre d'aplomb les affaires du seyyid. C'est lui qui a la baguette et les mots magiques pour ouvrir les lourdes portes de bronze… »

Simba se mit à rire. « Tu te rappelles l'histoire que Nyundo nous a racontée pendant le voyage ? Celle du djinn qui a enlevé une belle princesse la nuit de ses noces… Il l'emmène dans un souterrain sous la forêt, qu'il remplit d'or, de bijoux, de nourritures succulentes, d'objets luxueux. Tous les dix jours, le djinn visite la princesse et passe la nuit avec elle, puis repart à ses occupations de djinn. La princesse vit là pendant des années, jusqu'au jour où un bûcheron butte contre la poignée de la trappe qui mène au souterrain. La porte s'ouvre, il descend l'escalier, il trouve la princesse, et en tombe tout de suite amoureux. La princesse s'éprend de lui et lui raconte son histoire. Elle lui montre le beau vase qu'elle n'a qu'à frotter pour que le djinn accoure aussitôt. Au bout de quatre jours et quatre nuits, le bûcheron essaie de la persuader de s'enfuir avec lui, mais elle lui dit en riant qu'elle ne peut pas échapper au djinn, et qu'il saurait la trouver où qu'elle aille. Le bûcheron est si amoureux que, de dépit, il lance le vase à toute volée contre le mur. En un clin d'œil, le djinn apparaît, une épée dégainée à la main. Le bûcheron réussit à s'échapper, mais il est si pressé qu'il abandonne ses sandales et sa hache. Le djinn comprend alors que la princesse a reçu un homme, et d'un seul coup lui coupe la tête.

— Et le bûcheron, demanda Khalil avec intérêt. Qu'est-ce qui lui est arrivé ?

— Le djinn n'a eu aucun mal à le trouver ; il va à la ville voisine et montre les chaussures à des gens, qui le conduisent jusqu'à sa maison. Et savez-vous ce qu'il fait ?

Il emmène le bûcheron au sommet d'une haute montagne et il le transforme en singe, conclut Simba avec satisfaction. Et pourquoi il ne pouvait pas visiter la princesse pendant les neuf jours où le djinn était absent ? Tu peux me le dire ?

— Parce que c'était sa destinée, dit Khalil sans hésiter.

— Alors Oncle Aziz a une cave secrète chez Hamid ? » demanda Yusuf. Il décela une expression de surprise chez Khalil. (*D'abord, il n'est pas ton oncle*... il n'arrivait pas à dire « le seyyid ».) « Et quelles sont ces précieuses marchandises ?

— Des *vipusa*, des cornes de rhinocéros, chuchota Simba Mwene. Mais si tu en dis un seul mot, nous aurons tous des ennuis. Les Allemands ont interdit ce commerce pour s'en réserver tout le profit, c'est pourquoi les prix sont si élevés. Nous n'allons pas les rapporter ici, je suis chargé de les transporter jusqu'à la frontière pour les livrer à un Indien, près de Mombasa. Notre *bwana* a d'autres choses à faire, c'est moi qui vais m'occuper de ça. »

Simba avait débité ce discours avec l'air important d'un détenteur de secrets. Il les regarda l'un et l'autre pour juger de l'effet. Khalil paraissait profondément impressionné, mais Yusuf savait qu'il se moquait de Simba. « Le seyyid a choisi un homme courageux, un vrai lion ! dit-il.

— La route est dangereuse, reconnut Simba en souriant, sans saisir l'ironie. Surtout le long de la frontière. D'autant plus qu'on parle de guerre entre les Anglais et les Allemands.

— Pourquoi les *vipusa* ont tant de valeur ? demanda Yusuf. À quoi elles servent ? »

Simba Mwene réfléchit un moment. « Je ne sais pas, dit-il enfin, à faire des médicaments peut-être. Si l'Indien les achète, ce qu'on en fait, ça m'est égal. »

Quand Simba fut retourné chez lui, dans la réserve qu'il occupait depuis le départ de Mohammed Abdalla, Khalil réfléchit à haute voix. « Le seyyid va aller trouver tous les gens qui lui doivent de l'argent, il a plus d'un tour dans son sac. Même quand ses affaires paraissent aller mal, il voyage ici ou là, et tout va bien de nouveau. Il ira peut-être même chez ton Ba. Ils s'arrangeront ensemble et tu ne seras plus *rehani*. Ton père paiera ses dettes, le seyyid paiera les siennes, et tu seras libre. Que feras-tu alors ? Tu retourneras vivre dans la montagne comme l'ermite de Zanzibar ? Je n'y crois pas beaucoup ; je pense plutôt que ton Ba est complètement ruiné, comme le mien, qui était incapable de payer ses dettes dans ce monde et dans l'autre. Le seyyid ne lui demandera rien, à ton père. Il t'aime bien. Regarde Simba et ses grands airs ! Le seyyid lui confie une mission dangereuse, parce que ça lui serait égal qu'il lui arrive quelque chose… autrement c'est toi qu'il aurait envoyé.

— Ou toi », dit Yusuf, par loyauté envers son ami.

Khalil sourit et secoua la tête. « Et la Maîtresse, comment tu lui parlerais puisque tu ne sais pas l'arabe ? Tu t'imagines que je te laisserais le magasin pour que tu nous ruines ? Si le seyyid ne paie pas ses dettes, ce sera peut-être son unique ressource. Il te trouvera autre chose à faire, il t'aime bien. Mais il n'est pas ton oncle », ajouta-t-il en levant la main sur Yusuf. Celui-ci esquiva le coup.

La veille de son départ, Oncle Aziz les invita tous les trois à souper avec lui. À l'heure fixée, juste après la prière du coucher du soleil, Khalil introduisit Yusuf et Simba Mwene dans le jardin. L'air y était parfumé, le calme et le silence régnaient, troublés seulement par le bruit des eaux murmurantes, douce musique qui enchantait les sens. À l'extrémité du jardin, des lampes suspendues à des poteaux illuminaient la terrasse, faisant émerger la maison de l'obscurité tel un pavillon d'or. Les reflets transformaient les canaux en chemins d'acier mat. Des senteurs d'ambre et de bois de santal montaient des tapis étendus sur le sol.

Ils s'étaient à peine assis que le marchand apparut, vêtu d'une fine mousseline flottante et coiffé d'un calot brodé d'or. Ils se levèrent pour le saluer, mais il leur fit signe de se rasseoir et prit place à leurs côtés. Yusuf vit qu'il était de nouveau le seyyid, l'homme qui l'avait enlevé à ses parents, qui avait parcouru les terres arides jusqu'aux lacs sans se départir de son équanimité souriante. Même au pire moment, lorsqu'ils étaient prisonniers de Chatu, une assurance courtoise et inébranlable émanait de lui et rayonnait sur eux tous. Pendant le voyage de retour et depuis leur arrivée, les soucis avaient dissipé cette assurance, et l'avaient rendu plus vulnérable face aux récriminations des hommes qui l'accompagnaient. Mais, à présent, il était de nouveau impassible et calme, un sourire amusé et bienveillant ne le quittait presque jamais.

Il se mit à évoquer leur expédition avec insouciance, comme s'il n'y avait pas participé, comme s'il ne faisait que répéter le récit d'un autre. Il invitait parfois Simba Mwene, du regard ou d'un geste, à confirmer certains détails, et hochait la tête d'un air approbateur lorsque ce dernier lui rafraîchissait la mémoire. Yusuf devinait que Simba Mwene savait où le marchand voulait en venir, mais à son rire satisfait, aux modulations de sa voix, on voyait que les flatteries du seyyid lui montaient à la tête. Bientôt, il n'eut pas besoin de beaucoup d'encouragement pour se lancer dans une histoire après l'autre, comme s'ils se trouvaient de nouveau assis autour d'un feu au cœur de la jungle.

La porte de la cour s'entrebâilla ; Khalil se leva aussitôt comme s'il s'agissait d'un signal. Il revint avec un plat de riz, puis, après plusieurs allées et venues apparurent des plats de poisson, de viande, de légumes, du pain et une grande corbeille de fruits. La conversation s'interrompit et ils attendirent poliment, tandis que Khalil allait et venait. Yusuf avait du mal à se retenir de regarder le riz luisant de *ghee* et parsemé de raisins secs et d'amandes. Dans le silence, il reconnut la voix qu'il avait entendue quand il était dans le jardin, et ce souvenir lui réchauffa le cœur. Enfin, Khalil arriva avec un pot en cuivre et une bassine, une serviette sur l'avant-bras. Il leur versa de l'eau sur les mains. Simba Mwene se rinça la bouche et recracha bruyamment dans le jardin. *Bismilla*, dit Oncle Aziz, qui les invita à manger.

Simba Mwene, s'enhardissant peu à peu, devint encore plus bavard et familier. D'après lui, c'était le mnyapara qui était responsable de l'échec de l'expédition. « S'il n'avait pas battu notre guide dans la forêt, Chatu n'aurait pas été aussi hostile envers nous, déclara-t-il d'une voix âpre. Il traitait les hommes comme des domestiques et des esclaves. On ne peut plus supporter ça maintenant. Chatu nous a pris sans doute pour des trafiquants d'esclaves. Vous n'auriez pas dû le laisser faire, *bwana*. Ah ! c'était un homme dur, sans une once de compassion. Mais Chatu était encore plus dur, je crois. »

Oncle Aziz hochait la tête sans mot dire. Simba continua à discourir ; sa voix couvrait le doux bruissement des buissons et des arbres et résonnait dans tout le jardin. Le marchand posait sur lui un regard sévère, et Yusuf voyait qu'il se demandait s'il allait lui confier les *vipusa* entreposées chez Hamid. Finalement, il dit quelques mots en arabe à Khalil, qui commença à rapporter dans la maison les plats auxquels on avait fait honneur, après les avoir inclinés une dernière fois devant les convives.

Le soir, Khalil, avec un gloussement de joie, chuchota dans l'oreille de Yusuf : « Tu as vu le regard du seyyid quand ce gueulard a craché dans le jardin ? Ou quand il a parlé de tout ce qui est allé de travers pendant l'expédition ? » Ils étaient couchés sur leurs nattes, devant la boutique. « Il sait qu'il ne peut pas lui faire confiance, mais il n'a pas le choix. Il a tellement de problèmes, ton oncle ! Et ce Simba Mwene qui aboie comme une hyène aveugle…

— Ce n'est pas un imbécile, dit Yusuf. Il y a eu des moments pendant le voyage où il était le seul à garder son sang-froid.

— Son sang-froid, s'esclaffa Khalil, comme tu parles bien ! C'est d'avoir fréquenté des gens distingués dans tes voyages ! Tu finiras peut-être comme *hakim*[1]… Ce n'est pas un imbécile, mais alors pourquoi il se conduit comme ça ? À moins qu'il prépare un mauvais coup, et qu'il veuille en avertir le seyyid. Autrefois, le seyyid et Mohammed Abdalla l'auraient roulé dans une feuille d'épinard et mangé tout cru. Mais, maintenant, Mohammed Abdalla est fichu, et je crois que, parce que

1. Médecin.

tu es là, le seyyid sent qu'il se conduit mal. Tu le regardes tout le temps. En tout cas, tant qu'il ne saura pas que ses cornes de rhinocéros sont en sûreté, il ne dormira pas tranquille.

— Qu'est-ce que tu veux dire ? dit Yusuf avec irritation. Pourquoi je ne devrais pas le regarder ? Je te regarde bien, toi.

— Tu regardes tout le monde, dit doucement Khalil, on sait bien que tes pauvres yeux sont ouverts, et que rien ne leur échappe. Si moi je le vois, un type malin comme le seyyid le voit encore mieux. Eh, petit frère, il sent que tes yeux pénètrent en lui… Comme quand tu voyais des hommes-loups dans les chiens galeux qui te terrifiaient… Tu as entendu ce que cette brute disait de ce démon de Mohammed Abdalla ? C'est bien fini, ces jours de malheur ! Quel gueulard ! Tu as vu tout ce qu'il a engouffré ? »

Le lendemain matin, Khalil baisa respectueusement la main d'Oncle Aziz, et écouta ses dernières recommandations avant son départ, en hochant la tête. Le marchand demanda à Yusuf de l'accompagner à la gare, puis il fit signe à Simba Mwene de se mettre en route. Ils le suivirent à quelques pas en arrière.

« Nous causerons à mon retour, dit Oncle Aziz à Yusuf. Tu es devenu un jeune homme, il faut te trouver quelque chose d'intéressant à faire. Tu es chez toi ici, avec moi. Tu le sais.

— Merci », dit Yusuf, qui essayait de réprimer le frémissement qu'il sentait monter en lui.

« Je crois que Hamid a raison, il est peut-être temps de te trouver une épouse, reprit Oncle Aziz en le scrutant avec un sourire bienveillant. J'ouvrirai les yeux pendant le voyage, et je te dirai tout ce que j'aurai appris sur les beautés dont on m'aura parlé. N'aie pas l'air si effrayé ! » conclut-il. Et il donna sa main à baiser.

4

Dès que l'occasion se présenta, Khalil et Yusuf se rendirent en ville. Khalil voulait retourner dans tous les endroits où ils allaient autrefois. Il confia à Yusuf qu'il n'était jamais sorti de la boutique pendant toute son absence – et, pourtant, tous les vendredis, il pensait à leurs petites escapades. « Où serais-je allé tout seul ? je ne connais personne… » À la mosquée, Yusuf ne put s'empêcher de faire parade de sa connaissance du Coran, et avoua un peu plus tard à Khalil combien il avait eu honte quand on avait découvert qu'il ne savait pas lire. « Ça t'aidera toujours de connaître le Livre, dit Khalil. Même si tu es perdu au fond d'une forêt, et même si tu ne comprends pas les mots. » Yusuf lui parla de Kalasinga et de son projet de traduire le Coran, afin que les Waswahili comprennent à quel point le Dieu qu'ils adoraient était cruel. Khalil s'indigna d'apprendre que Yusuf avait pu écouter tranquillement un infidèle débiter un tel blasphème. « Qu'est-ce que j'aurais dû faire ? demanda ce dernier. Le lapider à mort ? » Ils retournèrent dans la rue où ils avaient vu la procession du mariage indien, et entendu le chanteur. Ils s'amusaient comme des enfants, se jetaient à la figure des fruits pourris, traversaient la foule en courant. Il faisait presque nuit lorsqu'ils arrivèrent au rivage ; la mer scintillait d'un éclat argenté et l'écume des vagues leur mouillait les pieds. Ils s'arrêtèrent dans un café sur le chemin du retour et se commandèrent du mouton, des haricots et des quantités de pain, qu'ils arrosèrent de thé sucré. Jamais, se dirent-ils, ils n'avaient fait un repas aussi délicieux.

Quant à Mzi Hamdani, Yusuf attendait une occasion pour l'aborder. Le vieux jardinier ne paraissait pas plus âgé qu'avant, mais il marchait avec précaution et était encore plus sauvage. Un jour où il faisait très chaud, Yusuf le vit porter ses seaux d'eau avec difficulté, et s'élança pour l'aider. Mzi Hamdani fut trop surpris pour protester et, après tous les voyages qu'il avait faits dans la chaleur entre le robinet et le jardin, content peut-être de prendre un peu de repos. Quand Yusuf, devant le succès de son stratagème, lui adressa un sourire humblement triomphant, le vieux jardinier ne détourna pas les yeux. Désormais, chaque matin, Yusuf remplissait ses deux seaux d'eau et les déposait contre le mur intérieur du jardin. Il vit combien la végétation s'était développée. Les jeunes orangers avaient grandi et prospéré, les grenadiers et les palmiers poussaient vigoureusement comme s'ils devaient être là pour l'éternité. Le merisier était une boule de fleurs blanches. Mais Yusuf constata aussi que de grandes orties et des touffes d'épinards sauvages avaient envahi le gazon, et que les lavandes étaient étouffées par un enchevêtrement de lis et d'iris. Les bords du bassin où s'écoulaient les canaux étaient couverts d'algues, et les canaux eux-mêmes étaient pleins de vase. Il n'y avait plus de miroirs sur les arbres.

Il allait dans le jardin de bon matin, souvent avant l'arrivée de Mzi Hamdani ; il arrachait les mauvaises herbes, éclaircissait les lis, curait les canaux. Le vieux jardinier s'habitua à sa présence, et ne l'approchait que pour le reprendre avec irritation lorsqu'il avait fait une erreur. Yusuf remarqua qu'il consacrait plus de temps à ses prières qu'auparavant. Sa mélopée s'était faite lugubre et plaintive, et sa voix s'attardait de longs moments sur une note douloureuse, au lieu de monter et de retomber avec la solennité extatique de ses *qasidas* d'autrefois.

Khalil l'appelait quand il avait besoin de lui, ou quand Ma Ajuza venait au magasin ; autrement, il tolérait avec amusement l'amour de Yusuf pour le jardin, se contentant de s'en moquer avec les clients. Mais il devenait nerveux quand Yusuf s'y attardait à la fin de l'après-midi, et il venait le chercher. « Je me crève pour que tu aies le ventre plein, et toi, espèce de Mswahili ignare, tu t'amuses toute la journée ! Viens balayer la cour et donne-moi un coup de main pour soulever les sacs. Les vieux veulent tout savoir sur votre voyage, et les clients souhaitent te saluer. "Où est ton petit frère", ils me demandent. Je leur dis : "Mon petit frère, ce grand bêta, joue dans le jardin ! Il se prend pour le neveu d'un riche marchand et aime se prélasser sous les orangers pour rêver du Paradis !" » Yusuf pensait que, lorsque venait le soir, la Maîtresse désirait se promener, et que sa présence l'en empêchait.

Il était occupé, un jour, à élargir l'écoulement des quatre canaux lorsqu'il tomba sur ce qu'il prit d'abord pour un caillou. Il le ramassa et vit que c'était une petite bourse en cuir, éraflée mais intacte, un *hirizi*, un porte-amulette, qui contenait sûrement une prière porte-bonheur. À un endroit, la couture était déchirée et, par la fente, il aperçut un minuscule médaillon en métal. Avec une brindille, il ôta la poussière qui l'obstruait et put distinguer un motif gravé dessus. Les histoires sur le pouvoir magique des amulettes et sur les djinns qui accouraient quand on les frotte lui revinrent en mémoire. Au moment où il essayait de mettre un doigt dans la fente, il entendit une voix, et vit que la porte qui s'ouvrait sur la cour intérieure était entrebâillée. Malgré la pénombre, une silhouette était visible. La voix se fit entendre de nouveau, et cette fois il pensa que c'était la Maîtresse. Un rayon de lumière apparut, la porte s'ouvrit, puis se referma sur la forme indistincte qu'il avait entrevue.

Lorsque, le soir, Khalil alla chercher leur repas dans la maison, il y resta plus longtemps que de coutume. Yusuf se figura que c'était parce que la Maîtresse se plaignait qu'il soit resté trop tard dans le jardin. Eh bien, elle n'avait qu'à lui dire à quelle heure il devait s'en aller, voilà tout ! Il était irrité à l'idée qu'on puisse l'accuser de manquer de respect et de souiller l'honneur de la Maîtresse par des regards coupables. Quels interdits Khalil allait-il lui signifier ? Serait-il banni du jardin ? Pendant ce temps, il enfonçait peu à peu son doigt dans l'amulette, et sentait le contact froid du médaillon ; il se demanda s'il était temps d'appeler le djinn pour le sauver des malheurs qui l'attendaient – il se le représentait comme une sorte de Chatu, et cette idée le réconfortait, car elle lui rappelait la cour où il avait passé plusieurs jours de captivité, et le souffle tiède de la jeune fille sur son cou.

Lorsque Khalil revint, il avait l'air sombre. Il plaça entre eux les assiettes pleines de riz et d'épinards et se mit à manger en silence. Puis il rinça son assiette et rentra pour compter la recette du jour et regarnir les étagères. Quand il eut fini de manger, Yusuf lava aussi son assiette et le rejoignit. Il paraissait si soucieux et désorienté que Yusuf ne lui dit pas ce qu'il avait sur le cœur : qu'y avait-il sous roche ?

Il était déjà couché sur sa natte, dans l'obscurité, lorsque Khalil revint sur la terrasse et s'allongea non loin de lui. Au bout d'un long silence, il dit à voix basse : « La Maîtresse est devenue folle.

— Parce que je suis resté trop longtemps dans le jardin ? » demanda Yusuf, d'un ton où perçait son irritation.

Khalil se mit à rire. « Le jardin ! Tu ne penses à rien d'autre ! Toi aussi, tu deviens fou. Tu devrais utiliser autrement ton énergie, poursuivre les femmes, ou devenir un saint homme… Tu veux finir comme Mzi Hamdani ? Pourquoi tu ne cours pas les jupons ? C'est une agréable occupation… Tu es assez beau pour qu'elles te tombent toutes dans les bras. Et si tu n'as pas de succès, il y a toujours Ma Ajuza…

— Arrête ! répliqua Yusuf d'un ton sec. Ma Ajuza est une vieille femme, et elle mérite plus de respect…

— Vieille ! Qu'est-ce que tu dis ! J'ai pris du plaisir avec elle, et elle n'est pas vieille, je t'en réponds, dit Khalil. Tu trouves ça dégoûtant ? Moi, je ne suis pas dégoûté, ni honteux. Je suis allé chez elle parce que j'en avais besoin, et elle me paie avec son corps. Elle aussi a des besoins, nous n'avons pas le choix. Que voulais-tu que je fasse ? Que j'attende qu'une princesse entre acheter du savon et tombe amoureuse de moi ? Ou que je me fasse enlever par une belle *jinneyeh*, qui me garderait prisonnier pour satisfaire ses désirs… »

Yusuf garda le silence. Khalil soupira : « Mais toi, garde-toi pur pour ta princesse. » Il ajouta : « Écoute, la Maîtresse veut te voir.

— Oh non ! s'écria Yusuf, excédé. Elle exagère. Dis-lui que je ne mettrai plus les pieds dans le jardin.

— Décidément, ce jardin t'obsède, dit Khalil avec mauvaise humeur. Ça n'a rien à voir, ce n'est pas du tout ce que tu crois.

— Je ne la comprendrai pas », dit Yusuf au bout d'un moment.

Khalil éclata de rire : « Non, bien sûr. Mais elle ne veut pas te parler, elle veut simplement te regarder. Je t'ai dit qu'elle t'observait quand tu étais dans le jardin. Elle veut te voir de plus près. Demain.

— Mais pourquoi ? » demanda Yusuf, troublé par ce que Khalil venait dire, et aussi parce qu'il y avait dans la voix de son ami de l'angoisse, une sorte de fatalisme devant un malheur inéluctable. Il avait envie de crier : « Que se passe-t-il en réalité ? Je ne suis plus un enfant. Qu'est-ce vous manigancez contre moi ? »

Khalil bâilla plusieurs fois et soupira : « C'est une longue histoire, tu sais, et je suis très fatigué. Demain, c'est vendredi. Je te la raconterai quand nous irons en ville. »

5

« Écoute », dit Khalil. Ils étaient allés assister aux prières à la Grande Mosquée, ils avaient déambulé dans le marché sans parler, et étaient assis à présent sur le mur qui longeait le rivage. « Tu as été très patient. Je ne sais pas ce qu'on t'a dit, ni ce que tu as pu comprendre. Tu n'es plus un enfant, il est temps de te mettre au courant, il y a trop de mystères autour de nous… Le seyyid a épousé la Maîtresse il y a à peu près douze ans. Il n'était avant qu'un petit marchand qui faisait la navette entre ici et Zanzibar ; il vendait là-bas des tissus, des outils, du tabac, du poisson séché, et il revenait avec du bétail et du bois. La Maîtresse était une veuve très riche. Son mari possédait plusieurs *dhows*, qui cabotaient le long de la côte, et il transportait des cargaisons de toute sorte : du grain et du riz de Pemba, des esclaves du Sud, des épices et du sésame de Zanzibar. Elle n'était plus jeune, mais sa fortune attirait de nombreux prétendants. Pendant près d'un an, elle les a tous repoussés, ce qui a fait jaser. Tu sais, quand les femmes rejettent des demandes en mariage, on se demande ce qui cloche chez elles. Les gens disaient qu'elle était malade, ou que son deuil l'avait détraquée. Pour d'autres, elle était stérile, et préférait les femmes aux hommes. Les entremetteuses, qui lui apportaient des offres de mariage, trouvaient qu'elle était trop laide pour faire la difficile.

« Un jour, elle a entendu parler du seyyid, qui était beaucoup plus jeune qu'elle, mais on en disait grand bien. Et c'est lui qu'elle a choisi, plutôt que des prétendants plus importants. On a fait parvenir au seyyid des messages discrets pour l'encourager à faire sa demande, ils ont échangé des cadeaux, et, quelques semaines après, ils étaient mariés. Le seyyid a pris l'affaire en main et l'a fait prospérer. Puis il a vendu tous les *dhows*, et il est devenu alors le marchand que nous connaissons, qui fait du commerce jusque très loin à l'intérieur du pays.

« Mon Ba tenait une petite boutique dans un village sur la côte, au sud de Bagamoyo. Je te l'ai déjà dit. Il y avait aussi ma mère, mes deux frères aînés et ma sœur. Nous étions pauvres, et mes frères allaient quelquefois travailler sur les bateaux. Et, un jour, j'ai vu le seyyid – il était peut-être déjà venu chez nous, mais j'étais trop jeune pour m'en souvenir. Mon Ba lui parlait comme jamais je ne l'avais vu parler à personne. On ne m'a rien expliqué, je n'étais qu'un gamin, mais j'ai entendu Ma qui disait qu'il était le fils d'un diable, d'un iblis, d'un afrite, ou pire… un chien, un fils de chien, qu'il faisait de la magie… Quand le seyyid est revenu au bout de quelques mois, il a passé deux jours chez nous. Il m'avait apporté un calot brodé de fleurs de jasmin et de croissants de lune. Je l'ai encore. Mais je savais alors que mon Ba lui devait de l'argent ; il avait emprunté pour que mon frère aîné, associé à des amis, puisse acheter un bateau de pêche à Mikokoni, mais il s'est brisé contre un récif. Et la boutique rapportait trop peu pour rembourser le seyyid. Au bout de deux jours, le seyyid est reparti. J'ai vu mon père lui baiser plusieurs fois la main en lui disant adieu, et le seyyid est venu me donner une pièce de monnaie. Je suppose qu'il avait accordé un délai à mon père, qui est devenu peu à peu sombre et emporté. Il nous criait après, et passait des heures sur son tapis de prière. Un jour, il s'est mis à frapper mon frère aîné avec une bûche ; personne ne pouvait l'arrêter, il hurlait et pleurait à la fois. Il battait son fils en pleurant de honte.

« Et puis ce démon de Mohammed Abdalla est venu nous chercher ma sœur et moi, et nous a amenés ici. Nous devions être *rehani* jusqu'à ce que mon Ba ait payé ses dettes. Mais il est mort très vite, mon pauvre Ba, et Ma et mes frères sont retournés en Arabie. Ils sont partis et nous ont abandonnés ici. »

Khalil resta un instant sans parler, à regarder la mer. Yusuf avait les yeux irrités par la brise salée. Khalil hocha la tête plusieurs fois et continua :

« Il y a neuf ans que je suis chez le seyyid. Quand nous sommes arrivés, il y avait un garçon dans la boutique, d'à peu près mon âge, qui m'a montré ce qu'il fallait faire. Il s'appelait Mohammed. Le soir, à la fermeture, il fumait plusieurs bâtonnets de haschisch, et allait chez les femmes. Ma sœur devait servir la Maîtresse, elle n'avait que sept ans, et elle en avait peur. » Khalil eut un rire bref, et se tapa la cuisse. « *Mashaallah !* elle pleurait tant qu'on était obligé de m'appeler pour lui parler et la calmer ! Alors, j'allais dormir dans la cour de la maison. Quand il pleuvait, je couchais dans la resserre. La Maîtresse était déjà folle à ce moment-là. Elle avait une grande marque sur la figure, de la joue gauche jusqu'au cou ; elle avait beau se couvrir avec un châle quand je l'approchais, je le savais, ma sœur me l'avait dit. Et aussi qu'elle se regardait souvent dans un miroir en pleurant. Quand j'étais couché dans la cour, elle venait m'observer, mais je faisais semblant de dormir. Elle tournait autour de moi en disant des prières, en suppliant Dieu qu'il la soulage de ses souffrances. Quand le seyyid était à la maison, elle était plus calme, mais elle se retournait contre Amina et moi. Elle nous faisait sans cesse des reproches, elle nous injuriait grossièrement. Quand le seyyid était reparti en voyage, elle redevenait folle et errait toute la nuit. Et puis, tu es venu », dit Khalil, avec un sourire ironique et saisissant Yusuf par le menton pour lui secouer la tête.

« Qu'est devenu Mohammed ? demanda ce dernier.

— Il est parti. Un jour, le seyyid a levé la main sur lui parce qu'il s'était trompé dans ses comptes. Alors il est parti. C'était peut-être un parent. Il ne me parlait jamais d'autre chose que des affaires du magasin. Le seyyid s'est absenté plusieurs jours, et il est revenu avec toi, pauvre petit Mswahili tiré de sa brousse ! Ton Ba était aussi idiot que le mien… Je pense qu'il voulait former quelqu'un pour me remplacer au cas où je ne voudrais plus travailler pour lui. Tu es donc venu et tu es devenu mon petit frère », dit Khalil, qui voulut de nouveau attraper le menton de Yusuf, mais, cette fois, celui-ci ne se laissa pas faire.

« Continue, dit Yusuf.

— La Maîtresse ne veut pas être vue, elle ne sort jamais. Elle ne reçoit que ses parentes. Elle m'a ordonné de mettre des miroirs dans les arbres pour pouvoir regarder le jardin sans sortir. C'est comme ça qu'elle t'a remarqué. Chaque fois que tu allais y travailler, elle t'observait dans ses miroirs. Elle est devenue encore plus folle qu'avant à cause de toi. Elle disait que c'était Dieu qui t'avait envoyé pour la guérir. »

Yusuf était partagé entre l'effroi et l'envie de rire.

« Mais qu'est-ce que je pourrais faire ? demanda-t-il.

— D'abord, elle disait que, si tu récitais des prières au-dessus d'elle, ça la soulagerait. Et puis elle voulait que tu viennes cracher sur elle, parce que d'après elle la salive de ceux qui plaisent à Dieu a des pouvoirs magiques. Elle t'a vu un jour une rose à la main, et elle était sûre que si tu tenais son visage de la même manière, ton contact la guérirait. J'ai essayé à ce moment-là de t'empêcher d'aller dans le jardin, mais tu n'avais que ça en tête. Quand le seyyid est revenu de voyage, elle lui a tout raconté : que ce beau jeune homme la touche seulement, et son cœur blessé serait guéri. C'est alors que le seyyid t'a emmené avec lui et t'a laissé dans la montagne. Tu ne te doutais de rien ? Amina me racontait que, lorsque tu étais dans le jardin, la Maîtresse restait appuyée contre le mur, elle t'appelait et t'implorait d'avoir pitié d'elle. Tu n'entendais rien ?

— J'entendais une voix, dit Yusuf. Je croyais qu'on me grondait, qu'on me disait de partir. Parfois, elle chantait.

— Elle ne chante jamais, s'étonna Khalil. Je ne l'ai jamais entendue chanter.

— Je l'ai peut-être imaginé. Souvent, la nuit, il me semble entendre de la musique venant du jardin. Un des marchands qui s'arrêtaient chez Hamid parlait d'un jardin à Hérat, si magnifique que tous ceux qui le visitent entendent une musique qui transporte l'âme. C'est peut-être ça qui m'a mis cette idée dans la tête.

— L'air de la montagne t'a fait perdre la raison, s'écria Khalil, exaspéré. Comme si tes rêves n'étaient pas suffisants, voilà que tu entends aussi de la musique ! Pauvre de moi, j'ai deux fous sur les bras ! Le seyyid était inquiet à l'idée de te laisser ici avec elle, mais il ne voulait pas t'emmener. Il est peut-être allé voir ton Ba, et il ne souhaitait pas de scènes embarrassantes. Ou que tu découvres qu'il peut être un égorgeur, en réalité. Pas encore en tout cas. Et, maintenant, la Maîtresse veut te voir, sacré coquin. Elle ne peut plus te reluquer dans le jardin depuis que le seyyid m'a fait ôter tous les miroirs après ton départ, mais elle t'entend.

— Hier, la porte était entrouverte et elle me regardait », dit Yusuf.

Khalil fronça les sourcils. « Je ne crois pas, elle n'en a pas parlé, mais elle t'a vu pendant le repas que nous avons pris avec le seyyid. Maintenant, elle a une autre idée folle en tête, très risquée pour toi. Écoute-moi, elle dit que tu es un homme à présent, et que, pour la guérir, il faudrait que tu prennes son cœur dans tes mains. Tu comprends ? Je ne peux pas t'expliquer ce que ça veut dire, mais j'espère que tu comprends où elle veut en venir. Ou bien tu es trop jeune, trop pur… »

Yusuf fit signe qu'il comprenait. Khalil reprit : « Elle demande à te voir. Elle ordonne, elle supplie, elle exige que je t'amène chez elle. Sinon, elle menace de sortir de la maison et de venir te chercher. Il faut essayer de la calmer d'ici le retour du seyyid, il saura comment s'y prendre avec elle. Je lui ai promis de t'amener aujourd'hui. Tu resteras aussi loin d'elle que possible, et tu ne la toucheras sous aucun prétexte. Tu ne me quitteras pas, et, si elle s'approche, tu te mettras derrière moi. Je ne sais pas ce que fera le seyyid à son retour, mais s'il découvre que tu as touché ou déshonoré la Maîtresse, ta vie sera difficile, il ne pourra pas faire autrement.

— Je ne peux pas refuser d'y aller ? commença Yusuf.

— Non, parce qu'elle est capable de tout, dit Khalil d'un ton angoissé. Et j'ai peur pour ma sœur. Mais je resterai tout le temps avec toi.

— Pourquoi tu ne m'as jamais parlé de tout ça ?

— Il valait mieux que tu ne saches rien, dit Khalil. Et puis il est évident que tu étais innocent.

— Hier, c'est ta sœur qui était à la porte, dit Yusuf après un moment de réflexion. Je croyais que c'était une petite fille, mais je réalise maintenant que c'est sans doute elle que j'ai vue…

— C'est une femme mariée », dit Khalil, d'un ton bref.

Yusuf sentit son cœur battre à grands coups. « Oncle Aziz ? » demanda-t-il au bout d'un instant.

Khalil eut un petit rire. « Tu ne renonceras donc jamais à l'appeler "Oncle" ? Oui, ton Oncle Aziz l'a épousée l'année dernière. De sorte qu'il est mon frère, et que nous formons tous une heureuse famille dans un jardin de paradis. Elle est le remboursement de la dette de mon Ba. Quand il l'a prise, il a remis la dette.

— Alors, tu es libre de partir, dit Yusuf.

— Où ça ? Je n'ai nulle part où aller, répliqua Khalil. Et ma sœur est ici. »

6

Yusuf s'était attendu à affronter une femme échevelée, hystérique, qui s'élancerait vers lui avec d'incompréhensibles exigences. Mais la Maîtresse les reçut avec dignité, dans une grande pièce, dont les fenêtres donnaient sur une cour intérieure. Le sol était couvert d'épais tapis, il y avait de grands coussins brodés disposés le long des murs blanchis à la chaux, décorés de textes du Coran et d'une gravure de la Kaaba. Elle était assise toute droite contre le mur en face de la porte. Un plateau de laque, placé à côté d'elle, supportait un brûle-parfum et un flacon d'eau de rose. Des parfums aromatiques embaumaient l'air. Khalil la salua et s'assit à quelque distance ; Yusuf prit place à côté de lui.

Le visage de la Maîtresse était en partie recouvert d'un châle noir, mais Yusuf vit que sa peau avait la couleur du cuivre mat, et que ses yeux, fixés sur eux, étincelaient. Khalil et elle échangèrent quelques paroles. Sa voix était sonore, avec des modulations harmonieuses, son ton plein d'assurance et d'autorité. Tout en parlant, elle écarta légèrement son châle, ce qui fit apparaître le fin modelé de son visage. Elle donnait une impression de vivacité et de détermination à laquelle Yusuf ne s'attendait pas. Elle interrompit Khalil et le regarda, mais Yusuf se hâta de détourner les yeux.

« Elle demande si tu vas bien, dit Khalil en se tournant vers lui, et te souhaite la bienvenue. »

La Maîtresse parla de nouveau. « Elle espère que tes parents vont bien, que Dieu continuera à les garder en bonne santé, et que tes plans se réaliseront… et ainsi de suite. Elle dit aussi : Que Dieu te donne de nombreux enfants. »

Yusuf leva la tête et, cette fois, ne put éviter son regard, qui était intense et scrutateur, mais il baissa les yeux dès qu'elle se remit à parler, d'une voix qui se voulait enjôleuse.

« Nous y voilà, petit frère, dit Khalil, avec un soupir. Elle dit qu'elle t'a vu travailler dans le jardin, et qu'elle a compris que tu avais un don de Dieu. Tout ce que tu touches fleurit. Elle pense que Dieu t'a donné l'apparence d'un ange et t'a envoyé ici pour faire le bien. Elle dit que ce n'est pas un blasphème, mais que ce qui serait mal, ce serait de ne pas faire le bien pour lequel tu as été envoyé. Voilà à peu près ses paroles. Elle en a dit beaucoup plus, bien sûr. »

Yusuf garda la tête baissée et entendit de nouveau la Maîtresse. Le nom de Dieu fut invoqué plusieurs fois. Sa voix prit une intonation suppliante, puis peu à peu retrouva son timbre habituel.

« Elle a répété plusieurs fois qu'elle est accablée d'un mal cruel, mais qu'elle ne veut pas se plaindre. Les remèdes et les prières nc l'ont pas soulagée, parce que ceux qui l'ont soignée n'étaient pas bénis de Dieu. Elle demande si tu veux bien la guérir. Elle te récompensera dans ce monde et priera pour que tu sois aussi récompensé dans l'autre. Ne dis pas un mot ! »

Soudain, la Maîtresse enleva son châle. Ses cheveux étaient tirés en arrière, découvrant son visage beau et régulier, mais une tache violette en couvrait tout le côté gauche, ce qui lui donnait un aspect asymétrique et farouche. Elle regarda calmement Yusuf, attendant de lui une réaction horrifiée. Il ne ressentit aucune horreur, mais une grande tristesse à l'idée de ce que la Maîtresse espérait de lui. Au bout d'un instant, elle se couvrit de nouveau et prononça quelques mots à voix basse.

« Elle dit que c'est son… » Khalil ne trouvait pas le mot.

« Son malheur », dit une voix derrière eux. Yusuf se retourna ; il avait déjà eu l'impression qu'il y avait quelqu'un dans son dos. Il vit une jeune femme, vêtue d'une longue robe brune, brodée de fils d'argent. Son châle était rejeté en arrière et découvrait son visage et un peu de sa chevelure. C'est Amina, se dit-il, et il ne put s'empêcher de lui sourire. Il était frappé de son peu de ressemblance avec Khalil ; ses traits étaient plus doux, sa peau était plus sombre, et brillait à la lumière de la lampe. Il souriait encore sans s'en rendre compte lorsqu'il se retourna vers la Maîtresse ; celle-ci s'était dissimulée encore davantage sous son châle, on ne voyait plus que ses yeux attentifs. Khalil lui adressa quelques mots, qu'il traduisit ensuite à Yusuf. « Je lui ai dit que son malheur te fait de la peine, mais que tu ne t'y connais pas en maladies, et qu'il t'est impossible de l'aider. Veux-tu ajouter quelque chose ? »

Yusuf secoua la tête.

La Maîtresse prononça quelques paroles véhémentes pendant plusieurs minutes. Puis Khalil dit à Yusuf : « Elle dit que ce ne sont pas des connaissances médicales qui peuvent la guérir, mais le don que tu possèdes. Elle demande que tu dises une prière, et… et que tu la touches, mais ne le fais surtout pas ! Dis une prière si tu en connais une, mais ne t'approche pas. Elle veut que tu touches son cœur pour soigner la blessure qui s'y cache. Dis juste une prière, et nous partirons. Fais semblant de réciter, si tu n'en connais pas. »

Yusuf, se sentant ridicule, baissa la tête et commença à marmotter des bribes de prières que l'imam de la mosquée lui avait apprises. Puis il dit *Amin* ; la Maîtresse, Khalil et Amina répétèrent *Amin* après lui à voix haute, et les deux jeunes gens se levèrent. Avant leur départ, la Maîtresse ordonna à Amina d'asperger leurs mains d'eau de rose et d'agiter devant eux le brûle-parfum. Yusuf oublia de baisser les yeux devant Amina, et surprit chez celle-ci un regard plein de curiosité.

7

Le lendemain, ils furent de nouveau convoqués, mais Khalil se rendit seul dans la maison. Il en revint, le visage sombre et résigné, après une discussion qui avait duré une heure au moins. « Le seyyid me tuera ! J'ai promis que tu iras demain dire une prière.

— Bien sûr, j'irai vite dire une prière et nous filerons juste après, dit Yusuf. On ne peut pas abandonner cette pauvre femme s'il y a une chance de la guérir. Je dirai la plus efficace que j'aie apprise de l'imam.

— Ne dis pas de bêtises, gronda Khalil. Il n'y a pas de quoi rire. Si tu ne fais pas attention, il t'en cuira bientôt d'avoir rigolé !

— Tu refuserais à la Maîtresse le don que Dieu lui envoie ! dit gaiement Yusuf.

— Ça ne me plaît pas que tu prennes tout ça à la légère. La situation peut devenir grave, surtout pour toi. J'ai peur de ce qu'elle a en tête.

— Qu'est-ce que tu veux dire ? demanda Yusuf, qui souriait toujours, mais que l'inquiétude de Khalil troublait un peu.

— Qui sait ce qu'elle mijote, cette folle ? Je crains le pire. Parce qu'elle semble se moquer des conséquences de ce qu'elle fait. Et puis cette façon de chanter tes louanges ! Tu es un ange de Dieu… Elle est cinglée, et toi tu n'es pas un ange. Tu n'as aucun don. Et tu ferais bien d'être sur tes gardes ! »

Le lendemain, lorsqu'ils se présentèrent devant la Maîtresse, celle-ci était souriante. En cette fin d'après-midi, la cour intérieure palpitait doucement sous la chaleur. Dans la pièce où elle les reçut, le soleil filtrait à travers les fins rideaux, et la fumée de l'encens montait de la cassolette. Renversée à demi sur les coussins et le regard toujours aussi attentif, elle paraissait moins agitée que la première fois.

Amina était assise à la même place et sourit quand Yusuf regarda dans sa direction. Puis le jeune homme baissa la tête, les paumes tournées vers le ciel, avant de commencer la prière ; un profond silence régnait dans la chambre. Le chant des oiseaux et le murmure de l'eau courante lui parvenaient assourdis. Réprimant un sourire, il commença à marmotter. On fit chorus à son *Amin*, et, lorsqu'il leva les yeux vers la Maîtresse, il vit que son regard brillait de satisfaction.

« Elle dit qu'elle ressent déjà du bien de ta première prière », dit Khalil, les sourcils froncés. La Maîtresse avait parlé plus longuement et la traduction de Khalil était si brève qu'elle lança à Amina un regard interrogateur. Khalil reprit à contrecœur : « Elle veut que tu reviennes et que nous mangions tous les deux dans la maison, plutôt que dehors comme des chiens ou des vagabonds. À mon avis, c'est risqué. Dis-lui que c'est impossible, sinon… sinon ton don disparaîtra.

— Dis-le-lui toi-même, dit Yusuf.

— Je l'ai déjà fait, mais elle veut entendre ta voix, et que je traduise après. Dis n'importe quoi en faisant non de la tête. »

Yusuf balbutia quelques mots, en sentant qu'Amina souriait dans son dos – c'est du moins ce qu'il espérait. Khalil lui lança un regard furieux.

Jour après jour, ils retournèrent chez la Maîtresse. Quand ils travaillaient ensemble dans la boutique, ils n'en parlaient pas, mais, après les séances de prière, Khalil n'en finissait pas de se tourmenter et de se lamenter, malgré les efforts de Yusuf qui se moquait de lui et s'efforçait de le calmer. Khalil l'accusait de se complaire dans les flatteries de cette femme, et de ne pas se rendre compte des dangers qu'il courait. « Le seyyid dira que c'est ma faute, gémissait-il. Tu ne comprends donc pas de quoi il peut être capable ? »

Au bout de quelques jours, Yusuf décida d'aller de nouveau travailler dans le jardin, contre l'avis de Khalil. Celui-ci lui fit mauvais visage. « Pourquoi y vas-tu ? demanda-t-il. Tu pourrais planter ton propre jardin devant la maison. »

« Elle dit qu'elle t'a entendu travailler dans le jardin aujourd'hui, traduisit-il au cours de la visite suivante, et que tu devrais le faire plus souvent. Elle répète tout le temps que tu as un don. » Il hésita un instant, comme s'il cherchait le mot juste. « Si tu te plais dans le jardin... c'est...

— Une joie pour elle », dit Amina. Celle-ci ne parlait que lorsque Khalil cherchait ses mots, mais Yusuf était toujours conscient de sa présence derrière lui.

« Et elle aime t'entendre chanter, reprit Khalil, en secouant la tête. Je crois rêver d'avoir à traduire des choses pareilles... Ne souris pas, tu crois que c'est drôle ? Elle dit que ta voix apaise tant son cœur que c'est sûrement Dieu qui t'a appris à chanter et envoyé ici comme son ange guérisseur. »

Le désarroi de Khalil fit sourire Yusuf. Il s'aperçut que la Maîtresse souriait aussi, et que son visage en était transfiguré. Soudain, elle lui fit signe d'approcher avec tant de naturel qu'il ne put que se lever et faire quelques pas vers elle. Elle abaissa son châle et il vit qu'elle portait une blouse bleue à encolure carrée, bordée d'une fine broderie de fils d'argent. Elle toucha la marque sur sa joue et fit signe à Yusuf d'y mettre la main. Son sourire s'était fait très doux. Yusuf fut sur le point d'oublier toute prudence, il sentit que sa main était prête à se tendre vers elle. Khalil murmurait : « Non, non ! » La Maîtresse rabattit lentement son châle sur sa figure et dit à voix basse : *alhamdullilah.* Yusuf fit quelques pas en arrière et entendit Khalil pousser un soupir de soulagement.

« Ne t'approche plus jamais d'elle, lui dit-il un peu plus tard. Tu n'as pas peur ? Tu penses aux conséquences ? Garde-toi bien d'aller là-bas et ne chante plus. »

Mais Yusuf ne tenait aucun compte de ces avertissements, et passait plus de temps que jamais dans le jardin, guettant tous les bruits ou mouvements qui venaient de la maison. Peu à peu, Mzi Hamdani lui confiait des choses à faire, et restait plus longtemps à psalmodier ses *qasidas* à la louange de Dieu, à l'ombre du palmier. Parfois, Yusuf entendait Amina chanter, et son corps en était ému d'une passion subite. Il arrivait qu'une ombre se profilât dans la porte entrebâillée ; il comprenait la félicité qu'inspire un amour secret. Quand venait le soir, il attendait avec impatience d'être convoqué, malgré la répugnance et l'inquiétude croissantes de Khalil, qui, un jour, fut si exaspéré qu'il refusa de répondre à l'appel de la Maîtresse.

« Elle court à sa perte. N'y allons pas, ça suffit comme ça ! Si les gens savaient ce qui se passe, ils penseraient que nous sommes cinglés, ou pire encore – autant que cette femme... Pense à la honte du seyyid !

— Alors, j'irai tout seul, dit Yusuf.

— Mais tu ne vois donc pas où elle veut en venir ? » s'écria Khalil, qui se leva d'un bond, prêt à frapper Yusuf pour lui faire entendre raison. « Elle fera des choses infâmes, et elle t'accusera ensuite. Tu traites ça à la légère, tu es fou ! Pourquoi tiens-tu à t'attirer une honte indélébile ?

— Il n'y a pas de honte à avoir, dit Yusuf d'une voix calme. Elle ne peut pas me faire de mal. »

Khalil s'assit, la tête dans ses mains. Ils restèrent ainsi un moment sans parler, puis soudain Khalil se releva et jeta à Yusuf un regard de plus en plus horrifié à mesure que la lumière se faisait en lui. Ses yeux étaient brûlants de rage et de douleur, ses lèvres tremblaient ; puis il s'affaissa, le regard morne. Lorsque Yusuf se leva et se dirigea vers le mur du jardin, il l'implora d'une voix douce : « N'y va pas, petit frère, reste avec moi, parlons tranquillement. Je ne sais pas ce que tu as en tête, mais ça finira mal. Il y a encore bien des choses que tu ne comprends pas.

— Dis-les-moi donc », répondit Yusuf, sans s'émouvoir.

Khalil secoua la tête avec exaspération. « On ne peut pas en parler comme ça, viens près de moi. Si tu vas là-bas, tu nous déshonoreras tous. »

Yusuf se dirigea vers le jardin sans répondre.

8

« Son nom est Zulekha. Elle veut que tu le saches », dit Amina. Elle était assise en face de lui, un peu à l'écart de la Maîtresse. Tout en l'écoutant, il en profita pour la regarder attentivement. Son visage était plus arrondi qu'il ne l'avait cru à première vue, et il distinguait dans ses yeux une insouciance amusée qui ressemblait à de la gaieté. Il hocha la tête, la vit sourire, mais, s'apercevant que les yeux de la Maîtresse étaient fixés sur lui, il se força à rester impassible.

« Khalil ne t'a pas toujours transmis tout ce qu'elle disait, continua Amina. Elle le savait. Il ne trouvait peut-être pas toujours les mots...

— Tu parles mieux que lui, c'est bizarre, chuchota Yusuf, je le lui dirai. Et qu'est-ce qu'il ne m'a pas dit ? »

Amina ne répondit pas et se tourna vers la Maîtresse, qui prononça quelques mots d'une voix douce et caressante, et regarda Yusuf. « Khalil ne t'a pas expliqué que le cœur de la Maîtresse était autant frappé de honte que de souffrance. Elle dit que maintenant, quand elle souffre, elle est heureuse. Tes prières lui ont fait du bien, je crois. C'est ce qu'elle dit. »

Yusuf voulut protester (« Ne prends pas ces histoires au sérieux », se dit-il). Il vit que les yeux de la Maîtresse étaient humides de larmes. Il baissa aussitôt la tête, et commença à murmurer ses prières. Soudain, il eut l'impression qu'il perdait pied.

« Elle veut que tu viennes manger ici le soir. Et même, si tu le désires, que tu couches dans la cour, dit Amina, en souriant ouvertement cette fois. Khalil ne te laisserait pas dormir dans la maison, il ferait tout un scandale, mais la Maîtresse t'offre de venir ici.

— Remercie-la, je te prie.

— Tu n'as pas besoin de la remercier, traduisit Amina d'une voix calme. Ta présence lui apporte du bonheur, c'est elle qui te doit de la reconnaissance. Elle veut que tu lui racontes d'où tu viens, et où tu es allé, pour mieux te connaître. En échange, s'il y a quelque chose qu'elle puisse faire pour toi, dis-le-lui.

— Elle a dit tout ça en si peu de mots ? s'étonna Yusuf.

— C'est ce que Khalil ne t'a pas traduit, répondit Amina. Les paroles de la Maîtresse lui faisaient peur.

— Elles te faisaient peur à toi ? »

Amina eut un petit sourire, mais ne répondit pas. Elle eut un bref échange avec la Maîtresse qui l'interrogeait, et dont le visage s'éclaira en écoutant la jeune femme. En les observant, Yusuf ne put s'empêcher de frissonner et de se sentir étrangement vulnérable. Il se leva pour partir, mais, comme la veille, la Maîtresse lui fit signe d'approcher et écarta son châle pour dévoiler son visage. Il tendit la main et toucha la marque violette, brûlante sous ses doigts. Il avait pressenti qu'il le ferait si elle le lui demandait de nouveau. Elle poussa un sourd gémissement et joignit les mains. Amina accompagna Yusuf jusqu'à la porte du jardin. Celui-ci, comme elle ne la fermait pas aussitôt, en profita pour lui parler. Il ne distinguait pas ses traits, mais la lumière de la lune qui se levait dessinait sa silhouette.

« Khalil et toi vous êtes frère et sœur, mais vous ne vous ressemblez pas du tout », remarqua-t-il pour dire quelque chose, afin de la retenir aussi longtemps que possible.

Amina demeura muette, mais elle était si immobile qu'il comprit que son silence était délibéré. Il fit mine de s'éloigner dans le jardin pour voir si elle le rappellerait.

« Quelquefois, je reste ici à te regarder », dit-elle.

Il se retourna et se rapprocha lentement d'Amina.

« Ce travail a l'air de tant te plaire que je t'envie, fit-elle d'un ton léger. Quand le Maître n'est pas là, je vais quelquefois me promener le soir dans le jardin. Un jour, tu as trouvé une amulette…

— Oui », dit Yusuf, en la tâtant à travers sa chemise. Il la portait autour du cou, enfilée à une ficelle. « J'ai découvert que, rien qu'en la frottant, je peux appeler un bon djinn pour qu'il exécute tout ce que je lui ordonne... »

Amina rit doucement, puis soupira. « Qu'est-ce qu'il t'a donné, ton bon djinn ? demanda-t-elle.

— Je ne lui ai encore rien demandé, il faut que je réfléchisse d'abord. Ça ne vaut pas la peine de le déranger pour rien, il pourrait être vexé et ne plus revenir...

— Quand je suis arrivée ici, j'avais une amulette, mais un jour je l'ai jetée par-dessus le mur, dans le jardin, dit la jeune femme.

— C'est peut-être la même.

— Non, elle n'était pas accompagnée d'un bon djinn...

— Pourquoi tu l'as jetée ? demanda Yusuf.

— On m'avait dit qu'elle me protégerait du malheur et ce n'était pas vrai. J'espère que la tienne te protégera mieux.

— Rien ne peut nous protéger du malheur », dit Yusuf en s'approchant lentement d'Amina, mais celle-ci referma aussitôt la porte.

Yusuf trouva la boutique fermée. Khalil avait disparu, mais leurs matelas étaient déjà étalés sur la terrasse. Il s'allongea, et réfléchit à toutes les questions qu'il souhaitait poser à son compagnon dès son retour. Il l'attendit patiemment, mais à mesure que le temps passait il commença à s'inquiéter. Où avait-il pu aller ? Une lune énorme montait dans le ciel, et semblait si proche, si lourde, qu'il se sentait oppressé. Des nuages bordés de noir, aux formes tourmentées, passaient rapidement autour du halo de la lune ; des nuages plus sombres étaient massés dans le ciel, derrière lui, et masquaient les étoiles.

Il fut réveillé en sursaut par l'orage. Une pluie torrentielle et chaude poussée par le vent cinglait la terrasse et se déversait sur lui. La lune avait disparu, mais le rideau d'eau avait un éclat lumineux qui éclairait la masse sombre des buissons et des arbres, semblables à d'énormes blocs de pierre gisant sur un fond marin.

Un caillot de sang

1

« Elle te parlera elle-même », répondit Khalil lorsque Yusuf l'interrogea sur Amina. Il était revenu à l'aube, après l'orage, l'air fatigué, de l'herbe et des brindilles dans les cheveux. Il ouvrit tranquillement le magasin, sans s'expliquer sur son absence. Il ne manifesta à Yusuf aucune animosité, mais garda ses distances en évitant toute occasion de rapprochement. Il parlait sur le ton amical et jovial d'autrefois, mais avec plus de réserve. Quand Yusuf lui demanda comment il avait évité de se faire mouiller pendant l'orage, il ne répondit pas. Après avoir tenté plusieurs fois sans succès de faire la paix avec lui, Yusuf se découragea et l'abandonna à ses griefs.

Le soir, Khalil alla chercher leur dîner et revint, un sourire contraint sur les lèvres, qui cachait mal son abattement et son irritation. « Pourquoi tu ne dis rien ? » demanda Yusuf, mais Khalil commença à manger. Ils mastiquèrent en silence, puis Yusuf se leva pour rapporter les assiettes et rendre visite à la Maîtresse et à Amina. Il s'attendait que Khabil tentât de le retenir, peut-être même par la force, mais ce dernier n'eut pas un regard pour son jeune compagnon.

La Maîtresse, tout sourires, l'accueillit d'une voix claire, au timbre harmonieux et sonore. Elle se montra impatiente de parler, et raconta comment elle était arrivée dans la maison, lors de son mariage avec son premier mari (Dieu ait pitié de lui !). C'était un homme d'âge mûr, d'environ cinquante ans, et elle n'en avait que quinze. Il avait perdu sa première épouse et un enfant en bas âge quelques mois plus tôt, victimes tous les deux de la maladie et de la malveillance de certaines personnes. Ce bébé était le seul de sa progéniture à avoir vécu plus de quelques semaines, alors qu'on avait eu à peine le temps de donner un nom aux autres avant leur mort, mais son mari se souvenait de chacun d'eux. Jusqu'à la fin de sa vie, il ne pouvait parler de sa femme et de ses enfants sans pleurer (Dieu ait pitié d'eux !). Malgré sa peine, il avait été bon pour elle – en tout cas jusqu'à la dernière année de sa vie ; sa maladie l'avait alors rendu irritable et difficile. Voilà comment elle était venue dans cette maison, en amenant Mzi Hamdani avec elle, quoiqu'il ne fût pas vieux à l'époque.

C'était lui qui avait fait le jardin – pas à partir de rien, naturellement ; les arbres les plus vieux étaient déjà là. Mais il avait dégagé le terrain, aménagé les bassins, et il travaillait tout le jour, heureux comme un enfant. Ses psalmodies énervaient son mari, et elle avait dû lui interdire de chanter. Elle le connaissait depuis son enfance. Son père le lui avait donné lors de son mariage avec le seyyid, dix ans auparavant ; elle lui avait alors offert sa liberté car, même si une nouvelle loi interdisait la vente et l'achat d'esclaves, ceux qui l'étaient déjà n'étaient nullement délivrés de leur état de servitude. Mais le jardinier avait refusé, et il était encore dans son jardin, le pauvre homme, à chanter ses *qasidas*.

« Elle demande si tu sais pourquoi il s'appelle Hamdani (Dieu soit remercié !) ? demanda Amina, le visage inexpressif. C'est que sa mère, qui était esclave, l'a eu sur le tard et lui a donné ce nom par reconnaissance. Quand elle est morte, le père de la Maîtresse l'a acheté à la famille pauvre et criblée de dettes à qui il appartenait. »

Dans le silence qui suivit, la Maîtresse regarda longuement Yusuf en souriant. Puis elle prononça quelques mots en arabe.

« Elle demande que tu viennes t'asseoir plus près d'elle », dit Amina. Il chercha son regard, mais elle détourna les yeux. La Maîtresse tapota le tapis à côté d'elle, avec un sourire encourageant, comme si Yusuf était un enfant timide. Lorsqu'il fut assis, elle lui prit la main et la posa sur son visage en la pressant de sa propre main. Elle ferma les yeux et poussa un long soupir de bien-être et de plaisir. Yusuf était si près d'elle qu'il vit que ses joues et son cou étaient moites. Elle le relâcha au bout d'un instant, et il en profita pour se lever pour partir.

« Elle se plaint que tu n'aies pas dit de prière », traduisit Amina d'un air distant. Il marmotta les mots habituels et s'élança au-dehors, la paume encore chaude de la tiédeur du visage de la Maîtresse.

En retournant dans la boutique, il interrogea de nouveau Khalil sur Amina. Celui-ci lui jeta un regard haineux ; ses traits exprimaient un tel mépris que Yusuf crut qu'il allait lui cracher au visage. « C'est à elle de s'expliquer », dit-il, et il se remit à aligner des paquets de sucre sur le comptoir. Un lourd silence régna entre eux toute la soirée. Par moments, Yusuf avait l'impression que Khalil, poussé par la colère et l'angoisse, allait enfin parler. Lui-même persévérait dans ses questions avec une calme obstination, tout en se demandant avec quelque inquiétude où cela allait l'entraîner. Il voulait au moins être éclairé sur les intrigues et les mystères qui l'entouraient. Malgré ce que disait Khalil, et ce qu'il savait lui-même, il ne refuserait pas d'aller dans la maison quand on l'appellerait : il éprouvait un plaisir irrésistible à voir et écouter Amina.

Le lendemain, il alla trouver Mzi Hamdani, qui était assis à l'ombre du palmier-dattier avec son livre de *qasidas*. Le vieil homme eut l'air irrité et regarda autour de lui comme s'il cherchait un autre arbre où aller s'asseoir sans être dérangé.

« Ne t'en va pas, je t'en prie », dit Yusuf, et quelque chose dans sa voix fit hésiter le jardinier, dont le visage crispé se détendit. Il hochait la tête avec impatience, comme pour dire « Allons, que me veux-tu ? » ; comme toujours, il était peu disposé à converser.

« Pourquoi as-tu refusé ta liberté quand la Maîtresse te l'a offerte ? » demanda Yusuf, en se penchant vers lui.

Le vieux, les yeux baissés, attendit un moment avant de répondre, les yeux fixés au sol. Puis il sourit, découvrant quelques dents longues et jaunies. « Ça s'est trouvé comme ça... », dit-il.

Yusuf ne se laissa pas rebuter par ce qu'il prit pour une dérobade, et secoua la tête avec impatience. « Mais tu étais son esclave… tu l'es encore. C'est ce que tu voulais ? Pourquoi tu n'as pas accepté ta liberté ? »

Mzi Hamdani soupira. « Tu ne comprends donc rien ? » demanda-t-il d'un ton brusque, puis il s'interrompit comme s'il ne voulait pas en dire plus. « Elle m'a offert la liberté, reprit-il, comme si c'était un cadeau. Qui lui a dit qu'elle avait le pouvoir de l'offrir ? Je sais de quelle liberté tu parles, mais je l'ai depuis que je suis né. Quand ces gens me disent que je leur appartiens, je t'avoue que, pour moi, c'est comme un nuage qui passe, ou un coucher de soleil à la fin du jour. Le lendemain matin, le soleil se lèvera de nouveau, qu'ils le veuillent ou non. La liberté, c'est pareil. Ils peuvent t'enfermer, t'enchaîner, se moquer de tes modestes aspirations, mais la liberté n'est pas quelque chose qu'ils peuvent t'enlever. Quoi qu'ils aient pu faire de toi, tu ne leur appartiens pas, pas plus que lors de ta naissance. Tu me comprends ? Le travail qu'on m'a donné à faire, c'est le jardin. Qu'est-ce que cette femme peut m'offrir qui me rende plus libre ? »

Yusuf se dit que c'étaient là les propos d'un vieil homme. Non dépourvus de sagesse, sans doute, mais d'une sagesse née de l'endurance et de l'impuissance ; peut-être admirable à sa manière, mais pas tant que les tyrans vous écrasaient sous leur poids et lâchaient sur vous leurs gaz nauséabonds. Il garda le silence, mais il vit qu'il avait attristé le vieux jardinier, qui ne lui avait jamais autant parlé, et qui le regrettait probablement.

« D'où es-tu ? » lui demanda-t-il pour l'amadouer, et aussi parce qu'il désirait l'interroger sur sa mère. Il voulait raconter à Mzi Hamdani ce qui lui était arrivé, et comment lui aussi avait été séparé de sa famille. Mais Mzi Hamdani, sans répondre, avait repris son livre de *qasidas*, et il fit signe à Yusuf de s'éloigner.

2

Les trois jours suivants, bravant la désapprobation silencieuse de Khalil, il retourna chaque soir dans la maison. Toutes ses tentatives de renouer le dialogue avec son compagnon avaient échoué. Les clients eux-mêmes s'inquiétaient. Le troisième soir, Yusuf allait entrer dans le jardin plongé dans l'obscurité lorsque Khalil l'appela. Yusuf s'arrêta un instant, puis, comme s'il n'avait rien entendu, se dirigea vers la porte de la cour intérieure, qui restait maintenant entrebâillée pour lui.

Il répondit aux questions que lui posa la Maîtresse sur sa mère, sur son expédition à l'intérieur du pays et son séjour dans la montagne. Elle était appuyée contre le mur et l'écoutait en souriant, sans le quitter des yeux. Son châle glissait parfois sur ses épaules, dévoilant son cou et sa poitrine marqués d'une tache, sans qu'elle parût se soucier de le relever. À la voir ainsi, dans cette pose abandonnée, il se sentit saisi d'un sentiment glacial de solitude. Il posait des questions, lui aussi, adressées en réalité à Amina, qui les éludait en traduisant ce que disait sa maîtresse. Il était content de l'écouter. « La tache est apparue quand elle était jeune, juste après son premier mariage. Ce n'était d'abord qu'une petite marque, mais, peu à peu, elle s'est étendue jusqu'à son cœur. Elle souffrait tant qu'elle ne voulait plus voir personne, elle avait peur qu'on se moque de son visage défiguré et de ses cris de douleur. Mais, maintenant, tu lui fais du bien avec tes prières et, quand tu la touches, elle se sent soulagée.

— Comment était-ce quand tu es arrivée ici ? Qu'as-tu pensé à ce moment-là ? lui demanda Yusuf.

— J'étais trop jeune pour penser. Comme j'étais chez des gens civilisés, je n'avais rien à craindre. Ma tante Zulekha était connue pour sa bonté et sa piété, le jardin et la maison étaient un vrai paradis pour une pauvre petite fille de la campagne comme moi. La beauté du jardin rendait les visiteurs fous de jalousie. Chaque année, pendant la période des aumônes, Tante Zulekha donnait de plus en plus aux pauvres ; on ne renvoyait personne de cette maison sans lui faire la charité. Les affaires du seyyid étaient prospères, alors que la Maîtresse souffrait de cette étrange maladie. Ce sont les voies de Dieu, dont la sagesse nous est impénétrable. »

Yusuf ne put s'empêcher de sourire. « Pourquoi réponds-tu de façon si compliquée à ma question ? » demanda-t-il.

Soudain la Maîtresse intervint, sa voix était tendue, mais s'adoucit peu à peu, et Amina hésita un instant avant de traduire. « Elle dit qu'elle ne veut pas que je parle autant, elle veut t'écouter, même si les mots que tu utilises lui sont inconnus, parce que tu t'exprimes si bien. Elle dit que tes yeux et ta peau rayonnent de lumière. Et que tes cheveux sont si beaux... »

Yusuf regarda la Maîtresse avec étonnement. Il vit que ses yeux étaient humides de larmes, et que son visage avait pris une expression hardie. Quand il se tourna vers Amina, celle-ci avait baissé la tête. « Elle demande que tu viennes souffler sur elle pour la guérir, dit-elle.

— Je ferais peut-être mieux de m'en aller, objecta Yusuf après un long et pesant silence.

— Elle dit que rien que de te voir, elle en éprouve un tel plaisir que ça la fait souffrir », reprit Amina, toujours tête baissée, mais dissimulant mal son envie de rire.

La Maîtresse se mit alors à parler d'une voix irritée, et Yusuf comprit qu'elle ordonnait à Amina de s'en aller. Dès que celle-ci fut partie, il se leva, ne sachant comment prendre congé. La Maîtresse était assise, toute droite, les traits crispés de détresse. Elle se calma peu à peu, puis lui fit signe de s'approcher. Il toucha sa chair violacée, qu'il sentit palpiter sous ses doigts, puis quitta la pièce.

Amina attendait dans l'obscurité, près du portail de la cour. Il s'arrêta, n'osant tendre la main vers elle de peur de l'effaroucher. « Il faut que je rentre, dit-elle à voix basse, mais attends-moi dans le jardin. »

Il attendit, l'esprit enfiévré par de nouvelles perspectives. Une brise légère soufflait à travers les arbres et les buissons, et le bourdonnement profond et apaisant des insectes nocturnes résonnait dans l'air parfumé. Elle le gronderait peut-être, se disait-il, elle répéterait les mises en garde et les interdictions de Khalil. Ou bien, et c'est ce qu'il espérait naïvement, elle lui dirait qu'elle savait qu'il venait chaque soir pour la voir. Le temps passait, l'attente lui semblait interminable et son inquiétude croissait. Un craquement furtif lui fit craindre l'arrivée de Khalil. Plusieurs fois, il dut résister à l'envie de s'en aller quand, enfin, il entendit le portail grincer.

Lorsqu'il s'avança vers elle, Amina lui fit signe de se taire. « Je ne peux pas rester longtemps, chuchota-t-elle. Je n'aurais pas dû te traduire tout ce qu'elle disait, mais au moins tu vois à quoi elle pense. C'est une idée fixe chez elle... Il faut que tu sois prudent... que tu ne t'approches pas d'elle.

— Mais, alors, dit Yusuf, je ne te verrais plus. Et je veux continuer à te voir, même si tu ne réponds à aucune de mes questions...

— Quelles questions ? » demanda Amina, et il lui sembla qu'elle souriait dans l'obscurité. « Je n'ai pas le temps de te répondre, elle pourrait nous entendre.

— Plus tard, alors », dit-il. Il avait envie de bondir de joie. « Quand elle dormira, tu viendras dans le jardin.

— Elle est nerveuse, tu sais. Nous dormons dans la même chambre, elle nous entendra...

— Je t'attends ici », dit Yusuf.

Amina referma le portail. Elle revint au bout de quelques minutes. « Elle sommeille, ou fait semblant. Qu'est-ce que tu voulais me demander ? »

Il avait autre chose en tête, à présent, mais craignait que s'il essayait de la toucher elle ne le laisse plus jamais l'approcher. « Pourquoi Khalil et toi vous vous ressemblez si peu ? Et vous parlez différemment... Pourtant, vous êtes frère et sœur...

— Nous ne sommes pas frère et sœur, répondit Amina. Il ne te l'a pas dit ? Un jour, son père a vu des hommes qui entraînaient deux petites filles vers un bateau. Ils avançaient dans l'eau, et les enfants pleuraient. Son père les a poursuivis en criant. Les hommes m'ont abandonnée et ont réussi à s'enfuir avec l'autre petite fille. Le père de Khalil m'a ramenée chez lui, et m'a adoptée un peu plus tard. Nous avons grandi ensemble, mais nous ne sommes pas du même sang.

— Non, il ne m'a rien dit, dit seulement Yusuf. Et l'autre fille ?

— Ma sœur ? Je ne sais pas ce qui lui est arrivé. Je ne me rappelle rien de mon père et de ma mère. Rien. Je me rappelle seulement que nous avons été enlevées pendant que nous dormions, et qu'on nous a fait marcher pendant plusieurs jours. Que veux-tu savoir d'autre ? demanda-t-elle d'un ton ironique et amer qui fit tressaillir Yusuf.

— Tu te rappelles où était ta maison ?

— Je crois que le village était au bord de la mer. Je n'avais que trois ou quatre ans. Je ne me rappelle même pas comment était ma mère. Écoute, il faut que je m'en aille maintenant.

— Attends », dit Yusuf qui la retint par le bras. Elle ne fit aucun effort pour se dégager. « Es-tu mariée ? Est-il ton époux ?

— Oui, dit-elle calmement.

— Non ! protesta Yusuf, bouleversé.

— Si. Tu ne savais pas ça non plus ? C'était entendu depuis le début… Elle m'a tout expliqué quand je suis arrivée. Elle-même ! Cette amulette que tu as trouvée, on me l'a donnée quand le père de Khalil m'a adoptée. Ils avaient fait venir un homme pour préparer les papiers d'adoption : il m'a fabriqué aussi cette amulette en disant qu'elle me protégerait toujours – ce n'est pas vrai… Je suis en vie en tout cas. Mais cette vie est vide, à cause de tout ce qui m'est refusé. Lui, le seyyid, dit toujours qu'il y a surtout des pauvres au Ciel, et surtout des femmes en Enfer. S'il y a un Enfer sur terre, alors c'est ici. »

Yusuf resta silencieux et, au bout d'un moment, il relâcha le bras d'Amina. Il était bouleversé par la résignation avec laquelle elle exprimait son amertume, sa servitude. Ses sourires si paisibles et son attitude si digne lui avaient caché qu'elle avait eu à faire face à tant d'épreuves.

« Souvent, je te regardais dans le jardin, reprit-elle. Khalil parlait de toi, et racontait comment tu avais été amené ici. J'imaginais que l'ombre des arbres, l'eau et la terre te consolaient un peu de tout ce qu'on t'avait enlevé. Je t'enviais, et je pensais qu'un jour tu m'apercevrais au portail, et que tu me forcerais à sortir dans le jardin pour jouer avec toi. J'espérais que tu me dirais "Viens jouer avec moi"... Et puis ils t'ont envoyé très loin, parce qu'elle a commencé à devenir folle à propos de toi. Bon, ne parlons plus de tout ça... Il faut que je rentre.

— Oui, dit Yusuf. Est-ce que tu vas le quitter ? »

Elle rit doucement et lui effleura la joue. « Je savais bien que tu étais un rêveur. Je le savais déjà quand je te regardais dans le jardin. Il faut que je retourne chez elle. Ne l'approche plus. Tu entends ?

— Attends ! s'écria Yusuf. Comment te verrai-je si je ne viens plus ?

— Qu'y a-t-il à voir dans la maison, je me le demande... », dit-elle.

Lorsque Amina fut partie, Yusuf sentit son visage s'embraser à l'endroit où elle l'avait touché.

3

« Pourquoi tous ces mystères ? Et pourquoi tu étais de si mauvaise humeur ? Tu aurais pu me mettre simplement au courant. » Yusuf avait rejoint Khalil, qui était déjà allongé sur sa natte.

« J'aurais pu, reconnut Khalil à contrecœur.

— Alors, pourquoi tu ne m'as rien dit ? »

Khalil s'assit, s'enveloppa les épaules de son drap pour se protéger des moustiques qui bourdonnaient autour d'eux. « Parce que ce n'est pas si simple, dit-il. Rien n'est simple. Je ne pouvais pas te dire : tiens, écoute, en voilà une bien bonne... Et si j'étais de mauvaise humeur, c'est que j'avais honte de toi.

— Bon, je regrette que tu aies eu honte, mais je voudrais que tu m'expliques un peu ce qui n'est pas simple.

— Qu'est-ce qu'elle t'a dit sur elle-même ?

— Que ton père l'avait arrachée à des hommes qui l'avaient enlevée et qu'il l'avait adoptée.

— C'est tout ? dit Khalil. Je me demande où mon vieux boutiquier de père a trouvé le courage de courir dans l'eau après ces bandits, qui avaient peut-être des fusils. Il ne savait même pas nager...

« Nous habitions dans une petite ville du Sud, un endroit misérable. Je t'ai déjà raconté ça. Mon père faisait du commerce avec les pêcheurs et les paysans qui venaient échanger leurs légumes et leurs œufs contre une poignée de clous, un coupon de tissu, une livre de sucre... Et les petites occasions de contrebande étaient toujours les bienvenues. Je me rappelle quand elle est arrivée ; elle pleurait, elle était sale, terrifiée… Tout le monde, en ville, a appris son histoire, mais personne n'est venu la réclamer, alors elle est restée avec nous. Pour mon Ba, elle était son *kifa urongo*, dit Khalil avec un sourire. Le matin, il l'appelait, elle s'asseyait à côté de lui et il lui donnait des petits morceaux de pain à manger, comme à un petit oiseau. Du pain de millet avec du *ghee*. Elle babillait et ouvrait grande sa bouche. Elle suivait partout ma mère, ou elle sortait avec moi. Un jour, mon père nous a dit que nous lui donnerions notre nom, qu'elle entrerait dans notre famille. Il disait toujours : Dieu nous a tous créés à partir du même caillot de sang. Elle parlait mieux que nous. C'est une Mswahili comme toi.

« Et alors le seyyid est venu. Quand elle a eu sept ans, mon pauvre, mon stupide Ba (que Dieu ait pitié de lui !) la lui a proposée pour payer en partie sa dette. Et moi, je devais être *rehani* jusqu'à ce qu'elle soit d'âge à être mariée, à moins que mon Ba n'ait pu me racheter avant. Mais il est mort ; ma Ma et mes frères sont retournés en Arabie, et nous ont laissés avec notre honte. Quand ce démon de Mohammed est venu nous chercher, il l'a fait se déshabiller et l'a caressée avec ses mains dégoûtantes… »

Khalil se mit à pleurer doucement, les larmes coulaient le long de son visage.

« Après le mariage, continua-t-il, le seyyid m'a dit que je pouvais rester ici si je voulais. Et je suis resté pour servir cette pauvre Amina que mon Ba a vendue comme esclave. Que Dieu ait pitié de son âme !

— Mais vous n'êtes pas obligés de rester ! s'écria Yusuf. Elle peut partir si elle veut, qui peut l'en empêcher ?

— Mon frère, comme tu es courageux, dit Khalil en souriant à travers ses larmes. Oui, nous pourrions nous sauver tous les trois et aller vivre dans la montagne… Mais c'est à elle de décider. Seulement, si elle part contre la volonté du seyyid, il faudra que je revienne comme *rehani*, ou que je paye la dette. C'était le contrat, et c'est ce que l'honneur exige. Donc, elle ne partira pas, et moi je resterai avec elle.

— Comment peux-tu parler d'honneur ?…

— De quoi d'autre tu veux que je parle ? demanda Khalil. Mon pauvre Ba (Dieu ait pitié de lui !) et le seyyid m'ont dépouillé de tout le reste. C'est à cause d'eux que je suis un poltron bon à rien. C'est peut-être dû aussi à ma nature, ou à notre façon de vivre, nos habitudes… Mais elle, ils lui ont brisé le cœur. Il ne nous reste que l'honneur.

— Je me fiche de votre honneur, riposta Yusuf avec colère. Ce n'est qu'un grand mot derrière lequel tu te caches. Moi, je vais l'emmener d'ici. »

Khalil s'allongea sur sa natte. « La nuit où le seyyid l'a épousée, j'étais heureux. Même si leur mariage ne ressemblait pas à la noce indienne que nous avions vue autrefois. Il n'y a pas eu de chants, de bijoux, d'invités… Mais je croyais qu'elle ne serait plus comme un petit oiseau en cage, à chantonner tristement. Tu l'as déjà entendue chanter le soir ? Je pensais que le mariage effacerait sa honte. Tu dis qu'elle peut partir si elle veut ! Et toi, qui t'a empêché de partir toutes ces années ? Où irais-tu avec elle ? Le seyyid n'aura même pas à lever le petit doigt, tous les gens te blâmeront. Pour eux tu seras un criminel, et, si tu restes en ville, tu ne seras même pas en sûreté. Est-ce qu'elle t'a dit quelque chose ? Je veux dire, elle serait d'accord ? »

Yusuf ne répondit pas ; il se rendait compte qu'il n'était plus aussi ardent, et qu'il éprouvait comme un soulagement à entendre critiquer son audacieux projet. Il ne pouvait peut-être rien changer à la situation. Bien que la vision d'Amina, debout dans l'ombre près du portail, fût encore présente, il sentait qu'elle s'atténuait déjà et deviendrait comme un trésor qu'il garderait précieusement dans sa mémoire. Comment pouvait-il lui proposer de fuir avec elle ? Elle lui rirait au nez, appellerait à l'aide. Il se rappela alors l'amertume qu'il y avait dans sa voix lorsqu'elle avait parlé d'Oncle Aziz et de l'enfer qu'était sa vie. Il sentit de nouveau sa main sur sa joue… Et il l'entendit de nouveau éclater de rire lorsqu'il lui avait demandé si elle était disposée à quitter Oncle Aziz…

« Non, elle n'a rien dit. Elle trouve que je suis un rêveur », répondit Yusuf après un long silence. Khalil poussa un soupir et s'installa pour dormir.

Le lendemain matin, Yusuf se sentait fatigué et vaguement coupable. Pendant toute la nuit, entre veille et sommeil, il s'était interrogé : devait-il ne plus se mêler de rien, ou presser Amina de se décider ? À la façon dont elle lui avait parlé de sa vie et de la sienne, des après-midi où elle l'observait dans le jardin, il se disait qu'elle l'écouterait sans le repousser. Il aurait du mal à lui exprimer le désir qu'il avait d'elle, il savait néanmoins qu'il ne s'agissait pas d'un sentiment né d'un caprice. Mais ce n'était encore que de doux murmures à côté de ce qui suivrait si elle était consentante… Il était décidé à lui parler. Il lui dirait : « *Si c'est l'Enfer ici, alors enfuis-toi, et laisse-moi venir avec toi. Ils nous ont appris à être timides et obéissants, à les respecter alors qu'ils nous maltraitent. Nous sommes tous les deux au milieu de nulle part, rien ne pourrait être pire. Là où nous irions, il n'y aurait pas de jardin clos, planté d'épais cyprès et de buissons frémissant au vent, ni d'arbres fruitiers, ni de fleurs étonnamment brillantes. Ni le parfum âcre de la sève d'oranger le jour, ni la fragrance enveloppante du jasmin la nuit, ni l'odeur des graines de grenade. Ni le murmure de l'eau dans le bassin et les canaux. Ni le bosquet de dattiers bienfaisant au cruel moment de midi. Il n'y aurait pas de musique qui enchante les sens. Ce serait comme un exil, mais serait-ce pire que ce que nous vivons ici ?* » Elle sourirait, lui toucherait la joue, qui s'embraserait. Elle lui dirait « Tu es un rêveur », et lui promettrait qu'ils créeraient un jardin à eux, encore plus beau.

Il n'éprouverait aucun remords envers ses parents ; ils l'avaient abandonné autrefois pour payer leur propre liberté, maintenant c'était à lui de les abandonner. L'aide que leur avait apportée sa captivité aurait une fin puisqu'il partirait vivre sa vie. Et lorsqu'il parcourrait librement le pays, il pourrait même leur rendre visite, et les remercier de l'avoir mis à rude école pour le préparer à la vie.

4

La boutique ne désemplit pas ce jour-là ; Khalil s'affairait avec une gaieté et un entrain qui mettaient en joie les clients les plus maussades. Il a retrouvé sa bonne humeur, disaient-ils, Dieu soit loué ! Ses plaisanteries se firent encore plus hardies, frôlant parfois l'impertinence, mais il les lançait avec une gentillesse si irrésistible que personne ne songeait à s'en offenser. « Que lui est-il arrivé ? » se demandaient les clients. Yusuf souriait, haussait les épaules et se tapotait la tempe gauche. Plusieurs explications furent avancées : Khalil manifestait un enthousiasme juvénile, déplacé mais amusant, et il valait mieux rire avant que la vie ne vous fausse compagnie. Quelqu'un suggéra que quelques bâtons de haschisch avaient suffi, et, comme il n'y était pas habitué, ça lui était monté à la tête… Une femme, venue acheter deux onces d'huile de noix de coco pour ses cheveux, et à qui Khalil fit un discours dithyrambique sur les joies du massage, se demanda si quelqu'un avait mis des grains de poivre sur son pénis. Khalil avait beau éviter son regard, Yusuf voyait qu'il jubilait, qu'il triomphait, et il préféra se tenir à l'écart.

L'après-midi, quand les affaires ralentirent, Khalil s'assit ostensiblement pour somnoler sur une caisse, dans un coin du magasin, ce que Yusuf ne l'avait jamais vu faire et qu'il mit sur le compte d'une nouvelle fâcherie. Il aperçut Mzi Hamdani qui transportait à grand-peine ses seaux d'eau ; il n'avait pas fait trois pas vers le jardin que l'eau giclait et débordait, lui éclaboussant les pieds et inondant le sol. Yusuf l'observait avec envie et irritation, sans se soucier de courir à son secours, mais le vieil homme était comme d'habitude absorbé dans ses pensées et ne parut pas le voir. Un peu plus tard, Mzi Hamdani quitta le jardin et traversa la clairière du pas ferme d'un mille-pattes courant à l'ennemi. Sa voix s'élevait parfois en une confuse psalmodie, dont les paroles semblaient chantées à l'envers.

Le soir, à l'heure habituelle, Yusuf entra à l'intérieur de la cour, en se disant que c'était la dernière fois ; il marmotterait rapidement une prière pour la Maîtresse et… s'il osait, il demanderait à Amina de partir avec lui. Le portail était entrouvert ; il franchit le seuil en appelant doucement pour annoncer sa venue. La maison embaumait l'encens ; la Maîtresse était seule et l'attendait. Il s'arrêta à la porte, n'osant entrer, mais elle lui sourit et lui fit signe de s'approcher. Il vit qu'elle était richement habillée, sa longue robe beige scintillait de fils d'ambre. Elle rejeta son châle en arrière et se pencha en l'invitant avec insistance à venir près d'elle. Il fit deux pas en avant, puis s'arrêta le cœur battant, sachant qu'il devrait s'en aller. Elle se mit à lui parler paisiblement, d'une voix vibrante d'émotion ; son sourire se fit encore plus enjôleur. Yusuf n'était pas sûr de ce qu'elle attendait de lui, mais il ne pouvait se méprendre sur l'expression passionnée et ardente de son visage. Elle pressa ses mains sur sa poitrine, puis se leva. Quand elle lui posa la main sur l'épaule, il frissonna et commença à reculer, mais elle le suivit. Il se tourna pour prendre la fuite, et elle agrippa alors sa chemise par-derrière, qui se déchira dans ses mains. Yusuf s'élança hors de la pièce, poursuivi par les cris déchirants de la Maîtresse, sans se retourner, sans hésiter.

« Qu'as-tu fait ? » s'écria Khalil, qu'il dépassa en courant dans le jardin que gagnait l'ombre du soir. Yusuf s'assit sur la terrasse, hébété. Il resta longtemps à la même place, partagé entre la honte et la colère. Il se disait qu'il lui fallait partir au plus vite, avant que ne surviennent les conséquences sordides de ce qui venait de se passer. Il n'avait pourtant rien fait de honteux. C'était la vie que les autres lui avaient imposée qui était honteuse. Leurs intrigues, leurs haines, leur rapacité avaient transformé des vertus en monnaie d'échange. Il fallait partir quelque part où il échapperait à l'oppression dont il était victime. Mais il savait que le sentiment de solitude, qui lui serrait le cœur depuis son enfance exilée, ne le quitterait jamais, ruinerait tous ses projets. Il pouvait aller dans la ville de la montagne, où Hamid le persécuterait avec ses sermons, mais où Kalasinga le distrairait par ses fantaisies. Il pourrait aussi rejoindre Hussein dans sa retraite, et y mener une petite vie paisible. Ou retourner chez Chatu, pour être le bouffon de sa minable cour. Ou encore aller à Witu, chez la mère du fumeur de haschich qui avait perdu sa bonne terre à cause de ses transgressions. Mais partout on lui demanderait où étaient ses parents, s'il avait des frères et des sœurs, ce qu'il avait apporté et ce qu'il espérait gagner. Et il ne saurait trop que répondre. Le seyyid pouvait s'enfoncer dans les terres étranges, enveloppé d'un nuage de parfum, et armé seulement de ballots de pacotille et de la conscience de sa supériorité. L'homme blanc, assis sous son drapeau, entouré de soldats armés, n'avait rien à craindre. Mais lui, Yusuf, ne possédait ni drapeau ni l'assurance hautaine qui force le respect de tous, et il comprenait que le petit monde qu'il connaissait était le seul qui fût à sa portée.

Khalil surgit de l'obscurité et s'avança vers lui, le bras levé comme s'il voulait le frapper. « Je t'avais bien dit que tu ne t'attirerais que des ennuis », s'écria-t-il avec colère. Il força Yusuf à se mettre debout et voulut l'entraîner. « Partons d'ici, allons tout de suite en ville. Tu es stupide, stupide… Tu sais ce qu'elle raconte ? Que tu l'as attaquée, que tu as déchiré ses vêtements comme un animal, alors qu'elle t'a toujours si bien traité. Elle veut que j'aille chercher des témoins en ville pour recueillir sa déposition. Ils vont te battre, te cracher dessus.

— Je ne l'ai pas touchée », dit Yusuf.

Khalil le lâcha et, de rage, se mit à le bourrer de coups de poing. « Je le sais bien ! Pourquoi tu ne m'écoutes pas ? cria-t-il. “Je ne l'ai pas touchée”... Essaie de dire ça à la foule qui va venir.

— Qu'est-ce qui va se passer ? demanda Yusuf en repoussant Khalil avec colère.

— Il faut que tu partes.

— Comme un criminel ? Où irais-je ? Je partirai quand je le jugerai bon.

— Ils la croiront tous, dit Khalil. Je lui ai promis que j'irai chercher du monde en ville, sinon elle va se mettre à hurler. Il faut que tu partes. Tu sais comment sont les gens, c'est elle qu'ils croiront, ils te tueront !

— Elle a déchiré ma chemise par-derrière. Ça prouve qu'elle me poursuivait, dit Yusuf.

— Ne sois pas ridicule ! » riposta Khalil, mais il jeta un coup d'œil sur le dos de Yusuf, ne put retenir un rire nerveux et resta un moment pensif ; cela lui rappelait quelque chose[1]...

Ils se hâtèrent vers le bord de mer et choisirent un endroit tranquille où ils restèrent à parlementer pendant plusieurs heures. Yusuf refusait de partir au milieu de la nuit, comme un criminel, et, malgré les supplications de Khalil, il était

1. Allusion au Yusuf de la XIIe sourate du Coran : sa chemise a été déchirée par-derrière par Zulekha, l'épouse de l'intendant du pharaon. *Cf.* Genèse, ch. 39, où Joseph se trouve dans la même situation.

décidé à attendre d'être accusé officiellement pour pouvoir se défendre. « Non, non ! » criait Khalil ; sa voix dominait le bruit des vagues qui se brisaient à leurs pieds, sur la jetée.

Il était près de minuit lorsqu'ils retournèrent à la boutique. La ville, plongée dans le silence, était sillonnée par les chiens faméliques qui hantaient les rêves de Yusuf. Dès leur arrivée, il sentit qu'il s'était passé quelque chose en leur absence, et comprit très vite ce que c'était. Oncle Aziz était revenu : sa présence se signalait par son parfum. Il regarda Khalil et vit qu'il avait compris, lui aussi. Le Pharaon était de retour.

« Le seyyid, chuchota Khalil avec inquiétude. Maintenant, il n'y a que Dieu qui puisse te venir en aide. »

Yusuf tressaillit, surpris de ne ressentir aucune crainte du marchand ; il était seulement impatient de voir comment le seyyid allait réagir aux accusations portées contre lui. Le transformerait-il en singe et, comme le djinn avec le bûcheron, l'enverrait-il sur le sommet d'une montagne désertique ? Tandis que Khalil discourait sur le triste sort qui attendait son compagnon, Yusuf étendit sa natte par terre et s'allongea avec un flegme si exaspérant que Khalil finit par être réduit au silence.

5

Oncle Aziz apparut dès l'aube. Khalil se précipita pour lui baiser la main et le saluer avec son empressement habituel.

Le marchand était vêtu d'un *kanzu*, mais ne portait pas de calot, ce qui le faisait paraître plus familier, plus accessible. Il montra néanmoins un visage sévère à Yusuf, et ne lui offrit pas sa main à baiser.

« On m'a dit que tu t'es conduit étrangement, dit-il en lui faisant signe de se rasseoir sur sa natte. Tu me parais avoir complètement perdu la tête. As-tu une explication à me donner ?

— Je ne lui ai fait aucun mal », protesta Yusuf d'une voix qui tremblait, à son grand déplaisir. « C'est elle qui m'a fait venir chez elle. Ma chemise a été déchirée par-derrière, ça prouve que je m'enfuyais. »

Oncle Aziz ne put s'empêcher de sourire. « Oh, Yusuf, ironisa-t-il, ne t'ai-je pas toujours dit que la nature humaine est vile ? Qui aurait pensé cela de toi ? Par-derrière ? Bon, c'est une preuve évidemment. Tu n'avais pas de mauvaises intentions et tu n'as pas fait de mal puisque ta chemise a été déchirée par-derrière… »

Khalil se lança dans des explications en arabe qu'Oncle Aziz écouta un instant, puis qu'il interrompit. « Laisse Yusuf s'expliquer tout seul.

— Je n'ai rien fait de mal, dit celui-ci.

— Tu es souvent entré dans la maison, reprit Oncle Aziz, dont le visage se durcit de nouveau. Tu en as fait un lieu de commérages et de déshonneur.

— C'est elle qui m'appelait pour que je dise des prières… pour la guérir. »

Oncle Aziz le regarda en silence, comme s'il hésitait sur le parti à prendre. Yusuf connaissait bien ce regard depuis leur expédition. Au bout d'un moment de silence, le marchand décidait généralement de laisser les choses suivre leur cours, c'est-à-dire de courir au désastre, plutôt que d'intervenir. « J'aurais dû t'emmener avec moi, dit-il enfin. J'aurais dû prévoir... La Maîtresse n'est pas bien. Si rien de déshonorant ne s'est passé, alors restons-en là. Surtout si ta chemise a été déchirée par-derrière... Mais cette affaire doit demeurer strictement entre nous. De toute façon, tu as eu tort d'aller si souvent dans la maison. »

Khalil parla de nouveau avec volubilité en arabe. Oncle Aziz hocha la tête plusieurs fois et lui répondit, puis il le congédia sèchement en lui désignant le magasin du menton.

« Mais pourquoi allais-tu si souvent chez la Maîtresse ? » demanda-t-il à Yusuf lorsque Khalil les eut quittés pour aller ouvrir les volets de la boutique.

Yusuf le regarda. Aziz s'était assis sur la natte de Khalil, s'appuyant sur un bras, une jambe repliée sous lui. Il attendait sa réponse ; son sourire amusé se dessinait lentement sur son visage.

« Pour apercevoir Amina », souffla Yusuf. Ces mots mirent longtemps à sortir de sa bouche ; il vit alors le visage d'Oncle Aziz s'épanouir tout à fait. Le marchand tourna la tête vers le magasin ; Khalil, debout à côté du comptoir, leur lança un regard plein d'hostilité et de fureur, puis il se détourna et se remit à ouvrir les volets.

« C'est tout ? demanda Aziz. Tu as vraiment été courageux, tu t'es distingué ces derniers temps ! »

Yusuf restait silencieux, ne sachant que dire. « Pendant mon voyage, reprit Oncle Aziz, je suis allé dans ta ville pour voir ton père. Je voulais conclure un accord avec lui : tu aurais continué à travailler ici pour me rembourser, et moi, en échange, je lui remettais toutes ses dettes. Mais j'ai découvert qu'il était mort, Dieu ait son âme ! Ta mère est partie et personne n'a pu me dire où elle est allée. Elle est peut-être retournée dans son village natal. Sais-tu où c'est ?

— Non, dit Yusuf, non. » Il n'éprouvait aucun sentiment de deuil, seulement une tristesse soudaine à l'idée que sa mère était maintenant abandonnée on ne savait où. Ses yeux se remplirent de larmes ; il vit Oncle Aziz approuver cette manifestation de chagrin d'un petit hochement de tête. Le silence se prolongeait, il ne pouvait se décider à exprimer ce qui bouillonnait en lui. *Je veux l'emmener. C'était mal de l'épouser, d'abuser d'elle parce qu'elle était pauvre. De posséder les êtres, de nous posséder de cette manière.* Oncle Aziz se leva enfin, lui tendit sa main à baiser. Le jeune homme s'inclina vers lui et reçut une petite tape sur la tête.

« Nous verrons plus tard en quoi tu peux m'être le plus utile, dit le marchand avec bienveillance. Tous ces voyages me fatiguent, tu pourrais me remplacer quelquefois – et même retourner chez ton vieil ami Chatu. Au fait, prenez garde, Khalil et toi. Tu entends, Khalil ! Il y a des rumeurs de guerre entre les Allemands et les Anglais, là-haut, à la frontière du Nord. Ce sont des marchands qui m'ont appris ça en ville, quand je suis rentré hier après-midi. Les Allemands peuvent d'un jour à l'autre se mettre à enlever des hommes, ils en font des porteurs pour leur armée. Gardez les yeux ouverts ! Si vous les voyez arriver, fermez immédiatement le magasin et cachez-vous ! Vous avez entendu de quoi les Allemands sont capables, n'est-ce pas ? Pour l'instant, remettez-vous au travail. »

6

« Il t'aime bien, je te l'ai toujours dit, dit Khalil avec satisfaction. Le seyyid est un champion, il n'y a aucun doute. Il revient, il aperçoit la Maîtresse et il se dit : "Cette folle a tourmenté mon beau Yusuf. Ces femmes causent toujours des problèmes, et la mienne est une belle garce, qu'elle aille au diable !" Tout le monde voit qu'elle est folle, avec ses histoires de blessures et ses jérémiades. Et ta chemise déchirée ! Quelle aventure ! Tu es vraiment protégé par de bons anges. Maintenant, le seyyid va te chercher une épouse, pour t'empêcher de faire des bêtises. Il te mariera à une de ces gentilles petites filles qui vivent dans une boutique à la campagne. Je pense qu'il avait déjà quelqu'un en vue avant de partir. Il m'en achètera peut-être une aussi et nous aurons un double mariage. Avec des sœurs, pourquoi pas ? Ça reviendrait moins cher : le *qadhi* prendrait moitié prix pour la cérémonie, et il n'y aurait qu'une seule lessive après la nuit de noces. Nous pourrions louer une des maisons de l'autre côté de la route et habiter ensemble. Nos femmes auront des jumeaux, et s'aideront mutuellement pour les gros travaux, et nous pourrons rester assis sur la terrasse à causer… de la situation mondiale peut-être. Ou du bonheur que Dieu nous promet. Le matin, on traverserait la route pour aller nous occuper des affaires du seyyid. Qu'en penses-tu ? »

Khalil annonça cette double noce aux clients, et les invita au festin que le seyyid leur avait promis. « Vous le connaissez, disait-il, tout sera *halal* et pur. » Il décrivait les réjouissances : les danseurs, les chanteurs, les acrobates sur les échasses, la procession de garçons et de filles chargés de plateaux d'encens, les hommes vaporisant de l'eau de rose... Un banquet avec toutes sortes de nourritures, et une musique sublime la nuit. Yusuf ne pouvait s'empêcher de sourire en entendant ces inventions mirobolantes. Devant l'étonnement des clients, il disait que Khalil avait perdu la tête. « C'est la fièvre, il délire. N'y faites pas attention, sinon il sera encore plus agité. »

Lorsque Mzi Hamdani vint comme chaque jour travailler dans le jardin, Khalil le héla : « Hé, Wali, saint homme, nous allons nous marier tous les deux. Ça ne t'étonne pas ? Notre seyyid va nous établir pour la vie. Chante un *qasida* pour nous. Qui aurait prédit que nous aurions cette chance ? Tu ne verras plus ce garçon dans le jardin, il va avoir d'autres parterres à soigner, d'autres buissons à tailler... »

Au début, Yusuf s'imagina que Khalil faisait le clown parce qu'il était soulagé que les choses n'aient pas tourné mal. Oncle Aziz avait traité à la légère son aventure avec la Maîtresse, et lui-même n'avait pas osé le défier à propos d'Amina. Mais il comprit bientôt que Khalil se moquait de lui puisque, après toutes ses protestations passionnées et héroïques, il avait gardé un silence prudent devant les projets du marchand le concernant. En demeurant de plein gré au service du seyyid, ils faisaient la paire tous les deux ; ils n'étaient que des courtisans… Khalil s'était trouvé un prétexte pour justifier son avilissement : il restait pour expier le tort que son père avait fait à Amina. Mais lui n'avait aucune excuse.

« Le seyyid, tu as intérêt à l'appeler comme ça maintenant », déclara Khalil en riant.

7

C'est quand ils virent des hommes courir sur la route qu'ils comprirent que les soldats arrivaient. C'était en fin d'après-midi, à une heure où, habituellement, les gens déambulaient dans les rues pour prendre l'air et causer, et où les villageois rentraient chez eux. Soudain, les petits groupes s'éparpillèrent, les passants s'enfuirent de tous côtés en criant que les *askaris* approchaient. Khalil se précipita dans la maison pour donner l'alarme, pendant que Yusuf posait à la hâte les volets sur le magasin. Puis ils s'assirent tous les deux dans le noir, le cœur battant, en se regardant avec un sourire forcé. D'abord suffoqués par l'odeur des marchandises, ils s'habituèrent peu à peu à l'atmosphère confinée. Par les fentes des volets, ils pouvaient voir une partie de la clairière et de la route, et bientôt ils aperçurent une colonne de soldats marchant d'un pas régulier derrière un officier allemand, tout habillé de blanc. C'était un homme jeune, grand et mince, au visage souriant. Khalil quitta son poste d'observation et se rassit en soupirant.

Les *askaris* avançaient pieds nus et dans un ordre parfait. L'officier entra dans la clairière, devant la boutique, suivi de ses hommes. Le cortège se disloqua alors comme un collier dont le fil a été retiré. En silence, les soldats cherchèrent de l'ombre et se jetèrent par terre avec leur paquetage. L'officier resta un moment à observer la maison et le magasin clos. Puis, toujours souriant, il avança sans se presser. Les hommes se mirent à parler et rire entre eux ; quelqu'un lança une injure.

Yusuf avait toujours l'œil collé contre le volet, et il regardait l'Allemand avec appréhension. Celui-ci s'arrêta sur la terrasse. On entendit crier des ordres, et une chaise et une table pliante furent apportées par les *askaris*. L'officier s'assit ; il n'était qu'à quelques pouces des volets du magasin. Yusuf s'aperçut alors que, vu de près, il n'était pas si jeune qu'il l'avait cru. La peau de son visage était tendue et lisse, comme s'il avait été brûlé ou souffrait d'une maladie ; son sourire était une grimace figée. Ses dents étaient découvertes, la peau autour de sa bouche semblait déjà commencer à pourrir et à tomber. C'était le visage d'un cadavre, et Yusuf fut frappé par sa laideur et son air cruel.

Les *askaris* furent forcés de se remettre debout sur l'ordre d'un sergent, dont l'aspect vigoureux rappela Simba Mwene à Yusuf. Ils avaient tous la tête tournée vers l'officier. Celui-ci, le regard perdu dans le lointain, portait de temps en temps un verre à ses lèvres. Il n'aspirait pas la boisson, mais penchait le bord du verre sur sa bouche déformée. Enfin, il regarda les soldats et fit un signe de tête.

Les *askaris* passèrent à l'action avant même que le sergent ne leur en donne l'ordre. Ils se mirent en rang avec une rapidité et une précision extraordinaires, puis se dispersèrent par groupes de trois en s'élançant dans différentes directions. Deux *askaris* restèrent pour se poster des deux côtés de la boutique, un troisième alla enfoncer la porte du jardin. L'officier porta le verre à ses lèvres, le tapotant pour faire couler le liquide dans sa bouche. Il aspirait avec une telle avidité que l'effort lui empourprait le visage. Un peu du liquide blanchâtre dégoutta sur son menton, et il s'essuya du revers de la main.

L'*askari* qui était entré dans le jardin revint faire son rapport : il y avait des fruits, mais c'était tout. La porte de la maison était verrouillée... Yusuf avait mis un moment à s'apercevoir qu'il parlait en kiswahili. L'officier n'accorda pas un regard au soldat, qui repartit s'allonger sous un arbre. Il se retourna et observa longuement le magasin barricadé. Yusuf avait l'impression qu'il le regardait droit dans les yeux.

Il lui sembla qu'un long moment s'était écoulé lorsque les *askaris* réapparurent chantant et criant, et poussant leurs prisonniers devant eux. L'officier allemand se leva et s'avança au bord de la terrasse, les mains derrière le dos. « Gog et Magog », chuchota Khalil à l'oreille de Yusuf. La plupart des hommes, que l'on avait rassemblés, avaient l'air apeuré et regardaient autour d'eux comme s'ils se trouvaient en terre inconnue. D'autres semblaient assez satisfaits, bavardaient et lançaient des invectives bon enfant aux *askaris*, qui ne parurent pas les apprécier, et allèrent bientôt faire taire les mauvais plaisants en leur donnant des coups.

Quand tous les *askaris* furent revenus et tous les captifs regroupés au centre, le sergent s'avança pour prendre les ordres de l'officier. Celui-ci fit un signe de tête ; le sergent aboya avec satisfaction, avant de se retourner vers les hommes. Deux files de prisonniers furent formées, qui s'ébranlèrent à la nuit tombante, en direction de la ville. L'officier allemand marchait en tête, le corps raide, et avec une économie de mouvements soigneusement calculée. Son uniforme blanc brillait dans le crépuscule.

Avant qu'ils n'aient complètement disparu, Khalil sortit furtivement du magasin, et courut voir si tout allait bien dans la maison. Le jardin était plongé dans le silence. Yusuf alla explorer ce qu'avaient laissé les *askaris* ; il s'approcha doucement en reniflant, comme s'il s'attendait à sentir les relents acres de leur passage. Le sol était piétiné. Au-delà de l'arbre soufi, il découvrit plusieurs tas d'excréments, auxquels les chiens s'attaquaient déjà avec avidité. Ils le regardèrent avec méfiance, le surveillant du coin de l'œil et se mettant en position de défendre leur nourriture contre sa convoitise.

Il eut de nouveau la vision de sa lâcheté, comme si elle luisait là, par terre, au clair de lune. C'était la naissance de sa première terreur, lorsqu'il avait été abandonné. Et maintenant, devant le spectacle de l'appétit avilissant de ces chiens, il comprit ce qui l'attendait. La colonne en marche était encore visible quand il entendit verrouiller la porte du jardin. Après un rapide coup d'œil autour de lui, il s'élança, les yeux brûlants, à la poursuite de la colonne.